青年学者文库

国家社科基金项目（10CWW004）
教育部人文社会科学研究项目《朱生豪翻译思想研究》（09YJC740066）
资助
杭州市哲学社会科学规划课题（B09WX05）

朱生豪的文学翻译研究

朱安博　等著

国防工业出版社

·北京·

内 容 简 介

本书共八章,从朱生豪的翻译思想研究到朱生豪莎剧翻译实践,从朱生豪莎剧翻译的语言特色与风格,再到其翻译的文学审美诠释,层层深入,全面地解读了朱生豪翻译成果。

本书适合文学与翻译专业的研究生、本科生,以及朱生豪翻译研究者阅读参考。

图书在版编目(CIP)数据

朱生豪的文学翻译研究/朱安博等著. —北京:国防工业出版社,2014.2
（青年学者文库）
ISBN 978-7-118-08524-2

Ⅰ.①朱… Ⅱ.①朱… Ⅲ.①朱生豪－文学翻译－研究 Ⅳ.①I046

中国版本图书馆 CIP 数据核字(2014)第 018050 号

※

*国防工业出版社*出版发行
(北京市海淀区紫竹院南路 23 号 邮政编码 100048)
国防工业出版社印刷厂印刷
新华书店经售
*
开本 880×1230 1/32 印张 8½ 字数 236 千字
2014 年 2 月第 1 版第 1 次印刷 印数 1—2000 册 定价 32.00 元

(本书如有印装错误,我社负责调换)

国防书店:(010)88540777 发行邮购:(010)88540776
发行传真:(010)88540755 发行业务:(010)88540717

本书合著者

朱安博　任秀英　赵学德　杨　柳
刘云雁　虞　颖　曹蓉蓉

序　言
百年朱生豪

从朱生豪(1912－1944)诞辰到今天,一个世纪的光阴已悄然而逝。三十二年的生命,的确是太短了,却开出了灿烂的生命之花。清代学者阮元曾说,学术当于百年之后论沉浮。其实,思想也当于百年之后见分晓。在朱生豪诞辰百年之后的今天,我们回首他以生命译莎的历程,品评他翻译思想的精华"神韵说",重新思考他莎剧翻译的当代意义。

在中国,莎翁的名气之大,从古稀老人到幼稚孩童,几乎无人不知。但是其中大部分是读的译本,或者是编译本。至于是否知道译者是谁,我没有做过调查,不敢妄下断言,但可以大胆地估计,知晓者不会很多。在课堂上,凡是能涉及到莎士比亚的时候我都会问学生这个问题,大部分会摇头,甚至来自朱生豪家乡的人竟然也很少有人知道中学课本的莎士比亚戏剧大都皆出自于朱生豪的译笔。即便知道的人,除非少数的研究者和爱好者,对于莎士比亚的几位中文译者朱生豪、梁实秋、方平等,更熟悉的可能是梁实秋或者方平。

有两个事实可以说明国内对朱生豪的"冷落":第一,当你走进任何一家大规模的书店,问及书店的服务员与朱生豪相关图书的时候,基本都是一脸的茫然,"朱生豪? 不知道,大概没有吧。"第二个就是,当你去嘉兴想看看朱生豪故居的时候,问及街上的行人,十有八九会摇头说不知故居在何处。当我们享受着《哈姆雷特》带给我们的震撼,幻想着《罗密欧与朱丽叶》的浪漫的时候,很多人不知道,这是朱生豪用生命在我们和莎剧之间搭起的一座桥。

但凡去过英国的,大都要去莎翁故居 Stratford upon Avon 游览。关于游览莎翁故居之后写下的文章那真是浩如烟海。抒情的、感慨的、赞美的不计其数,虽然种类各不相同,但大致如此:"这钟灵毓秀如诗如画的风景不仅给人一种惬意的享受,也让世间的尘俗得到自然的洗涤,使人的心灵得到洁白的升华。亦如踏入贤芳群至的殿堂,不觉有了几分君子的儒雅和绅士的潇洒。"当然,游客来到莎翁故居,想到读过的莎剧(大都是译本),自然会浮想联翩。或许很多人不会想到,真正应该和莎翁约会的应该是"之江诗人"朱生豪,因为只有他,才能够以凭借深厚的古典文学修养和对莎剧的深层领悟,能用优美典雅的汉语形式来表达莎士比亚戏剧的灵魂。我倒希望去过莎翁故居的人,如果有兴趣的话也可以去看看嘉兴朱生豪先生的故居。走进这座古朴的具有江南水乡特色的小楼里,然后再走走江南水乡那被岁月磨得光滑的石板路,看看那一条条写满历史的长街深巷,和朱生豪一起倾听江南水乡的前世今生。每一次的莎翁故居之行,对于驰名世界的莎士比亚和"籍籍无名"的朱生豪来说,应该是一次穿越时空的灵魂相遇,对于我等阅读朱生豪译本成长的后辈来说,应该是一次倍感洗礼的精神之旅。

令人欣慰的是,当今中国对朱生豪的研究已经有了很大的发展,许多卓有成果的学者正在涌现出来。《朱生豪传》、《朱生豪情书》、《诗侣莎魂》等书的出版,电视剧《朱生豪》的拍摄及播出,也让更多的人了解了这位翻译家。这几年研究朱生豪的学术论文也逐渐多了起来,在研究项目方面也已经有了国家社科基金和教育部人文社科课题等。为了纪念朱生豪百年诞辰,嘉兴市政府在2012年推出两项活动以纪念这位翻译界的巨子:一是把朱生豪翻译莎士比亚的31部手稿,全部以影印本的形式集结成册,出版发行;二是在他的故乡嘉兴召开朱生豪纪念会。

"雨果说'说不尽的莎士比亚',如今我们觉得是写不完的朱生豪!"《朱生豪传》作者、浙江大学教授朱宏达、吴洁敏夫妇说,他们撰写的《译界楷模朱生豪》(普及版)即将由浙江人民出版社出版。《朱生豪传》出版于1990年,距今已22年了。这些年他们又搜集了不少资料,正在写一本更完整、更翔实的《朱生豪评传》。

2012年是朱生豪诞辰一百周年,他的家乡嘉兴市政府隆重纪念了这位伟大的文学翻译家。这不仅给当代人一个认识朱生豪的过程,同时也可以成为中外文化交流的桥梁。从语言、文学和文化的角度来研究朱生豪的文学翻译,将朱译莎剧的翻译文学文本纳入特定时代的文化时空进行考察,阐释文学翻译的文化目的、审美形态、翻译策略以及翻译思想等,来探讨翻译文学与民族文学在特定时代的关系将有新的意义。朱生豪的翻译成为他自己对莎剧的一种解读,他不懈地致力于不同文化交流的生命历程,有助于我们在他所展示的宽阔的文化视野中,更深刻地领悟到文学翻译的真谛所在。从对世界经典文化和中国文化传承的角度来说,对于来自嘉兴求学于杭州之江河畔的翻译家朱生豪研究应该与莎士比亚研究一样不朽。一代又一代的中国人,在朱生豪的带领下跨入了莎士比亚的艺术殿堂,共享这一人类文化的珍贵成果,从而也使朱生豪的生命成为永恒。但愿在暮鼓晨钟声中,一段由祖辈和后辈们共同历经的莎士比亚翻译风云百年,在朱生豪的故乡逐渐定格为历史。

朱译莎剧的成功,很大程度上源于他对莎士比亚的真诚与热爱。英文版莎士比亚全集,他反复吟诵,到了废寝忘食的地步。直到临去世前两天,在病危中还背诵莎士比亚戏剧的台词。正是他这种对莎士比亚如痴如狂的热爱,用整个生命和灵魂去拥抱莎剧、咀嚼莎剧,才达到了与莎翁心灵相通,才能在译文中传达了莎剧的神韵。俗话说,译无定译,朱生豪的译本可能会有人超越,但这丝毫不能降低他在中国翻译史上的地位,因为他已经超越了自己的生命。对于今天和平年代的我们,朱生豪意味着什么?"他的才学固然令人钦佩,但价值更高的是他的精神。"浙江莎士比亚研究学会会长洪忠煌说,"尤其是他那种一定为民族争一口气的志向和勇气,那种传播人类最宝贵精神财富的神圣使命感,对于今天被物质和私欲严重侵蚀的中国知识界,如同洪钟大吕,振聋发聩。"

"忆昨秦山初见时,十分娇瘦十分痴。席边款款吴侬语,笔底纤纤稚子诗。交尚浅,意先移,平生心绪诉君知。飞花逝水初无意,可奈衷情不自持。"这是当年朱生豪赠给宋清如的一首爱情诗。写得情真意切，委婉动人。如今在朱生豪故居门口，矗立一座铜像"诗侣莎魂"——朱生豪与宋清如。他们双眸微闭，冥思、陶醉在某个久远的梦里。铜像基座上刻着朱生豪写给宋清如的信——"要是我们两人一同在雨声里做梦，那境界是如何的不同；或者一同在雨声里失眠，那又是何等有味。"

百年朱生豪留下的是一种精神。朱生豪身上是一代知识分子的投影。

朱安博

目　　录

引　言

　　朱生豪(1912—1944),浙江嘉兴人,著名的莎士比亚戏剧翻译家、诗人。朱生豪 1912 年 2 月 2 日出生在嘉兴一个没落的小商人家庭,自幼父母双亡,生活贫苦,但聪颖异常,学习成绩优异。1924 年 7 月高小毕业后,进入嘉兴私立秀州中学,1926 年升入秀州高中,1929 年高中毕业后被保送到美国教会办的杭州之江大学,主修中国文学,兼修英文。之江大学坐落在杭州秦望山头,面对滔滔钱江,依傍巍巍六和塔,风涛流泉,绿树红楼,晨曦夜月,鸣涛霏雪,素有"风景学校"之美称。诗一般的美景陶冶了他的心灵,启迪了他的智慧。在此期间,朱生豪的中英文修养得到很大的提高,对诗歌和戏剧的热爱也愈来愈深挚。在之江大学,朱生豪有幸得到一代词宗夏承焘的精心指点,他博览群书,遨游在知识的海洋里,徜徉于山水之间,凭吊古迹,发怀古之诗,抒风云之感,写下了不少优秀的诗作,被誉为"之江才子"。

　　大学毕业后不久,朱生豪来到上海进入世界书局工作,于 1935 年在同事詹文浒先生的鼓励下,与世界书局签订了译莎合同,决心翻译莎士比亚全集,从此开始了长达 10 年的莎剧翻译历程。从 1935 年起,朱生豪开始莎士比亚戏剧翻译准备工作,收集莎剧的各种版本、诸家注释以及莎学的资料加以比较和研究。1936 年 8 月,朱生豪的第一部译作《暴风雨》面世。此后陆续译出《仲夏夜之梦》、《威尼斯商人》、《第十二夜》等 9 部喜剧。1937 年,日寇入侵,朱生豪饱尝战乱之苦,译稿在战火中丢失,后由历经磨难,以顽强的毅力补译失稿。1943 年,为躲避战乱,朱生豪携夫人回嘉兴定居,继续他未竟的译莎事业,译出了莎士比亚悲剧 8 部,完成了全集的第二辑。到了 1944 年,由于生活的艰难和

1

夜以继日的工作,他的身体状况与日俱下,但他依然埋头伏案,以疾病之躯艰难译完杂剧 10 部,即全集的第四辑,其后又译出历史剧 4 部。1944 年 12 月 26 日因"贫穷疾病,交相煎迫"长辞人世,时年仅 32 岁。

朱生豪克服了难以想象的困难,以惊人的毅力,总共翻译了莎剧 31 部半[①],"替近百年来中国翻译界完成了一件最艰巨的工程"[②]。与此同时,他还将研究和翻译莎剧的心得、体会、见解、主张写进了序文、提要、题记、书信之中,用他的实践和理论丰富了我国的译学宝库。

1947 年秋,朱生豪的译稿《莎士比亚戏剧全集》由上海世界书局分三辑(喜剧、悲剧、杂剧)出版,计 27 部剧本。这是中国自 1903 年英国兰姆姐弟改写《莎士比亚故事集》以来第一部系统翻译的莎士比亚戏剧全集。《莎士比亚戏剧全集》三辑"传到海外,欧美文坛为之震惊,许多莎士比亚研究者简直不敢相信中国人会写出这样高质量的译文。"[③]

朱生豪译莎的成功原因是多方面的。除了序言中提到的原因外,之江大学的学习使朱生豪具备了深厚的中国古典文学修养和古典诗词创作才能,这为他翻译莎剧奠定了基础。特别是朱生豪 1933 年进世界书局后参与了《英汉四用辞典》[④]的编纂工作,由于他的语言天分和勤奋刻苦,这两三年编纂辞典的工夫,使他对于英汉词语的掌握,更趋精熟,对他日后译莎剧,受用不尽。这才是朱生豪译莎主要的语言准备,也是他成功的必要因素。

朱生豪生活的时代既缺参考书目,又无较好的经济保障,他以一人之力,在 10 年时间里完此译事,首要的动力便是来自"之江才子"的

---

① 《亨利第五》只译出 2 幕,未及完成。

② 朱文振.朱生豪译莎侧记,见朱生豪传(附录三).上海:上海外语教育出版社,1990:290.

③ 吴洁敏,朱宏达.朱生豪传[M].上海:上海外语教育出版社,1990:130.

④ 《英汉四用辞典》集求解、作文、文法、辨义于一体,是部条目完备例证丰富颇具特色的辞典。其词项释义准确充分,不仅提供了大量例句,还附有简洁贴切的汉译。"辨义"项对常见同义近义词作比较,也相当实用。辞典于 1936 年出版后,广获好评,后来又在大陆和海外多次重印翻印。

"诗情"和对于莎剧的"兴趣"。朱生豪的译文似行云流水,译莎对他肯定是乐趣。朱生豪读诗,也写诗,正是由于他对中国古典诗词的挚爱,才沟通了中外两个杰出人物的心灵。朱生豪钟情于英国诗歌,是一位天才的诗人。他译莎追求的是"神韵"与"意趣",以"诗情"译莎。例如《罗密欧与朱丽叶》的最后两句:For never was a story of more woe? Than this of Juliet and her Romeo. 朱生豪译:古往今来多少离合悲欢,谁曾见这样的哀怨辛酸! 这个译法既传神又达意。朱生豪以诗人译诗,他的华美艳丽的语言,浓墨重彩的译笔更善于表达莎剧中浓郁的诗意,此外,朱生豪能用优美典雅的汉语形式来表达莎士比亚诗剧中的灵魂,用自然的声音贯穿于诗歌创作和翻译莎士比亚的实践中,保持了莎士比亚戏剧的诗情和神韵。

朱生豪在《莎士比亚戏剧全集》译者自序中曰:"中国读者耳莎翁大名已久,文坛知名之士,亦尝将其作品译出多种,然历观坊间各译本,失之于粗疏草率者尚少,失之于拘泥生硬者实繁有徒。拘泥字句之结果,不仅原作神味,荡焉无存,甚且艰深晦涩,有若天书,令人不能卒读,此则译者之过,莎翁不能任其咎者也。"①朱生豪的话可以说是一针见血地指出了前译者的问题。20 世纪三四十年代诸多莎剧的译本之所以被淘汰湮没,大多是因为文字不文不白,佶屈聱牙。相比之下,"朱生豪译笔流畅,文词华赡,善于保持原作的神韵,传达莎剧的气派,译著问世以来,一直拥有大量的读者。"②朱译本至今不仅没有被淘汰,而且还不断重版,③说明朱生豪的译作是得到读者认可的。

所以,我们今天看朱译莎剧,不能仅仅局限于译文的语句得失,而是要学习朱生豪严谨的态度和矢志不渝的译事精神。只有对原文的细

---

① 朱生豪,《<莎士比亚戏剧全集>译者自序》,见《朱生豪传》(附录二),上海外语教育出版社,1990 年,263 页。

② 吴洁敏、朱宏达,《朱生豪传》[M],上海:上海外语教育出版社,1990 年,131 页。

③ 朱生豪译本至 1947 年出后,1954 年,1978 年,1998 年人民文学出版社和译林出版社多次重印出版发行。

心研究方能领会原作之精髓,其后再慢慢加以品味并"惠心一志,致力译事"。

朱生豪作为莎学事业的先行者,为我国的莎学事业作出了巨大的贡献。除了莎剧的译著以外,朱生豪在他短暂的一生中还写过许多诗歌、散文作品,主要可以归纳为诗词、书信和"小言"三大部分,以及其他一些零星的作品。目前在国内,与莎学研究的各类成果相比,对于朱生豪的研究仅见于朱宏达、吴洁敏的《朱生豪传》(1990 年上海外语教育出版社),而且这本传记主要叙述了朱生豪短暂的人生经历,而对于其主要贡献——译莎显得极为单薄。因此,作为莎剧的主要译者之一的朱生豪研究在现有莎剧译本的评介中体现不够,只有零星的单篇文章散见于刊物之中,主要有朱宏达的《朱生豪的诗学研究和译莎实践》(《杭州大学学报》,1993 年第 3 期),朱骏公的《朱译莎剧得失谈》(《中国翻译》,1998 年 5 期),苏福忠的《说说朱生豪的翻译》(《读书》,2004 年第 5 期),朱宏达、吴洁敏的《朱生豪莎士比亚戏剧的译介思想和成就》(《嘉兴学院学报》,2005 年 5 期),贺爱军的《朱生豪的译事活动与译学见解》(《宁波大学学报》,2008 年 3 期),邓笛的《从朱生豪到方平中国莎士比亚戏剧翻译的二度转向》(《鲁研究月刊》,2008 年第 9 期)以及任秀英的硕士论文《朱生豪莎士比亚戏剧翻译的文化阐释》等,这些文章虽然在一定程度上对朱生豪的翻译思想进行了探讨,但研究深度还有提高的余地。问题主要表现为:第一,缺少系统的原则,大都是从某一个方面着手,不能全面系统地反映出朱生豪的翻译思想;第二,对文本的文化意义关注不够,仅仅依照传统翻译观来评价译文的优劣是不够的,应该全方位多角度的来和其他译者进行译本对比,从而发掘朱生豪翻译观产生的文化背景;第三,对朱生豪译莎的社会意义关注不够,往往仅从莎剧文体来研究朱译,却不从文化的角度来看待朱译为何选择散文体,并用诗化的散文体再现了莎剧诗体的"神韵";第四,缺乏对朱译莎剧中的美学追求探讨和文学审美研究。第五,以前的研究基本都是从主观印象式的评论为主,主观性较强,缺少以语料库等数据支撑的量化研究等。另外，从对世界经典文化和中国文化传承的角度来研究翻译文学和民族文学之间的关系可能比单纯研究翻译文本更有意义。这些问题都需要进一步的研究和探讨。因此，朱生豪的文学翻译研究就需要从语言、文学和文化层面进行三位一体的系统研究。

本成果主要内容：引言和第一章对朱生豪生平以及文学和翻译成就做了基本的介绍；第二章对朱生豪的翻译思想进行了综述，也为下面章节的展开做了总起；接下来第三章和第四章对朱译本的语言特色进行研究，朱译本大量使用了古诗文的互文性语言是其译文特色之一，"互文性"体现了朱译本区别其他译本的独到之处；第五章是从文艺美学的角度阐释了朱译本诗化的散文体特点；第六章以改传统的经验式的翻译研究方法，而通过具体的语料库分析，从客观的、量化的角度对翻译文本进行系统的量化研究；第七章是对比研究，通过与其他译者的比较研究，体现了"译不完的莎士比亚"，从而也彰显译莎之艰难，译莎之魅力；最后一章从翻译文学的视角解读朱译莎剧研究，属于翻译研究中的文化研究，或称为译介学研究。关注外国文学经典在我国传播演变过程中所起到的中外文化交流、民族文化身份建构和民族形象重塑等方面的重要作用。

从研究方法来说，本课题遵循"描写翻译研究"这一理论参照，采用"译文为本"为主、"文化因素"为辅的研究范式。在论证朱译本特色的时候没有按照传统的"规范性翻译研究"仅仅恪守"忠实"的标准，而是把朱译本放在社会文化的大背景下进行考察分析。正如描写翻译研究学派的重要代表人物之一 Maria Tymoczko 所言："描写翻译研究在研究翻译的过程、结果、及其功能的时候，把翻译置于时代之中。进而言之，就是把翻译放到政治、意识形态、经济、文化之中去研究"①。描写翻译理论根本不关心直译意译、归化异化，他们关心的是把翻译语境

---

① Maria Tymoczko. Translation in a Postcolonial Context－Early Irish Literature in English Translation [M]. St. Jerome Publishing, 1999. P25.

化,也就是从宏观的角度研究翻译。比如书中第七章在进行朱生豪和梁实秋等不同译家译本对比分析的时候,就没有简单地得出优劣高低之说,而是分别阐释了这些译本产生的社会文化大背景,比如说译者不同的生活背景、文化价值观等。这本身就是"描写翻译研究"的理论依据所在,而且书中的第六章专门提到了描写性翻译研究为应用语料库分析翻译译文特征打下了方法论基础。本课题成果的第二章到第五章是按照"描写翻译研究"的理论,使用的是定性研究,而第六章基于语料库的朱译莎剧研究是以语料库为定量研究。

总之,本文力图从语言、文学到文化三个层面,系统分析朱生豪的文学翻译研究。既有理论分析也有实例论证;既有传统的主观经验式的定性研究也有以语料库为参照的客观数据定量分析;既有对朱生豪翻译思想的全面论述,也有与其他译者进行相互参照的对比研究;最后落实到外国文学经典在我国传播演变过程中所起到的作用。因此,本课题是一个有体系的整体思路,构成了从语言、文学、文化三位一体的系统研究范式。

第一章　朱生豪的莎剧翻译

第一节　朱生豪的文学成就与译莎之道[①]

俗话说:文如其人。翻译也不例外。一个译者或多或少会在译著中留下其母语的文化熏陶,显示其语言的功底。因此,研究朱生豪的翻译就必然要研究其文学成就。在朱生豪现存的文学作品中,除了莎士比亚剧本的译著外,主要可以归纳为诗词、书信和"小言"三大部分,还有一些零星的其他作品。许多人都认为,朱生豪的英年早逝是我国文化事业的一大损失,否则的话,他在文学上的成就肯定将远不止莎士比亚的译作。实际上,朱生豪去世时虽然只有 32 岁,但他的文学活动已经有了相当的成果了。除了翻译以外,还写过许多诗歌、散文作品,可惜其中的一大部分已经由于战争和其他原因散失了。即便如此,在朱生豪留存到现在不多的诗文中,也足可看出这位青年文学家的卓越才华。

朱生豪写的诗包括古体诗词、现代白话诗以及少量英文诗。早期写的许多诗词内容有咏物抒情,有抒写对人生的感悟,表达自己的志向,也有不少诗词记写和表达了他对宋清如真挚的爱情,其代表作是词《八声甘州》和长诗《别之江》。抗日战争爆发以后,朱生豪的诗作在风格和思想内容上都有了质的飞跃,成了激励人民群众和法西斯进行殊死搏斗的武器。现在保存下来的 300 余封朱生豪的书信,都是他 1933年从之江大学毕业以后在上海世界书局工作期间写给宋清如的信。有关于爱情的内容,另外还有他对当时生活情况和环境、对社会百态的记

---

① 感谢朱生豪之子朱尚刚先生提供的资料。

写,对人生和各种社会问题的看法等。有一些信件记录了他在翻译莎剧时的情况,有叙述他整个翻译工作计划的,有诉说翻译的具体进程和其中的甘苦的,也有对翻译方法的见解和对一些具体问题的探讨,都是研究我国莎学历史的珍贵文献。

"小言"是朱生豪在上海孤岛时期为《中美日报》写的一批时政短论,文章都很短小,但思维敏锐,形式多样,笔锋犀利,揭露并抨击了法西斯及其走狗帮凶的滔天罪行和虚弱本质,鼓励全国和全世界人民团结战斗来夺取反法西斯斗争的胜利。文章具有很强的战斗力,又具有很高的艺术性,成为在当时特定历史条件下具有独创性和特殊价值的一种文学样式。是朱生豪深厚的爱国热情和高超的文学素养的有机结合。20 世纪三四十年代,朱生豪在极其艰难的条件下,把莎士比亚的大部分剧作译介到了中国,为启动我国的莎学事业作出了巨大的贡献。而且他的译著质量较好,半个多世纪以来一直为莎学界专家和广大读者所称道。支持朱生豪克服常人难以想象的困难完成这一工作的,固然是他为中华民族争气的爱国主义精神,而使他能够获得这一成就的物质基础则是他深厚的中英文功底。

虽然朱生豪主要是作为莎士比亚翻译家为人们所认识,但是实际上他首先是一个诗人。朱生豪自小聪颖好学,在驾御语言文字方面打下了扎实的基础。家庭生活的不幸在他幼小的精神世界里过早地注入了沉重和忧伤,母亲带泪的嘱咐和以后在文学殿堂里的遨游又使他对生活充满了激情和理想,对宋清如的爱情更使这种激情和渴望得到了进一步的升华。这一切为朱生豪的诗歌创作提供了取之不竭的源泉。

朱生豪的文才在中学时就有点"名气"了。在 1927 年、1928 年、1929 年嘉兴秀州中学的三期校刊《秀州钟》上分别刊载了朱生豪写的三首诗《城墙晚眺》、《柳荫中》和《雨丝》。这是现在找到的朱生豪最早的诗作。在抒发少年情怀的同时,诗中也透出一丝与他年龄不太相称的成熟和淡淡的哀怨,虽然略显稚嫩,却也显示了这位中学生不俗的文学素养及诗的灵感。后来的诗人朱生豪就是从这里起步的。

进入之江大学以后,朱生豪的才学又有了迅速的长进,开始大量写诗。他参加了之江大学一些古体诗词爱好者组织的《之江诗社》并积极参与其活动，诗友们相互唱和，在夏承焘等前辈学人的指导下，写过不少佳作。朱生豪除了写古体的诗词外，也写新诗和英文诗。在《之江大学》年刊上就发表过他的七言律诗《无题》二首、词《八声甘州》、新体长诗《火化的诗尘呈友人》和《别之江》、以及英文诗 *The Piper*（《吹笛人》）等。其中《八声甘州》和《别之江》是他早期诗歌的代表作。《八声甘州》是他为 1933 级毕业班所作的级歌，词中在用"又一江春水搅离情，惜别苦匆匆"和"转眼弦歌人去，塔影暝孤钟"对四年同学生活就要结束表达了感怀以后，又用"看纵怀四海，放志寥空！慨河山瓯缺，端正百年功。"的句子来表达他们走上社会后决心用自己的热血来报效祖国的热情，要花"百年功"来"端正"、"瓯缺"了的"河山"。长诗《别之江》也集中表现了他在即将离开学校，走上社会时的激情：

> 从今天起我埋葬了
> 青春的游戏，肩上
> 人生的担负，做一个
> 坚毅的英雄。
>
> ……

诗中还表达了他对未来的乐观的希望：

> 古昔诗人一句话，
> 冬天来了，阳春
> 岂能久远？如今我只期望
> 西风吹落了辛苦的收成，
> 残酷的霜霰终究
> 压不碎松柏的青青；
> 绵绵的长睡里有--天
> 会响起新生嘹亮的钟。
> 我欢喜，我跳跃，
> 春天复活在我的心中，
> 那时我再看见了你！①

---

①　朱尚刚. 诗侣莎魂——我的父母朱生豪、宋清如. 上海：华东师范大学出版社，1999：94.

夏承焘先生当时亦对朱生豪的才华和文学修养作了很高的评价,他在《天风阁学词日记》中写道:"阅朱生豪唐诗人短论七则,多前人未发之论,爽利无比。聪明才力,在余诗友之间,不当以学生视之。其人今年才二十岁,渊默如处子,轻易不肯发一言。闻英文甚深。之江办学数十年,恐无此未易才也"[①]。

朱生豪在毕业离校以后,曾经把手头积存的诗友们唱和的词作(包括朱生豪本人所作的13首)精选后略加评述,抄录成册,取名《芳草词撷》,在回之江时赠给好友彭重熙。50年后彭重熙将《词撷》还赠给朱生豪夫人宋清如。由于朱生豪当年的诗词作品大多已经散失,这本《词撷》就成了现在可以见到的最集中的朱生豪早期词选。

朱生豪的"芳草词"中有对风花雪月的描写,以及伤时感怀的抒情,却极少有单纯嘲风弄月的内容,也找不出那种病态的顾影自怜的感觉。除了对友人和过去岁月的留恋和怀念外,更多是对理想的追求和对未来的希望,以及和友人之间的互勉,主题是积极的。特别是其中一首《庆春泽》则完全可以说是属于豪放词了,词的前阕以一个宏大的背景加以烘托,下半阕是:"擎云意气擎天志 笑蚁封兔窟 尘梦醋沉 我有豪情 岂愁绿鬓霜侵 欲挥长剑乘风去 等他年化鹤重寻 尽而今 放眼高歌唱彻平林",充分展现了作者的意气豪情。

在大学的最后一年,朱生豪和宋清如认识并成为知己之后,写过许多诗词给宋清如,有些见于宋清如保存下来的诗稿,更多的是在朱生豪毕业后在上海工作期间写给宋清如的信中。其中有许多是咏物抒情的古体诗词,在新诗中,也有不少是歌颂友情、爱情的。有时是两人间的相互唱和,较有代表性的作品是《蝶恋花》,据宋清如回忆,她诗的前半段是:

> 假如你是一阵过路的西风
>
> 我是西风中飘零的败叶
>
> 你悄悄地来,又悄悄地去了
>
> 寂寞的路上只留下落叶寂寞的叹息

---

① 吴洁敏,朱宏达.朱生豪传.上海:上海外语教育出版社,1990:50.

朱生豪的答词是：

> 蝶恋花（用清如诗原意改写）
>
> 不道飘零成久别
>
> 卿似秋风，侬似萧萧叶
>
> 叶落寒阶生暗泣
>
> 秋风一去无消息
>
> 倘有悲秋寒　蜨蝶
>
> 飞到天涯，为向那人说
>
> 别泪倘随归思绝
>
> 他乡梦好休相忆①

　　1937年抗日战争爆发以后，朱生豪被迫离开上海四处逃亡，饱尝了在侵略者铁蹄之下的颠沛流离之苦，也跳出了原来生活的小圈子，有机会融入更为广阔的社会生活，接触各个阶层各种不同心态的人物，特别是有机会接触了更多生活在社会底层的劳动群众，大大加深了对社会生活的认识。这一切，使他的诗作中增加了许多全新的社会内容和生活气息，在风格和思想内容上有了质的飞跃。

　　朱生豪发表在上海"孤岛"中1938年第五期《红茶》半月刊（是"八一三"事件一周年的纪念刊）上的《新诗三首》和《词三章》就是朱生豪后期诗词的代表作。在《新诗三首》中，《忆乡间女弟子》描写了他在逃难的过程中，在"门外纵横着暴力的侵凌，豺狼后面跟着一群无耻的贱狗"，在"充满着沉痛，屈辱，与渴望的心情"的情况下，在"风雨飘摇的斗室之中"为几名女弟子补习文化的情景。诗中对几个女弟子奋发努力，颖敏好学的描述，正好跟残酷的现实形成鲜明的对比，以此来寄托诗人对新一代的希望，以及对民族前途的积极乐观态度。讽刺诗《耗子·乌龟·猪》则以象征的手法描写了在当时特定的社会历史环境下芸芸众生的各种不同态度，像耗子一样钻谋私利，像肥猪一样醉生梦

---

　　① 朱尚刚. 诗侣莎魂——我的父母朱生豪、宋清如. 上海：华东师范大学出版社，1999：128—129.

死,像乌龟一样但求苟安,但是在侵略者的铁蹄暴力之下都不免同归于尽。以此说明对侵略者是不能抱任何不切实际的幻想的。另一首《七太爷》则深刻地揭露和辛辣地讽刺了变节者的丑恶嘴脸。

《词三首》也一改朱生豪以往诗词中那种"遥想孤舟、漫折芦花"的对景抒情,伤时感怀的风格。对祖国大好河山的深厚感情和对侵略者的切齿仇恨成了词的主要内容。在他的《满江红·用任彭二子原韵》词中用"碎瓦堆中乡梦断,牛羊下处旌旗暮"的句子深刻地揭露和谴责了战争给人民带来的深重灾难。接着又用"屈原是,陶潜否"来表现诗人精神世界的又一次升华。朱生豪过去对屈原和陶渊明两位浪漫主义诗人都十分喜爱。而在这民族危亡的关头,他鲜明地表明了自己的立场,否定了陶潜那种在社会矛盾面前明哲保身的隐逸思想,而热情地肯定了屈原置自身荣辱祸福于不顾,为国家的利益上天入地,死而无悔的精神。另外如《高阳台·和清如用玉田韵》中的"望白云迢递 休叹逝川 花月轻愁 从今不上吟边 矛铤血染黄河碧 更何心浅醉闲眠";《水调歌头·酬清如四川仍用原韵》中"举世几英雄 骋意须长剑 梦想建奇功"等诗句,都表达了朱生豪和过去吟花弄月,浅醉闲眠的生活方式彻底诀别,投身到抗日救国的斗争中去的决心。

现存的朱生豪诗作中最后的一首是发表在 1941 年 4 月 27 日《中美日报》"小言"专栏上的《雅典颂》,这首诗描写了在南斯拉夫和希腊人民抵抗德国法西斯的巴尔干战争大势已去,英军于 4 月 26 日撤出雅典的时候,英雄的雅典人民明知面临的即将是法西斯的锁链,但仍倾城而出,为英军含泪送别的悲壮情景。诗中充满激情,这时的朱生豪已经再不是我们原先所熟悉的那个文弱书生了:

> 黑云堆压在雅典城上,
>
> 侵略者的炮火震撼大地,
>
> 悲愤的紧张充满着雅典人的心,
>
> 但他们有的是永不消失的勇气。
>
> 爱自由的希腊永不会沉沦,
>
> 他们抵抗,他们失败,但决不臣服;

> 有一天，不远的一天，他们将用热血
>
> 洗净被践踏的祖国的耻辱。
>
> ——"再会吧，英国的友人！
>
> 到处都是保卫民主的广大战场；
>
> 我们不用哀泣，我们用欢笑
>
> 送你们在星月里赶上前方。"
>
> 也许在明天，也许在下一点钟，
>
> 这美好的古城将套上锁链；
>
> 但这是一个永不失去勇气的民族，
>
> 他们说，"同志，我们不久将再相见！"①

在朱生豪给宋清如的信中，还引用一首英文十四行诗：

> How like a winter hath my absence been
>
> From thee, the pleasure of the fleeting year!
>
> What freezings have I felt, what dark days seen!
>
> What old December's bareness everywhere!
>
> And yet this time removed was summer's times,
>
> The teeming autumn, big with rich increase,
>
> Bearing the wanton burden of the prime,
>
> Like widow'd wombs after their lord's decease：
>
> Yet this abundant issued seem'd to me
>
> But hope of orphans and unfathered fruit;
>
> For summer and his pleasures wait on thee,
>
> And, thou away, the very birds are mute;
>
> Or, if they sing, 'tis with so dull a cheer
>
> That leaves look pale, dreading the winter's near.

那时他刚从之江大学毕业进入社会，原先的理想在现实生活面前

---

① 朱尚刚. 诗侣莎魂——我的父母朱生豪、宋清如. 上海：华东师范大学出版社,1999：212—213.

不断碰壁以后,情绪一度比较苦闷,感到"寂寞、孤独",同时也更加怀念和宋清如在一起的日子。他引用莎士比亚十四行诗的形式表达的正是这样一种心情。从这里也可以看出朱生豪"早年"就成为莎士比亚的知音的足迹。朱生豪虽然是以散文的形式翻译了莎士比亚的剧本,但是他能够成功地把这位伟大英国诗人剧作的神韵较为成功地再现出来,一个重要条件正是他们作为诗人之间的心灵相通。在散文体的朱译莎剧中,也有不少唱词、收场诗等内容是用诗体译出的,作为一种再创造,也体现了诗人朱生豪的创作风格和特色。

朱生豪在他短暂的一生中,所写的诗数量应该是很可观的,他在上海工作时,曾经把自己写的诗词分别选编抄录装订成册,其中旧体诗词有300多首,取名《古梦集》,新诗分别题名为《丁香集》和《小溪集》。可惜这几本诗集都毁于日本侵略者的炮火。朱生豪还有大量的诗作是写在他给宋清如的信里的,宋清如把这些信件珍藏到六十年代,但是在"史无前例"的日子里又被毁损了一大部分。现在所能收集到的,还有64首。虽然这只能占他所写的全部诗作的一小部分,但是从中已经可以看出诗人朱生豪在诗歌创作方面的基本成就了。

朱生豪现存的散文作品,集中见于书信和"小言"两大部分。现在保存下来的书信,都是朱生豪在1933年从之江大学毕业以后在上海世界书局工作期间写给宋清如的信,有300余件。作为私人信件,原本不是为了发表,因此写得比较随意,在语言的使用上不须进行仔细的推敲和刻意的修饰,甚至还有少数地方用得不尽规范。但是正因为有了这种随意性,使得他的思路如行云流水般没有了羁绊,读来更加真切动人。丰富的情感,开阔的思路,加上他那支生花的妙笔,使得这些信件除了为了解、研究朱生豪的生平和思想的轨迹以及当时的时代背景提供了宝贵的资料,具有较高的认识价值外,作为优秀的散文作品,还具有很高的欣赏价值。

这些信件是写给他已经心心相印却无法朝夕相处的恋人的。因此爱情这一文学作品中永恒的题材,在他的信中也占着相当的比重。在许多信中都表达了对宋清如的关切和思念,以及急切盼望得到对方来信的心情。在有的信中还发挥了丰富的想象,绘制出了童话般的两人世界:

> 我在梦里筑了一座宫堡,那地方的风景真是好极了。你肯不肯赏光常来玩玩?我特为你布置了一间房间,所有房间中最好的一间,又温暖又凉爽又精巧又优雅。窗外望出去的山水竹树花草,朝晨的太阳,晚来的星月,以及飞鸟羊群,都是像在一个神奇的梦境里。你这间房间我每天吩咐一个美秀的小婢打扫收拾,但别人不许进去一步……
>
> 如果我想要做一个梦,世界是一片大的草原,山在远处,青天在顶上,溪流在足下,鸟声在树上,如睡眠的静谧,没有一个人,只有你我,在一起跳着飞着躲着捉迷藏……

为了希望宋清如多写信给他,他会以自己特有的方式进行“论证”:

> 写一封信在你不过是绞去十分之一点的脑汁,用去两滴眼泪那么多的墨水,一张白白的信纸,一个和你走起路来的姿势一样方方正正的信封,费了五分钟那么宝贵的时间,贴上五分大洋吾党总理的邮票,可是却免得我食不甘味,寝不安席,无心工作,厌世悲观,一会儿恨你,一会儿体谅你,一会儿发誓不再爱你,一会儿发誓无论你怎样待我不好,我总死心眼儿爱你,一会儿在想象里把你打了一顿,一会儿在想象里让你把我打了一顿,十足地神经错乱,肉麻而且可笑。你瞧,你何必一定要我发傻劲呢?就是你要证明你自己的不好,也有别的方法,何必不写信?因此,一、二、三,快写吧。

在这些年里朱生豪和宋清如曾经有过多次会面,多数是朱生豪回杭州到之江大学去看她,也去过一次常熟宋清如家里。很多次这样的会面在信里都有记载,有些叙述得十分生动:

> 那晚上一个人踽踽地从火车上下来,冒雪上山,连路都辨不清,好容易发现了一部黄包车,一跌一滑地在雪中拖着,足足拖了半天工夫才拖到。我向你形容不出那时的奇怪的愉快,我也忘记了这次来是为看你,简直想在雪中作一次整夜的旅行,那才有聊!无论如何,我总觉得这次来看你较之以前各次使我快乐得多,最大的原因是因为这次是偷逃出来的缘故。回来之后,他们问我回家去有什么要紧事,我只回答一

个神秘的微笑,心里有说不出的满足,仿佛一个孩子干了一件有趣的 mischief(恶作剧)一样……

这段文字没有对于会见过程作具体记述,对朱生豪自己来说,自然没有必要再在信中写两个人在一起时的情景,而如果作为文学作品来读的话,却恰好给读者留下了充分的想象空间,也是很成功的。

1935年暑期,朱生豪第一次去常熟乡下看望在家中度假的宋清如,回到上海后按捺不住激动的心情,连夜给宋清如写了一封7000多字的长信,这在我国书信形式的文学作品中也是罕见的。信中细致地描述了他去常熟时的心情,一路的所见和引起的联想,他对常熟之行的感受,归程中体会到的失落等。去的时候"我怀着雀跃的似被解放了的一颗心,那么好奇地注意地凝视着一路上的景色,虽然是老一样绿的田畴,白的云,却发呆似地头也不转地看着看着,一路上乡人们的天真的惊奇,尤其使我快活得感动。"而回上海的时候却"回去就不同了,望了最后的一眼你,凄惶地上了车,两天来的寂寞都堆上心头,而快乐却全忘记了,我真觉得我死了,车窗外的千篇一律的风景使我头大(其实即使是美的风景也不能引起我的赞叹了)。我只低头发着痴。……"。在这封信的后面发的一段议论,表现了朱生豪对人生的态度,具有十分深刻的哲理:

> 要是我死了,好友,请你亲手替我写一墓铭,因为我只爱你的那一手"孩子字",不要写在什么碑版上,请写在你的心上,"这里安眠着一个古怪的孤独的孩子",你肯吗? 我完全不企求"不朽",不朽是最寂寞的一回事,古今来一定有多少天才,埋没而名不彰的,然而他们远较得到荣誉的天才们更为幸福,因为人死了,名也没了,一切似同一个梦,完全不曾存在,但一个成功的天才的功绩作品,却牵萦着后世人的心。

在朱生豪的书信中,还有不少内容反映了他对各种问题的看法,如家庭、婚姻、社会、人际关系等。可以看出这位才二十多岁的年轻人对社会的认识和思考已经有了相当的深度。信中还有许多对社会百态,特别是各种丑恶现象的描述,栩栩如生,令人忍俊不禁:

> 人们的走路姿式,大可欣赏,有一位先生走起路来身子直僵僵,屁股凸

起;有一位先生下脚很重,走一步路全身肉都震动;有一位先生两手反绑,脸孔朝天,皮鞋的历笃落,像是幽灵行走;有一位先生缩颈弯背,像要向前俯跌的样子;有的横冲直撞,有的摇摇摆摆,有的自得其乐;有一位女士歪着头,把身体一扭一扭地扭了过去,似乎不是用脚走的样子。

浅薄的人,人家的仆役,和狗,是世界上最神气的三种动物。

我顶讨厌满口英文的洋行小鬼,如果果然能说得漂亮优美,像英国的上流人一样那倒也可以原谅,无奈不过是比洋泾浜稍为高明一点的几句普通话,有时连音都读不准确。我一连听见了几个 tree(树),原来他说的是 three(三)。

我想世间最讨厌的东西,应该是头发梳得光光的,西装穿得笔挺的,满口 Hellow, yes,举止轻佻的洋行小鬼了。比起他们来,我们家乡一般商店中的掌柜要风雅的多了。就是上海滩上凸起大肚皮,头顶精秃秃俨然大亨神气的商人,也更有趣可爱一些,至少后者的大肚皮,是富于幽默的。

朱生豪的书信中还有许多反映他身世、生活、工作和所处环境的内容。其中有一段对于小时候家中"童年乐园"的描写已经被收进了"嘉兴市志"中,也算是嘉兴地方文化的经典了。关于生活情况的描写中较多的是关于读书(包括买书)和看电影的内容。那是他生活中的两大嗜好。信中也有许多对于各种文学作品和电影的评论,虽不能说是多么成熟,但是至少都有着自己的见解。这些嗜好和见解也在一定程度上为朱生豪在翻译莎士比亚戏剧事业上的成功打下了基础。

从这些书信中,我们可以清楚地看出在这些年里朱生豪思想发展的轨迹。离开大学时,朱生豪对生活的理想是充满信心的,可是到了上海以后,"机械的工作,单调的生活,困窘的经济,使他看不到前途出路"(宋清如语)于是"寂寞""孤独""无聊"一度成了他精神世界中的主导:

总之是一种无以名之的寂寞,一种无事可做,即有事而不想做,一切都懒,然而又不能懒到忘却一切,心里什么都不想,而总在想着些不知道什么的什么。那样的寂寞,不是婺妇守空房的那种寂寞,因为她们的夫君是会在梦中归来的;也不是游子他乡的寂寞,因为他们的心是在故乡生了根的;也不是无家飘零的寂寞,因为他们的生命如浮萍,而我

的生命如止水；也不是死了爱人的寂寞，因为他们的心已伴着逝者而长
眠了，而我的则患着失眠症；更不是英雄失志，世无知己的寂寞，因为我
知道我是无用的。是所谓彷徨吧？无聊是它的名字。

朱生豪书信的另外一个特点是关于梦境的描写特别多。有梦见和
宋清如在一起的情景的，反映了他对对方的深切思念。更多的是借助
梦境来表达他对现实世界的看法，弥补在现实世界中的失落。他曾在
信中说，"如果现实的缺憾可以藉做梦来弥补一下，也许我可以不致厌
世"。朱生豪信中关于梦境的描述的确是丰富多彩，有许多都可以当作
生动的故事来读，有梦见英国诗人雪莱遗体的，有负气出逃到荒漠上和
其他因为起义失败而逃亡的人共同生活的，有汉高祖抄袭了他做的诗
反而恼羞成怒的，有和宋清如以及小说《唐·吉诃德》中的桑丘一起去
投义勇军的，有因警察乱抓人而等着上断头台的，还有见小狗小羊闹着
玩误抱不平反遭白眼因而感叹"抱不平良非易事"的，内容涉及极广。
在许多荒诞不经的情节里，蕴藏了深刻的社会内涵，反映了现实中的不
平和偏见，折射了社会上的许多黑暗和腐败的现象。

朱生豪说："我以梦为现实，以现实为梦；以 nothing 为 everything，
以 everything 为 nothing；我无所不有，但我很贫乏。"这说明，他所描写
的这许多"梦"，确实是他下意识地借以排遣现实生活中的失望和缺憾，
寄托希望和理想的一种方法。但是自从朱生豪投身于翻译莎士比亚的
事业以后，精神状态发生了质的变化。因为他是把翻译莎士比亚和为
民族争光联系在一起的，在这里找到了自己人生和事业的新起点。朱
生豪在一封信中明确地说明了这一点：

你崇拜不崇拜民族英雄？舍弟说我将成为一个民族英雄，如果把
Shakespeare 译成功以后。因为某国人曾经说中国是无文化的国家，连
老莎的译本都没有。我这两天大起劲……

可以看到，在时间较后的那些信中，有相当多的内容都和翻译莎士
比亚戏剧有关，这些都是研究我国莎学历史的更加珍贵的文献了。可
惜的是，解放以后宋清如曾经挑选了一部分写有诗歌和谈论翻译工作
较多的信件带在身边，打算抽空作些整理工作，结果在六十年代后期那

场"史无前例"的灾难中全部被毁。那些留在嘉兴老家中得以幸存的信件，也就显得更加珍贵了。

幸存的信中提到翻译工作的还有二十封左右，虽然数量不多，也可以比较全面地反映出朱生豪进行翻译工作的过程。信中有叙述他整个翻译工作计划的，有诉说翻译的具体进程和其中的甘苦的，也有对翻译方法的见解和对一些具体问题的探讨。在一些细节问题的探究中，可以看出朱生豪对翻译工作的认真态度：

> ……有一个问题很缠得人头痛的就是"你"和"您"这两个字。You相当于"您"，thou，thee相当于"你"，但thou，thee虽可一律译成"你"，you却不能全译作"您"，事情就是为难在这地方。

在克服困难，取得进展时，满足和喜悦的心情则溢于言表：

> 《威尼斯商人》不知几时能弄好，真要呕尽了心血。昨天我有了一个得意。剧中的小丑Launcelot奉他主人基督徒Bassanio之命去请犹太人Shylock吃饭。说My young master doth expect your reproach.Launcelot是常常说话用错字的，他把approach(前往)说作reproach(谴责)，因此Shylock说，So do I his，意思说So do I expect his reproach。这种地方译起来是没有办法的，梁实秋这样译："我的年青的主人正盼望着你去呢。——我也怕迟到使他久候呢。"这是含糊混过的办法。我想了半天，才想出了这样的译法："我家少爷在盼着你赏光哪。——我也在盼他'赏'我个耳'光'呢。"Shylock明知Bassanio请他不过是一种外交手段，心里原是看不起他的，因此这样的译法正是恰如其分，不单是用"赏光——赏耳光"代替了"approach—reproach"的文字游戏而已，非绝顶聪明，何能有此译笔？

朱生豪的信件曾经于1995年由宋清如选编整理后由东方出版社以《寄在信封里的灵魂》书名出版，该书选了朱生豪给宋清如的书信236封(有部分删节)。

"小言"是朱生豪另外一批比较集中的散文原创作品。[①] 那是朱生

---

① 朱生豪. 朱生豪'小言'集. 北京：人民文学出版社，2000：1.

豪于 1939 年 10 月 11 日到 1941 年 12 月 8 日"孤岛"沦陷期间在上海《中美日报》任编辑时为该报写的时政短论专栏作品。该专栏基本上每天都有,少则一篇,多则三四篇,一般为三五百字,短的只有几十个字,只有极少数几篇超过千字的。全部"小言"一共有一千多篇,近 40 万字。文章虽然短小,但思维敏锐,形式多样,笔锋犀利,深刻地揭露并无情地抨击了法西斯及其走狗帮凶的滔天罪行和虚弱本质,热情地鼓励全国人民和全世界反法西斯力量丢掉幻想,识破敌人的各种阴谋和骗局,团结战斗来夺取世界反法西斯斗争的胜利。可以说,这些文章(除了少数属"奉命而作"的以及经报社当局删改而加入了并非他本意的内容的篇章外)是朱生豪深厚的爱国热情和高超的文学素养的有机结合。

在中华民族处于生死存亡关头的时刻,朱生豪是以极高的民族热情来投入到这一和敌伪进行白刃相搏的特殊战斗中去的。他不仅要阅读本地的报纸,还收集、研究了大量外文报纸和通讯稿件,以全面了解和掌握时局的各方面动向,因此能够准确把握和深刻理解国内国际的形势,写出切合时政,针砭时弊,既为读者所喜闻乐见,又具有极强战斗力的文章。

"小言"中有许多内容都愤怒地遣责日本侵略者的暴行。而对我方在一些战场取得的来之不易的胜利,则进行了热情的欢呼和赞扬,并借此来加强全国人民坚持抗战,直到最后胜利的信心。如 1939 年 12 月 22 日《华军又传大捷》:

> 最近几天来,华军在粤桂鄂赣各前线胜利的消息,不断传来,诚有令闻之者眉飞色舞之概。……其实华军战略的一贯目的,在乎消耗日军的军力,故所争者决不在乎一城一池的得失,而在未有充分得胜的把握前,总是竭力避免作主力的决战。此次各线反攻,也无非乘日军势衰力竭之余,给他们看一点颜色,未必便可认为总反攻的开始。中国的民众听见了这种消息,除了感念前方将士的忠勇而外,当可格外明白华军实力的充沛,而益坚其最后胜利的信念了。

在 1939 年九十月间的第一次长沙保卫战中,日军在因战力不支而败退北撤后,朱生豪在 10 月 10 日写了《日军的敬意》,对日方的自嘲进行了辛辣的讽刺：

> 据说大日本的皇军在完成"歼灭"华军的计划以后，居然那么慷慨地把湘北各县"还给"华军；据说他们的退出中山，是因为表示对于孙中山先生的敬意。想不到日本的军人经过这一次炮火的教育，居然变得那么宽宏大量。牺牲了多少士卒，损失了多少金钱，能够换到这一点"精神上的收获"，那么也许这次战争在他们方面还不是白打。

> 可是事实胜于雄辩，华军在湘北大胜之后，赣北山西，复有连续奏凯的捷报，华南方面，琼岛华军又有克复临高之讯，不知他们对此又将作何解释，或者又是在对什么人表示敬意吧!①

"小言"不但为中国的抗日救国斗争摇旗呐喊，还对国际的反法西斯斗争投入了极大的关注。1940 年 10 月，希腊人民在英国远征军的支援下，成功地抗击意大利法西斯的两个多月时间内，就发表了十多篇专门谈希腊战局的"小言"。次年 4 月份，又发表了 14 篇关于巴尔干局势的"小言"，在南斯拉夫抗战终于失败后，朱生豪仍然在"小言"中热情地赞扬南国军民"明知胜利希望的微渺，但为了国族的人格与荣誉，仍毅然作不计成败的一战"。并指出，"在被侵略国向侵略国总清算的日期（这一个日子是不会十分远的），光荣的胜利必然是属于重视自由甚于生命的南斯拉夫人民"。德国法西斯向苏联发动大规模突然袭击后，苏德战场一下子成了世界反法西斯斗争的中心。朱生豪也写了许多歌颂苏联人民卫国战争的"小言"，从 1941 年 6 月份以后一些"小言"的标题就可见一斑：《苏德战争序幕》、《望莫斯科而兴叹》、《寻找耳朵的眼睛》（要到希特勒的眼睛能望见其耳朵时才能攻下莫斯科）、《谈虎色变》（苏联人民英勇抗敌）、《纳粹在泥淖中》、《苏联的作战决心》、《给苏联一份礼物》、《风雨泥泞中的德军》……。直至发生珍珠港事变的 12 月 8 日，也就是最后一天的《中美日报》上的"小言"《武士们的悲剧》，还是关于苏德战场的，该文用十分调侃的笔法既赞扬了苏联人民的伟大胜利，又辛辣地讽刺德国法西斯在苏联人民的抗击下寸步难行的困境。

---

① 　朱生豪.朱生豪'小言'集.北京:人民文学出版社,2000 年,1 页。

在国内问题上,"小言"对日伪势力也不断进行抨击,特别尖利地痛斥了汪精卫之流的败类。如1940年1月12日的《汪精卫不堪回首》：

> 人可以为圣贤,亦可以为禽兽,相去之间,往往不过一念之差,而流芳遗臭,遂成定评。……抗战初起,汪氏激昂奋发,曾不后人,而贰心之萌已在囊时,自近卫声明一出,而狐狸尾巴,毕露无余。以堂堂中国国民党副总裁之尊,不惜降身以供日人利用,失足之后,江河日下,凡其所言所行,无不令人齿冷,这且不要去说他。如其果然日本人看他得起,想借重他的"大刀"来结束目前战争,那倒也罢了,无奈他的主子根本不曾对他另眼相看,……其自贬身价,一至于此,清夜自思,当亦有不堪回首之感乎?①

上海"孤岛"中的局势,是非常复杂而且危险的,日伪一方面压迫租界当局加强新闻管制,压制抗日舆论;另外又雇佣特务,采用暗杀、绑架、爆破、抢劫等各种手段对坚持抗日立场的报刊施加压力。面对敌伪势力的种种暴行,朱生豪不但没有被吓倒,而且在"小言"中进行了愤怒的谴责,并鲜明地表明了自己和日伪斗争到底的立场。1940年8月,积极宣传抗日的《大美晚报》编辑程振章先生被特务暗杀,朱生豪拍案而起,在8月23日的报上用比平时"小言"大一号的字体发表了《悼程振章先生》一文,旗帜鲜明地表明了将继续"以不屈不挠的精神与恶势力相抗争"的决心：

> 中文大美晚报编辑程振章先生遇暴以后,伤重不起终于前日撒手长逝。稍具人心者,无不痛恨暴徒的罪恶,对程先生致其敬悼……
>
> ……对于这样一个手无寸铁的文人,暴徒们必欲置之死地而后快者,也许因为程先生太重视新闻记者神圣的天职,不愿违背正义良心,而与他们同流合污的缘故;但我们推测暴徒们最主要的动机,还是在于想用这种一再使用而失效的卑劣的手段,直接威胁程先生所服务的大美晚报,间接恐吓全市拥护正义的新闻界同人。
>
> ……
>
> 至于全市新闻界同人,在当前艰难的处境下,本来明知随时随地,

---

① 朱生豪,《朱生豪'小言'集》,范泉编辑,北京:人民文学出版社,2000年,16—17页。

生命安全都有遭遇危险的可能，然而经过这几年来的磨练，已经使每个人变得更刚强了。为了发挥新闻的使命，传扬人间的正义，他们都能以不屈不挠的精神，与恶势力相抗争，任何威胁，在所不顾，以往如是，今后亦仍必如是，死了一个同志，不仅不能使他们胆寒，反而因为感到自身责任的加重，而倍增其奋斗的勇气。

　　这种奋斗决不是徒然的，因为正义的力量必有一天胜过暴力。①

因为新闻稿件要求时效性，往往当天傍晚发生的事，见到的材料，当晚写出来，第二天一早就要见报，难有仔细推敲加工的时间，但朱生豪凭借他深厚的文学功底，全方位地调动了各种文学手段。在"小言"中随处可以看到各种生动活泼的标题、灵活多样的表述形式（除一般散文外还有诗歌、戏剧台词、对话、甚至楹联对仗等）、运用自如的典故、贴切的比喻、犀利的讽刺等多样灵活的语言手段，加上对敌伪一针见血的揭露，对本质问题言简意赅的归纳，对反法西斯战士和人民群众满腔热情的倾注，使这些随笔小品在具有很强的战斗力的同时，又具有很高的艺术性，成为在当时特定历史条件下具有独创性和特殊价值的一种文学样式。

1940 年 11 月 16 日以《不符事实的幻想》和《并非幻想的事实》两个对比性很强的标题发表的两篇"小言"，前一篇说日本政府幻想和苏联划分势力范围并要苏联承诺停止援华被苏联断然否认，后一篇则说中国人民虽然对依靠自身的基本力量取得最后胜利有充分信心，但仍得到了广泛的国际同情与援助。两篇"小言"以这样的方式来说明"得道多助，失道寡助"的道理，光是其标题的运用就可以说是独具匠心的。

1940 年 11 月 17 日的"小言"《尖锐的讽刺》一文说，据报载日方建议以英属印度划归苏联，而要求苏联将西伯利亚东部让给日本，接着写道："王儿看见李儿手里的苹果，说：'你给了我吧，我把隔壁陆家园里的桃树送给你'。"这样一个类似"儿童文学"的比喻，将日本军方的无耻和愚昧暴露无遗，把复杂的政治问题大大地通俗化，在民众宣传方面起了

---

① 朱生豪，《朱生豪'小言'集》，范泉编辑，北京：人民文学出版社，2000 年，45—46 页。

很好的效果。

"小言"还善于利用敌方自己说的话,或分析其本质,或指出其荒谬,从而提高人民群众对法西斯的认识。如1941年4月17日的《互助共荣的意义》一文,就对日本鼓吹的"互助共荣"口号作了一个很好的诠释:

> ……泰人至今不知"互助共荣"之意义,可见其所见不广。也许我们可以告诉他:所谓互助者,是供日本利用的意思;所谓共荣者,是消瘦了自己去喂肥日本的意思。这种解释是否正确,敢就质于善辩的松冈外相。①

1940年12月7日的《失败三部曲》,以类似古典章回小说标题的楹联对仗的形式,从外交、政治和军事三个方面,数落日寇已至穷途末路,我国人民的抗日战争必将取得最后的胜利,这种新颖的形式对鼓舞我国抗日军民的斗志起了很好的作用。

> 第一部:外交攻势
>
> 附骥尾结欢德意　　　将虎须触怒美英
>
> 建川联苏难圆好梦　　　野村使美莫展良筹
>
> 第二部:政治攻势
>
> 诱和平难摇汉志　　　议调整承认家奴
>
> 华盛顿重贷新借款　　　莫斯科不变旧方针
>
> 第三部:军事攻势
>
> 盘踞经年师退镇南隘　　　死伤累万血溅大洪山
>
> 疾风吹落叶不知明日　　　枯鳖守敝瓮且看来年②

1999年,朱生豪当年在《中美日报》的同事范泉先生在他生命的最后日子里对当年发表过的全部"小言"作品进行了仔细甄别,精选了其中有代表性的370篇(约18万字)编成《朱生豪小言集》,由人民文学出版社出版。这一部朱生豪最重要的原创作品集的问世,为我们了解和研究朱生豪全部文学成就提供了更好的条件。

"尽管朱生豪大学时代所做诗词内容多以唱酬寄情、记游抒怀、感

---

① 朱生豪,《朱生豪'小言'集》,范泉编辑,北京:人民文学出版社,2000年,164页。
② 朱生豪,《朱生豪'小言'集》,范泉编辑,北京:人民文学出版社,2000年,92—93页。

旧怀人之类往来长调,追求柔美,风格以婉约为主,但也有少数篇章是立意高昂,格调不凡的,表现了阔大高远的意境,又确切地写出了远大崇高的理想。这说明朱生豪不但能够创作具有婉约风格的诗词,同时也能创作豪放风格的诗词,无疑这种创作才能为他翻译风格多样,既有儿女情长、又有英雄气概的莎士比亚戏剧奠定了坚实的基础"。①

古人云:"道胜者文不难而自至","道纯则充于中者实,中充实则发为文者辉光,施于世者果致。"从翻译的角度来解读的话,这里的"道"实为译者的修养和学识。朱生豪虽然讷于言辞,但是他的"精神世界是宽阔的,复杂的,它融汇着中西文化的岩浆,跳动着时代的脉搏。是陶潜,是屈原,是李白,是雪莱,是拜伦……用醇甜的奶汁哺育了他,丰富了他,使他满怀激情,充满理想,追求自由,追求光明,热爱自然,热爱美"。② 傅雷曾说"非诗人决不能译诗,非与原诗人气质相近者根本不能译那个诗人的作品"。③ 朱生豪以其对中国古典文学的修养和对莎士比亚的热爱,铸就了他现身于莎剧翻译的伟大事业,并以其特有的才气与莎翁找到了心灵的契合点。

第二节　朱生豪的译莎动力与译著出版情况

一、之江才子

朱生豪从小就学习勤奋,成绩优秀,在家乡嘉兴秀州中学时就开始广泛涉猎世界名著。在外国文学中,他除了倾心于莎翁之外,还特别喜欢读海涅、雪莱、拜伦、济慈、但尼生、勃朗宁等人的诗歌。"特别是当他拿起屈原或莎翁的作品,便会达到忘我的境界……有时,他沉浸在莎剧

① 李伟民,《论朱生豪的诗词创作与翻译莎士比亚戏剧之关系》,《华南农业大学学报》(社会科学版) 2009 年第 1 期,93 页。

② 方华文,《20 世纪中国翻译史》[M]. 西安:西北大学出版社, 2005 年,335 页。

③ 傅雷,《傅雷谈翻译》,北京:当代世界出版社,2006 年,29 页。

之中，与哈姆雷特一起分担忧伤……他常常会如此深情地遨游在书籍的海洋里。"①当时秀州中学的英语师资是比较强的，莎翁的作品已经进入当时的中学教材。正如朱生豪在给妻子宋清如的信中所说："我最初读的莎氏作品已记不得是 Hamlet，还是 Julius Caesar。Julius Caesar 是 Mr. Fisher 班上读的。"②朱生豪高中时期的英语读本是《莎氏乐府本事》(Tales from Shakespeare，现译为《莎士比亚戏剧故事集》)。③由此可见，中学时代的朱生豪已经接触了莎士比亚的作品，他后来下决心翻译莎士比亚并把全部的青春与生命都交给了译莎事业，也许就是从这得到启迪的。

　　1929 年，他升入之江大学后，主修中国文学系，并选英文系为辅系。在之江大学这样一个风景优美而藏书又很丰富的地方，他的阅读范围更加广泛，"他对各门课程，往往不满足于教材的概略介绍，而是在可能范围内，研读原著，统摄全貌，旁征博引，辨察精微。"④在之江，朱生豪得到了"一代词宗"夏承焘等名师的指点，学识和才能很快提高，被师友们公认为"之江才子"。而朱生豪对诗歌的特殊爱好，终于使他成为一个为他的师友们所公认的天才诗人。夏承焘曾如此评价朱生豪："之江办学数十年，恐无此未易才也"。⑤还说他的才华，在古人中也只有苏东坡一人可比。

　　在之江大学，朱生豪虽然是国文系的学生，但他同时也选读了英文系的全部课程，并对英国伟大戏剧家莎士比亚的作品也产生了浓厚的兴趣。由在中学时期对莎士比亚的初步认识，在大学时代得到了进一

---

　　①　吴洁敏、朱宏达，《朱生豪传》[M]. 上海：上海外语教育出版社，1990 年，25 页。

　　②　吴洁敏、朱宏达，《朱生豪传》[M]. 上海：上海外语教育出版社，1990 年，30 页。

　　③　我国解放前的中译本曾叫作《莎氏乐府本事》，是英国 18 世纪作家兰姆姐弟(Charles Lamb and Mary Lamb)所著。这原是为英国儿童写的通俗读物，现已成为全世界莎剧初学者和英语学习者必读的入门书。

　　④　宋清如 1947 年写的回忆文章，见吴洁敏，朱宏达：《朱生豪传》，上海：上海外语教育出版社，1990 年，39 页。

　　⑤　吴洁敏、朱宏达，《朱生豪传》[M]，上海：上海外语教育出版社，1990 年，39 页。

步的加深,并开始从文学与文化价值的角度认识到莎士比亚的伟大。所以,在朱生豪译莎初期,我们可以说他的译莎的最初动力来自于"兴趣",是源自朱氏与莎翁之"知音之情"。①

朱生豪之所以能成为杰出的莎剧翻译家有三个因素是必不可少的:首先是他的英语水平高,其次是酷爱英国文学,第三就是他那精湛的诗学研究和诗词实践,为他译莎打下了坚实的基础。把世界著名的莎剧译成汉语而仍不失为精采的文学作品,这是朱生豪的成功之处。因为朱生豪自己是诗人,又对中国古典诗学有着深厚修养和独立见解,所以他在译莎时,对诗体的选择,有着更大的自由和广阔的天地。他可以从容地选择古今诗体的不同风格、不同句式,作为翻译中的多项选择。从四言诗到楚辞体,从五言诗到六言七言,甚至长短句,他都运用自如,在译文中可以充分发挥他的诗学才能,并使中国诗体的各种形式,十分自然地熔化浇铸于汉译莎剧之中而不露痕迹。②

"朱生豪本身就是一首诗"③这句评论应该说一点也不夸大。人们都公认莎士比亚是诗人,是才子。朱译莎剧显示出译者具有精深的中国诗词的修养,他的诗才渗透在汉译莎剧的字里行间。莎士比亚是伟大的诗人,若没有相应的诗才,是无法使洋诗中化,恰到好处的。朱生豪卓越的诗歌才能,正是他后来从事译莎并获得成功的主要原因之一。他在莎剧译作中洋溢着如此华赡的文采和精湛的古典式诗艺,正是在钱塘江畔秦望山上的之江大学时代打下的扎实根基。

二、爱国情怀

如果说,在朱生豪开始翻译莎士比亚的时候还主要是出于文化上

---

① 宋清如,《寄在信封里的灵魂———朱生豪书信集》[M],北京:东方出版社,1995年,346 页。

② 朱宏达,《朱生豪的诗学研究和译莎实践》,《杭州大学学报》(社科版),1993 年第 3 期,93 页。

③ 蒋炳贤,《诗人的作品只有诗人才能翻译》,《中国翻译》,1990 年第 5 期,46 页。

的考虑,或者说是"兴趣"使然,同时亦有"经济上的因素"①(这一点朱生豪自己也多次谈到);那么,当他的译本两次毁于日本侵略军之手,在日军严酷封锁的清乡区,于贫病交加之中他依然翻译莎剧,显然这时候的"兴趣"就已经转化为一种具有爱国主义的情怀了。

> "他把浓浓的忧患之思化入译文的游走、观赏、惊叹与顿悟之中,从中探察人性,观察自然,在沉重与轻松之中阅尽人生和社会百态,在叹息与微笑中译出莎剧精髓,在坚韧与担当中肩负起文化传播的责任,在苦难与屈辱中更加坚定了要为中华民族争一口气的志向,在深沉与悲怆的译莎中奉献出自己年轻的生命。如果认识不到这一点,我们就很难解释,为何朱生豪在译本一再被毁的情况下,仍然能够矢志不渝,以卓万古而不灭,盯千载而独见之精神,以惊人的文化涵摄眼光和汪沛的青春创造力,左右采获,万取一收。"②

由此可见,朱生豪译莎的前期主要是兴趣和才气使然,并且也向往成就这一伟大的文化工程,但是后来遭遇战争,而且译本一再毁于战火中的时候,对日本侵略者的仇恨已转变为一腔爱国热情,并将这种爱国热情铸就在翻译莎士比亚戏剧的字里行间。在被上海文化出版界称为"翻译年"的1935年,朱生豪接受了詹文浒翻译《莎士比亚戏剧全集》建议③,而当朱生豪从弟弟朱文振那里听说,《莎士比亚全集》的日本译者坪内逍遥曾鄙夷地说中国是无文化的国家,连老莎的译本都没有的时候,就决心把翻译莎士比亚推崇为"民族英雄的事业"。并且使在现实生活中感到迷惘、困惑和苦闷的朱生豪发现,自己的工作可以为民族争光,和抵抗日本帝国主义的文化侵略联系起来,他在给宋清如的信中袒露了自己译莎的心迹,"你崇拜不崇拜民族英雄? 舍弟(是指朱文振)说

---

① 吴洁敏、朱宏达,《朱生豪传》[M].上海:上海外语教育出版社,1990年,297页。

② 李伟民,《爱国主义与文化传播的使命意识———杰出翻译家朱生豪翻译莎士比亚戏剧探微》,《湖南师范大学社会科学学报》,2008年第2期,132页。

③ 朱生豪和詹文浒是世界书局的同事。三十年代初,詹文浒曾是朱生豪母校嘉兴秀州中学英文教员,后来到上海世界书局,担任《英汉四用辞典》主编。1933年,朱生豪从之江大学毕业后,也到世界书局任英文编辑,参加《英汉四用辞典》的编纂工作。在其后的合作共事中,詹非常赏识朱生豪的中英文造诣,因此才建议朱生豪翻译莎士比亚的剧本。

我将成为一个民族英雄，如果把 Shakespeare（莎士比亚）译成功以后。因为某国人曾经说中国是无文化的国家，连老莎的译本都没有。我这两天大起劲……"①由此可见，朱生豪译莎绝不是仅仅为了摆脱生活的窘迫而敷衍了事，而是真正感到了理想的追求和与莎士比亚灵魂的契合。

> "作为一个杰出的翻译家，只有把这种爱国热情深深地埋藏在心底，以深沉冷静的译述拥抱莎士比亚，既脚踏实地，又满怀热情，在生存境遇与精神灵魂两相激变的真切体验中，在一种紧迫感、责任感、使命感和危机感中，从人的灵魂遍视与拷问中与莎士比亚达成了某种文化意义上不期而遇的默契。"②

莎士比亚的不朽杰作，撞击出了回响，点燃了朱生豪希望的火花；他从此摆脱了寂寞、空虚和无聊，跳出了苦闷、彷徨和绝望。翻译莎剧是"他生命、生活、思想、情绪的转折点，正如在汪洋大海中漂流的小艇，看到了前进的航标；有如经过严冬行将干枯的种子，找到了合适的土壤，准备发出'根'来"③。正如孟宪强先生所指出的："朱生豪翻译莎士比亚取得巨大成功最根本的原因，那就是他的爱国主义思想；正是这种崇高的情感成了朱生豪与莎士比亚的契合点，成了朱生豪在那样艰苦的条件下献身译莎工作的原动力。"④朴素的爱国思想是促使朱生豪完成这一"文化使命"的动因。朱生豪就是这样满怀着朴素的爱国思想和炽热的民族感情，以自己独特的方式和坚忍不拔的毅力，"替中国近百年翻译界完成了一件最艰巨的工程"，用莎士比亚笔下的众多形象和戏剧旋律美化了中国的艺术画廊，从而表达了他拳拳报国心。

---

① 朱尚刚，《诗侣莎魂：我的父母朱生豪、宋清如》，上海：华东师范大学出版社，1999年，149 页。

② 李伟民，《爱国主义与文化传播的使命意识——杰出翻译家朱生豪翻译莎士比亚戏剧探微》，《湖南师范大学社会科学学报》，2008 年第 2 期，132 页。

③ 方华文，《20 世纪中国翻译史》[M].西安：西北大学出版社，2005 年，335 页。

④ 孟宪强，《朱生豪与莎士比亚》，《中华莎学》，1992 年第 4 期，3 页。

三、以生命来翻译莎剧

1933 年朱生豪到上海世界书局任英文编辑,决意用业余时间翻译一部明白晓畅、忠实原文神韵的散文体莎士比亚戏剧全集。朱生豪在动笔翻译莎士比亚剧本之前,从 1935 年春开始,花了整整一年时间,收集莎剧的各种版本、诸家注释以及莎学的资料加以比较和研究。同时,他还研究表演艺术,评析、比较当时著名的电影和话剧。对莎士比亚全集,他更是反复吟诵,仔细推敲,达到了废寝忘食的地步。

朱生豪的莎剧翻译,主要是根据当时流行的牛津版本,按照喜剧、悲剧、杂剧和历史剧的顺序进行翻译,并且首先试译了《暴风雨》这部莎士比亚晚期的戏剧作品,基本确立了用诗化散文体翻译莎士比亚"素体诗"的行文风格。1936 年 8 月,朱生豪的第一部译作《暴风雨》(*The Tempest*)第一稿完成。《暴风雨》的翻译一炮打响,使他信心倍增。接着一气呵成,在其后不到一年的时间里,陆续译出《仲夏夜之梦》(*A Midsummer Night's Dream*)、《威尼斯商人》(*The Merchant of Venice*)、《第十二夜》(*The Twelfth Night*)等 9 部喜剧。

但是事与愿违,1937 年 8 月 13 日,日军在上海发动"八一三"事变,淞沪会战爆发 。朱生豪的全部译稿焚于战火,开始了流离失所的逃亡生活,翻译莎剧一度中断。在 上海沦为"孤岛"期间,朱生豪辞去了世界书局之职,到《中美日报》任编辑,在其间工作的两年多时间里,他还利用业余时间译莎。

1941 年 12 月,太平洋战争爆发后,日军占领租界,冲入报社。朱生豪虽夹杂在排字工人中逃得一命,但多年的心血结晶——全部译稿均遭厄运。之后,他成了失业者,生活陷入困境。然而,这一切并没有压垮朱生豪。他曾豪迈地宣称"饭可以不吃,莎剧不能不译"。①

虽然生计维艰,手头资料只有莎剧全集和两本词典(牛津词典和四

① 吴洁敏,朱宏达,《朱生豪传》[M].上海:上海外语教育出版社,1990 年,127 页。

用词典），然而朱生豪仍然以极快的速度完成了莎士比亚悲剧的翻译。

1943年1月，朱生豪携妻子回到了嘉兴故居，避乱于故乡这个宁静的水乡，朱生豪以极快的速度完成了莎剧的大部分翻译。在一年中，朱生豪译出了莎士比亚悲剧8部，完成了全集的第二辑。到了1944年，他的身体状况与日俱下，但他依然埋头伏案，又译完了杂剧10部，即全集的第四辑，其后又译出了历史剧4部。

1944年11月底，朱生豪病情愈益加重，卧床不起。12月6日中午，时年32岁的文坛翻译巨星朱生豪与世长辞。

朱生豪的翻译态度严肃认真，以"求于最大可能之范围内，保持原作之神韵"为其宗旨。译笔流畅，文词华丽。他所译的《莎士比亚戏剧全集》是迄今我国莎士比亚作品的最完整的译本之一。我国出版的第一部外国作家全集——1978年版的《莎士比亚全集》（中文本），戏剧部分采用了朱生豪的全部译文。朱生豪历经十年，在内忧外患、生活困窘、资料奇缺的条件下，以一人之力谱写出一曲译莎的神话，为现代中国的文学翻译事业留下了辉煌的一笔。诗人、翻译家屠岸说："朱生豪是以生命殉译莎事业的译界圣徒"，[1]1989年在朱生豪逝世45周年的日子里，中国翻译界协会上海分会草婴、方平等一行20余人专程来到嘉兴朱生豪故居，给朱生豪遗孀宋清如女士送上镌有"译界楷模"四个大字的匾额。这匾额至今仍高挂在朱生豪故居。"译界楷模"也已成为迄今为止对朱生豪最高也是最恰如其分的评价。

四、莎剧的出版发行

朱生豪共翻译了莎士比亚戏剧31部半。[2]然而，由于时局混乱，

---

[1]　载于2006年12月11日珠海特区报屠岸访谈。

[2]　到1944年去世前，朱生豪克服难以想象的困难，以惊人的毅力，译出莎士比亚全部剧作37部中的喜剧13部、悲剧10部、传奇剧4部和历史剧4部及《亨利五世》（未译完），共31部半，遗憾的是，由于朱生豪英年早逝，历史剧中《理查三世》、《亨利五世》（部分）、《亨利六世》（上中下）、《亨利八世》6部未及翻译。

他没能在生前看到作品的出版。直到抗日战争胜利后，世界书局才于1947年—1948年出版了《莎士比亚戏剧全集》1～3辑共27种剧本。建国后，人民文学出版社接收了世界书局的版权，把出版莎士比亚全集提上了日程。1954年，作家出版社又出版了《莎士比亚戏剧集》1～12卷。1978年，人民文学出版社对朱译本作了校订，补充了所缺的6部历史剧和莎士比亚的十四行诗及杂诗，出版了《莎士比亚全集》1～11卷，这是中国历史上第一部完整的莎士比亚全集翻译作品，标志着中国的莎学翻译和研究进入了一个崭新的阶段，《莎士比亚全集》的出版是建国以来翻译文学方面最重要的历史事件之一。此后，以这个版本为基础的朱生豪翻译莎士比亚戏剧全集由众多出版社不断再版和重印，朱生豪的名字也家喻户晓。

在中国，莎士比亚大概是外国作家中被翻译最多的一位，不仅出了三套全集译本和数个选集译本，而且大多数剧本都有不止一个单行译本。这三套全集的头两套是戏剧全集，即以朱生豪已有译本为主，由虞尔昌补译完其他剧本和梁实秋独自翻译的；第三套包括莎士比亚的诗作，是真正的全集，即由朱生豪主译，吴兴华等校订的《莎士比亚全集》。经过近几代翻译工作者数十年的努力，现在已经有了5套莎士比亚全集的译本：第一个是台湾世界书局出版的以朱生豪原译为主译、虞尔昌补译的5卷本《莎士比亚戏剧全集》（台北：世界书局，1957）；第二个是由梁实秋翻译，台湾出版的40册本《莎士比亚戏剧全集》（台北：远东图书公司，1967）；第三个是人民文学出版社1978年出版的、以朱生豪译本为主体，由方平、章益、方重、杨周翰、张谷若、杨德豫、梁宗岱、黄雨石等补齐的11卷本（北京：人民文学出版社，1978）；第四个是译林出版社1998年出版的以朱生豪翻译（裘克安、何其莘、沈林、辜正坤等校订）、索天章、孙法理、刘炳善、辜正坤补译的8卷本。第五个就是最新的莎士比亚翻译成果，由方平等用诗体翻译的《新莎士比亚全集》（石家庄：河北教育出版社，2000年）。

第三节　朱生豪的译作评说①

　　据统计,在朱氏译莎之前,国内已有各种莎剧 12 种 20 多个译本(邹振环:《译林旧踪》,江西教育出版社,2003 年,197 页)朱氏对此前国内所出莎译是不大满意的。朱氏本人倾十年之功译出莎剧 31 部半。其质量又如何呢? 朱生豪在谈及拟译《威尼斯商人》时说:"比起梁实秋来,我的译文是要漂亮得多的"。(《朱生豪情书》,312 页)"一改再改三改"地译完该部作品时,又说:"莎士比亚能译到这样,尤其难得,那样俏皮,那样幽默,我相信你一定没有见过。"(《朱生豪情书》,312 页)因小可以见大,朱生豪对自己译作质量之信心不觉溢于字里行间。朱先生这么坦言或许不无"王婆卖瓜"之嫌,那么,别人又是怎么评价他的译文的呢?

　　• 朱译莎剧不仅数量多,而且译得好,真正是替中国近百年翻译界完成了一项最艰巨的工程。(黄源,转引自《译林旧踪》,198 页)

　　• 朱译似行云流水,即晦塞处也无迟重之笔。(许国璋,转引自《20 世纪中国翻译思想史》,197 页)

　　• 他的莎剧译作不仅数量多,而且质量好,得到国内外莎学界的高度评价。(陈福康:《中国译学理论史稿》,332 页)

　　• 钱钟书先生在《林纾的翻译》中说:"最近,偶尔翻开一本林译小说,出乎意外,它居然还没有丧失吸引力。"我读朱译就和钱先生读林译有同感。(许渊冲:《文学与翻译》,214 页)

　　• 清华外文系的图书馆……,我最喜欢的是一本红色皮面精装的《莎士比亚全集》,皮面下似乎有一层泡沫,摸起来软绵绵,读起来心旷神怡。(许渊冲:《诗书人生》,213 页)

――――――――――

　　① 本节主要参照了杨全红《走进翻译大家》之《朱生豪:令国人自豪的翻译大家》部分,长春:吉林人民出版社,2004 年,238—243 页。

- 从现象出发,孙致礼认为卞之琳、查良铮、王佐良是"杰出的诗歌翻译家";我在文中却指出卞译莎士比亚不比朱生豪有吸引力。(许渊冲:《诗书人生》,397 页)

- 至于朱译莎剧中的诗,无论是形式之多样性,还是艺术之完美,都称得上是首屈一指的。(吴洁敏,朱宏达:《朱生豪传》,136 页)

- 不可否认,朱译散文体《莎士比亚全集》以其译笔流畅典雅,文句琅琅上口,素来为人称道,是广大读者爱不释手的佳品。(蓝仁哲:莎剧的翻译:从散文体到诗体译本,《中国翻译》2003 年 3 期,40 页)

- 朱生豪译笔流畅,文词华赡,善于保持原作的神韵,传递莎剧的气派,译著问世以来,一直拥有大量读者。(罗新璋:《翻译论集》,12 页)

- (朱译)最大特点是文句典雅,译笔流畅,好像是高山飞瀑,一泻千里,读之朗朗上口,决无诘屈聱牙之弊。(贺祥麟,转引自《中国翻译词典》,981 页)

- 朱氏文学修养颇深,汉、英语都很有造诣,所译莎剧字斟句酌、晓畅易懂,较之他人的译本以典雅传神见长。(方梦之:《译学词典》,438 页)

- 朱先生的译文既能紧扣原文,把原文的意思准确、充分地表达出来,又能再创造,保持译文的通畅、自然。尤其他优美、灵动和风格化的语言更是为人称道。(李赋宁:《莎士比亚全集》序,1 页)

- 他译的莎剧,以其流畅的译笔、华赡的文采,保持了原作的神韵,传达了莎剧的气派,被喻为翻译文学的杰作。译作传到海外,欧美文坛为之震惊,许多莎士比亚研究者简直不敢相信中国人会译出如此高质量的剧作。(周仪,罗平:《翻译与批评》,129 页)

- 朱生豪没有保留莎士比亚剧本的诗歌形式,其译文却反而保留了原作的神韵,读起来像诗歌一样优美。时至今日,朱生豪的译本仍受到我国读者的喜爱,远胜于那些徒有诗歌之形实无诗歌之美的译本。(张经浩:《译论》,6 页)

• 朱生豪把莎士比亚戏剧中人物的诗体语言,改用散文体译出,既便于舞台对白,又使观众易懂,更好地提升了对莎剧的欣赏效果,使朱译莎剧,成为我国文学翻译百花园中一朵璀璨晶莹、经久不衰的名花。(李景端:不是"必修"但可"选修",《文汇读书周报》,2005 年 11 月 18 日)

• 事实告诉我们,朱生豪不但以流畅的译笔,华赡的文辞,保持原作的神韵,传达了莎剧的气派,赢得了广泛的声誉,而且他熟练地运用了散文体的形式,再现了莎翁无韵诗体的口语节奏,将莎剧中众多的典型形象介绍到中国文坛,从而填补了我国翻译史上一大空白,开创了近代莎学研究的新局面。(吴洁敏,朱宏达:《朱生豪传》引言)

• 朱生豪的散文译文能再现莎士比亚无韵诗体的口语节奏,获得流畅自然的效果。(张经浩:《名家 名论 名译》,77 页)

• 朱生豪的莎剧译本虽是用散文体译出的,但以流畅通俗易于上口见著,与梁实秋、孙大雨等学院派的译诗、集注本不同。他在我国莎译工作中起着开拓作用。当代不少莎剧译者如方重、方平、杨周翰,或多或少受其影响。(蒋炳贤:诗人的作品只有诗人才能翻译,《中国翻译》,1990 年 5 期,46 页)

• 朱生豪才气纵横,志在"神韵",善于以华美详赡的文笔描绘莎剧中的诗情画意。他的译本语言优美、诗意浓厚,吸引了广大读者喜爱、接近莎士比亚,从 40 年代末以来对于在中国普及推广莎剧做出了很大贡献;但限于他当时的工作条件,今天拿原文去检查,也会发现他的译本尚有不少遗漏欠妥之处。(刘炳善:《译事随笔》,243 页)

• 朱译在传神达旨上可以说是首屈一指的,……朱的译文,不仅优美流畅,而且在韵味、音调、气势、节奏种种行文微妙处,莫不令人击节赞赏,是我读到莎剧中译得最好的译文,迄今尚无出其右者。(王元化:《思辨录》,439 页)

• 宋清如回忆朱生豪的译莎工作时,写到:"原文中也偶有涉及诙谐类似插科打诨或不甚雅驯的语句,他就暂作简略处理,认为不甚影响原作宗旨。现在译文的缺漏纰漏，原因大致基于此。"(《朱生豪传》第129页)从朱译本看，确实如此：莎剧中许多双关语、猥亵语和其他难译之处，已被改写、回避或删去了。因此，朱译本在这些方面可以说是一个"洁本"。(刘炳善：《译事随笔》，245页)

除了赞美和肯定之外，当然也有指出朱译本的不足之处的：

· 朱译本在总体上还存在着一大不足，那就是：未能忠实地移译莎剧中的大量粗俗语。和双关语一样，粗俗语也是莎剧的一大特色。莎剧中的粗俗语不仅反映了莎士比亚的时代风貌，而且自有其特定的戏剧作用，对于描摹人物，活跃剧情，增强舞台效果等诸多方面都是有其不可低估的作用的。……但是朱生豪在处理这类文字时往往采取"净化"或"雅化"的手法。考虑到朱生豪时代的国情，这种处理可以理解。但这样一来，很多地方就不能传达原作的"神韵"，不能客观反映原作的风貌，这其实与朱生豪本人的宗旨也是相悖的。……朱生豪善于传达莎翁高雅文字的"神韵"，却不善于(毋宁说不屑于)传达莎翁粗俗文字的"神韵"，这是他的一大缺陷。"净化"之举，虽包含译者一番良苦用心，但以如何正确对待外国经典作品来衡量，则是不足取的。(朱俊公，转引自《翻译批评论》，349~351页)

· 朱氏文学修养颇深，汉、英语都很有造诣，所译莎剧字斟句酌，通晓易懂，较之他人的译本以典雅传神见长。初期所译的几部多为喜剧，如《暴风雨》《仲夏夜之梦》等，译笔轻快。后期所译多是悲剧、历史剧，因时隔数年，译笔精辟而流畅，其中《罗密欧与朱丽叶》、《汉姆莱脱》、《麦克佩斯》、《李尔王》、《奥塞罗》等剧译得颇佳。……朱译也有差错和删节之处。对他将莎翁的无韵诗译成散文，译坛也有争论。(袁锦翔，转引自《中国翻译词典》，981页)

· 朱生豪是在一九三六到一九四四年间译莎士比亚的。那是战乱年代，朱虽是杰出英才，无奈参考资料不足，观念上也受限制，所以他的译本的光洁的语言背后隐藏着不少错误和简单化、"中国化"的毛病。朱生豪又有洁癖，他认为粗俗和猥亵的语言统统要删去，而这样的地方,在生活充满乐趣而无所顾忌的莎士比亚笔下是很多的,特别是在他的喜剧里。此外,他也没有译莎氏的诗作。对于莎剧中夹着的格律小诗,有的朱生豪译得极佳;但也有一些,他逞着自己擅长中国旧体诗的诗才,译得太走了样。(裘克安:中译莎士比亚全集的校订和增补,《中国翻译》,1999 年 2 期,53 页)

　　俗话说,译无定译。自然,每一本译著都有其崇拜者和质疑者,读者是最好的批评家。朱生豪在经济状况极端困难的情况下,克服难以想象的困难,以惊人的毅力重译毁于炮火的莎剧,拖着疾病之躯顽强坚持到生命的最后一刻。朱生豪作为中国翻译莎士比亚戏剧的先行者和主要翻译者,对推动我国的戏剧演出、研究和促进中外文化交流,做出了巨大贡献。

第二章　朱生豪的翻译思想研究

第一节　朱生豪的莎剧研究

翻译家首先是研究者。作为莎学家的朱生豪,对莎剧从纵向和横向两个方面进行了深入细致的研究,提出了不少关于莎士比亚研究的精辟见解,为翻译莎剧并传达莎剧的神韵做出了贡献。

戏剧是一种综合性的舞台艺术,由于受表演的限制,对语言的要求与诗歌、散文、小说等有很大不同。戏剧翻译应当遵循"可读性"和"可演性"。这两个原则是戏剧翻译中不可忽视的重要因素。这不仅意味着戏剧翻译者要考虑译本是否适合表演的问题,而且还必须对潜在观众的理解力和期待进行推测。朱生豪翻译态度极为认真,一丝不苟。他在翻译之前,花了整整一年时间,收集莎剧的各种版本、诸家注释等以及莎学的资料,比较和研究这些资料的优劣得失,对莎剧在世界文学中的地位、莎翁生平、思想成就、艺术特点、版本考证、戏剧分类,都有过细致的研究。

自 1623 年第一部莎士比亚剧作集问世以来,在 380 年时间里,莎士比亚的作品曾以不同的部数、不同的文体、不同的选编者出版过多种版本,较有影响的有美国河滨本,英国牛津本、诺顿本、阿登本等。各国出版的莎士比亚作品成千上万,数不胜数。在早期的莎作翻译中,相当多的译者忽视了莎作版本的选择。早期的莎剧译者或限于条件或考虑不够,一般不大讲究版本。"朱生豪与梁实秋译本依照的是牛津版,这个版本在 19 世纪的莎学版本中,地位实在不能算是很高的"。① 莎士比亚来到中国的日子却并不很长。莎士比亚作品被翻译成中文的时间不过 100 年。对于文学文本的翻译来讲,版本的选择是一个重要问题,一直都受到足够的重视。版本质量直接影响到译文的整体美学效果,乃至对文学文本评价的方向,甚至还会涉及到译本是否与原文本思想内容一致的大问题。

一、纵向比较研究

莎士比亚有"人类文学奥林匹克山上的宙斯"之称,其戏剧作品描绘了五光十色的社会生活图景,并以其博大、深刻、富于诗意和哲理著称。因此,对于莎翁的戏剧翻译来说,就不能紧紧局限于简单的语言理解了,必须进行深入的研究才能透彻地理解莎剧。一般来说,翻译的步骤或过程大概分三个阶段:理解、表达和校核。因此,在翻译的过程中,作为第一个步骤,对原文做透彻理解是准确翻译的基础和关键,而这种理解特别是对于莎士比亚戏剧的理解就不能局限于语言本身。作为莎剧译者,首先就要是一个研究者,朱生豪就是这样做的。翻译之前他就对莎剧进行了认真细致的研读,"余笃嗜莎剧,曾首尾研诵全集至少十余遍,于原作精神,自觉颇有会心。②"他首先把莎士比亚放在欧洲文学的大背景下进行纵向比较研究,并提出了发人深思的真知灼见。

> "于世界文学史中,足以笼罩一世,凌越千古,卓然为词坛之宗匠,诗人之冠冕者,其唯希腊之荷马,意大利之但丁,英之莎士比亚,德之歌德乎。此四子者,各于其不同之时代及环境中,发为不朽之歌声。"③

这里,朱生豪不仅从语言的角度,更是从文化的角度来看待世界文学,认为莎士比亚等人"足以笼罩一世,凌越千古"。因此,为了进行不

① 李伟民,中国莎士比亚批评史[M].北京:中国戏剧出版社,2006 年,285 页。

② 朱生豪,《<莎士比亚戏剧全集>译者自序》,见《朱生豪传》(附录二),上海:上海外语教育出版社,263 页。

③ 朱生豪,《<莎士比亚戏剧全集>译者自序》,见《朱生豪传》(附录二),上海:上海外语教育出版社,263 页。

同文化之间的交流,翻译这些不朽之经典也就是理所当然的了。那么这么多的经典作品要先译哪一部呢? 朱生豪经过比较做出了选择:

> "然荷马史诗中之英雄,既与吾人之现实生活相去过远,但丁之天堂地狱,复与近代思想诸多抵牾;歌德去吾人较近,彼实为近代精神之卓越的代表。然以超脱时空限制一点而论,则莎士比亚之成就,实远在三子之上。"①

翻译的第二步骤是表达,表达的好坏取决于译者对原文的理解程度以及译入语的修养水平。在翻译实践中,理解是表达的基础,表达是理解的结果,但是理解正确并不意味着一定会有正确的表达。文学翻译的最高目标在于准确地运用目标语言来表达原文的"形"和"神",但是在实践过程中,由于作者和译者的文化和时代背景存在着差异,使得从原语言到目标语言的转变过程中,或多或少会存在着意义的改变和感情程度的变化。文学文本的翻译涉及很多方面,语言、文化、审美艺术等因素,而莎剧更是人物典型性、内涵丰富性和情节生动性的完美融合。从翻译的角度来看戏剧,更多的是把剧本作为文本来对待的,这个文本通常由舞台说明和人物台词这两部分组成。传统戏剧语言有三个明显的特点:口语化、个性化和动作化。口语化是说戏剧语言符合大众的审美需要,明白晓畅。个性化的语言要求语言符合剧中人物的身份、地位、职业等。动作化的语言是指能推动剧情发展,揭示人物性格,构筑戏剧冲突的人物对话。剧本就是通过人物语言来发展剧情,展开矛盾,表现人物性格和作品主题的。朱生豪对莎剧的笃好,使他连带对文学品类的戏剧产生了浓厚的兴趣。

> 读戏曲,比之读小说有趣得多。因为短篇小说太短,兴味也比较淡薄一些;长篇小说又太长,读者的兴味有时要中断。但戏剧如五幕一本的就不嫌太长,也不嫌太短。因为是戏剧的缘故,故事的结构必然是非常紧凑的,个性的刻划必然是特别鲜明的。剧作者必然希望观众的注

---

① 朱生豪,《<莎士比亚戏剧全集>译者自序》,见《朱生豪传》(附录二),上海:上海外语教育出版社,263页。

意力集中不懈。因此所谓"戏剧的"一语,必然含有"强烈的"、"反对平铺直叙"的意味。如果能看到一本好的戏剧的精采的演出,那自然是更为有味,可惜在中国不能多作这样的奢望。①

为了做好译莎的准备工作,朱生豪在对莎剧精心研究的基础上,精心编写了《莎翁年谱》,对莎剧的分类、分期提出了自己的看法。他根据莎剧的性质,将莎剧分为喜剧、悲剧、史剧、杂剧四类。他把莎士比亚的创作分为四个时期:自 1590 年至 1594 年是莎氏写作之初期,此期作品大多改编旧剧,其创作者亦未脱摹拟他人之痕迹;1595 年至 1601 年是莎氏写作之第二期,最佳喜剧均于此期产生;自 1602 年至 1609 年是莎氏写作之第三期,此期莎氏几乎全力专心写作悲剧,为其艺术成就之极峰;自 1610 年至 1613 年是莎氏写作之第四期,此期作品极少,多为悲喜杂糅之传奇剧,而以复和团圆为结束者。② 朱生豪之所以精心研究莎剧并进行分类是与翻译的要求密不可分的,因为莎士比亚的语言以博大精深而著称,有些剧本全用散文体写作(如《温莎的风流娘儿们》),而有的剧本几乎全用无韵诗写就(如《朱利乌斯·恺撒》),有的剧本段落又会使用古老的韵律诗。莎士比亚的戏剧语言变化多端,娴熟灵巧的遣词择句勾勒出给人无尽遐思的丰富意象、扣人心弦的剧情发展和各具特色的鲜明的人物特征。由于不同时期和不同种类的剧本所使用的语言会有很大的差异,因此在翻译中就需要译者深谙原作的精髓,这样才能最大程度表达出原作的"神韵"。

二、横向比较研究

在纵向研究的基础上,朱生豪还对莎剧进行了横向的比较研究。那个时代,莎翁的名声也早已经传入中国,译本也有不少,为何朱生豪

---

① 吴洁敏、朱宏达,《朱生豪传》[M],上海:上海外语教育出版社,1990 年,141－142 页。

② 吴洁敏、朱宏达,《朱生豪传》[M],上海:上海外语教育出版社,1990 年,148－149 页。

还要选择译莎?

莎士比亚之所以成为世界上最伟大的诗人和剧作家,除了时代的必然因素外,还在于他的戏剧语言不仅丰富、生动、形象、富有诗意,而且变化多端。在译者自序中,朱生豪首先明确了选择译莎的原因。他认为莎士比亚之所以"为全世界文学之士所耽读,其剧本且在各国舞台与银幕上历久搬演而弗衰,盖由其作品中具有永久性与普遍性"。[①] 当然这与莎士比亚语言的丰富性不无关系。而在朱生豪看来,"中国读者闻莎翁大名已久,文坛知名之士,亦尝将其作品,译出多种,然历观坊间各译本,失之于粗疏草率者尚少,失之于拘泥生硬者实繁有徒。拘泥字句之结果,不仅原作神味,荡焉无存,甚且艰深晦涩,有若天书,令人不能卒读,此则译者之过,莎翁不能任其咎者也。"[②]莎士比亚根据人物身份与处境的不同选用不同语体的语言:文雅或粗俗,哲理或抒情,以娴熟灵巧的遣词择句勾勒出给人无尽遐思的丰富意象,使剧中的人物形象栩栩如生地展现在舞台上。因此,在翻译中要明确戏剧中的人物语言特色,恰当的转换成另一种语言。可以看出,朱生豪选择译莎的主要原因就是莎翁的许多译本"拘泥字句之结果"从而使得原作之神味"荡焉无存,甚且艰深晦涩"。

众所周知,在艺术上,悲剧是莎剧中成就最高的。莎士比亚的悲剧主要是理想与现实的矛盾和理想的破灭,人文主义理想和现实社会恶势之间的矛盾构成戏剧冲突。四大悲剧是莎士比亚最重要的作品,表现的社会内容和哲学内涵都是最丰富的。它们以精湛的艺术形式,博大的思想内容表现出主人公人文主义理想的幻灭,反映了作者对人生价值和意义 的反思。因此,朱生豪以独特的视角也对于四大悲剧进行细致的研究,并做出了精辟的阐释。

> 在这些作品中间,作者直抉人性的幽微,探照出人生多面的形象,开拓了一个自希腊悲剧以来所未有的境界。……关于这四剧的艺术价

---

① 朱生豪,《〈莎士比亚戏剧全集〉译者自序》,见《朱生豪传》(附录二),263 页。

② 朱生豪,《〈莎士比亚戏剧全集〉译者自序》,见《朱生豪传》(附录二),263 页。

值,几乎是难分高下的。《哈姆雷特》因为内心观照的深微而取得首屈一指的地位;从结构的完整优美讲起来,《奥瑟罗》可以超过莎氏其他所有的作品;《李尔王》的悲壮雄浑的魄力;《麦克佩斯》的神秘恐怖的气氛,也都是戛戛独造,开前人所未有之境。①

在对莎剧研究的基础上,朱生豪逐渐形成了自己的翻译风格。在翻译中,从确定翻译的对象、译文的选取、原文的选择、再到比较译文的不同,以及翻译的思维过程、做决定的过程(decision－making)等等,无一不需要研究与思考。例如《哈姆雷特》剧中的" the beauty of the world",朱生豪没有拘泥于原文字面之意("世界的美丽")而译为"宇宙的精华"。在他的一管生花妙笔下,莎剧成了文学的楷模,剧中人物形象彰显出持久的魅力,剧中语言闪耀着文字的光辉。正所谓:译而不思则罔,思而不译则殆。正是在对莎剧研究的基础上,有着深厚古典文学底蕴的"之江才子"朱生豪才形成了自己的翻译思想。

总之,戏剧不仅是一种重要的文学体裁,也是一门表演艺术。它包括了小说、诗歌、论述等文体的特点,更拥有自己独特的文本结构和独特的语言形式:台词。这种二元特性大大增加了戏剧翻译的难度。"剧本不仅是舞台演出的蓝本,同时,也可单独作为文学作品来阅读。英语中的 closet drama(案头剧、书斋剧)就是指专供阅读而非演出的剧本。应该说,把剧本作为文学作品来翻译和将其搬上舞台所要考虑的因素是不尽相同的。前者所涉及的因素要比后者单纯得多"。② 戏剧既是一种文学艺术同时又是一种表演艺术。也就是说,戏剧兼具可阅读性和可表演性,戏剧译本不但要通顺、达意,易于阅读;还要朗朗上口,易于表演。可见,戏剧翻译具有很大的难度。戏剧是一种独特的语言艺术,以舞台演出为目的,同时蕴涵着文化特质。戏剧的翻译向来被认为非常之棘手,因为其具有两个生命,一个存在于文学体系中,一个

---

① 朱生豪,《＜莎士比亚戏剧集＞第二辑提要》,见《朱生豪传》(附录二),268 页。
② 李基亚、冯伟年,《论戏剧翻译的原则和途径》,《西北大学学报》(哲学社会科学版),2004 年第 4 期,161 页。

存在于戏剧体系中,其双重性给翻译带来了极大的困惑;而且戏剧的两大属性,可表演性和文化负载性对翻译者提出了更高的要求。

第二节　朱生豪的翻译思想解读

翻译思想指翻译家对翻译之"道"经验的高度提升或高层级认知,这种认知又反过来指导他在更高层级上的实践,由此获得新的经验,从此周而复始。翻译思想通常表现为对译事的某种原则主张或基本理念,通常经历三个深化(或提升)阶段:体验(Experiencing)、体认(Knowing)、体悟(Apprehending)。翻译思想是翻译理论的第三个层级(第一个是方法论;第二个是对策论),[①]具有高层级性、能产性、模糊性、传承性、迁延性等特征。翻译思想对翻译实践的方法、技能、技巧有着直接的影响,也就是我国传统文化中所谓的"思定于笔",也可以解释为思想决定技法,翻译也是如此:翻译思想决定翻译方法。[②] 简而言之,翻译思想可以理解为译者本身对翻译工作的宏观认知,也就是译者对翻译实践的整体理解,也是译者自身知识积累所形成的一种翻译价值观,会直接影响到译者的翻译策略与翻译方法。

在那些战乱的特殊岁月里,朱生豪虽然为我们译出了精妙绝伦的莎士比亚剧作,却未来得及为我们留下很多翻译理论,今天能够直接了解他的翻译思想的文字只有这篇宝贵的《莎士比亚戏剧全集·译者自序》。尽管这篇自序篇幅短小,但却从翻译标准、翻译方法、翻译态度以及翻译批评等不同的层面阐述了朱生豪的文学翻译思想。

于世界文学史中,足以笼罩一世,凌越千古,卓然为词坛之宗匠,诗人之冠冕者,其唯希腊之荷马,意大利之但丁,英之莎士比亚,德之歌德乎。此四子者,各于其不同之时代及环境中,发为不朽之歌声。然荷马

---

① 刘宓庆,《中西翻译思想比较研究》,北京:中国对外翻译出版公司,2005 年,3 页。

② 刘宓庆,《中西翻译思想比较研究》,北京:中国对外翻译出版公司,2005 年,5—11页。

史诗中之英雄,既与吾人之现实生活相去过远,但丁之天堂地狱,复与近代思想诸多抵牾;歌德去吾人较近,彼实为近代精神之卓越的代表。然以超脱时空限制一点而论,则莎士比亚之成就,实远在三子之上。盖莎翁笔下之人物,虽多为古代之贵族阶级,然彼所发掘者,实为古今中外贵贱贫富人人所同具之人性。故虽经三百余年以后,不仅其书为全世界文学之士所耽读,其剧本且在各国舞台与银幕上历久搬演而弗衰,盖由其作品中具有永久性与普遍性,故能深入人心如此耳。① ——这是朱生豪在翻译之前对莎士比亚进行深入的研究(详细内容可参照上一节)。

中国读者闻莎翁大名已久,文坛知名之士,亦尝将其作品,译出多种,然历观坊间各译本,失之于粗疏草率者尚少,失之于拘泥生硬者实繁有徒。拘泥字句之结果,不仅原作神味,荡焉无存,甚且艰深晦涩,有若天书,令人不能卒读,此则译者之过,莎翁不能任其咎者也。——"神味无存,艰深晦涩",这便是拘泥"形似"的弊病,这样的结果自然是"令人不能卒读"。这是朱生豪对当时坊间各译本的"诊断",而他的"处方"即是他的"神韵说"。这便是他提出的"求于最大可能之范围内,保持原作之神韵"的翻译主张。这也说明了朱生豪 时时处处都是把读者装在心中,站在读者的角度对译文进行审视润色。在翻译过程中,始终站在读者的角度来审视自己的译文,是朱生豪翻译莎剧成功的一个重要因素。

余笃嗜莎剧,尝首尾研诵全集至十余篇,于原作精神自觉颇有会心。廿四年春,得前辈詹文浒先生之鼓励,始着手为翻译全集之尝试。越年战事发生,历年来辛苦搜集之各种莎集版本,及诸家注释考证批评之书,不下一二百册,悉数毁于炮火,仓卒中惟携出牛津版全集一册,及译稿数本而已,厥后转辗流徙,为生活而奔波,更无暇晷,以续未竟之志。及三十一年春,目睹世变日亟,闭户家居,摈绝外务,始得专心一

---

① 朱生豪,《<莎士比亚戏剧全集>译者自序》,见《朱生豪传》(附录二)。

志,致力译事。虽贫穷疾病,交相煎迫,而埋头伏案,握管不辍。凡前后历十年而全稿完成(案译者撰此文时,原拟在半年后可以译竟。讵意体力不支,厥功未竟,而因病重辍笔),夫以译莎工作之艰巨,十年之功,不可云久,然毕生精力,殆已尽注于兹矣。——以生命译莎,道出了译莎之过程与艰辛。"我到今天,还没有见到像朱生豪先生那样为了传播文明,忍饥挨饿翻译'莎士比亚'的翻译家。如果有一位翻译家用朱生豪精神的一半,为向外国传播我们本民族的优秀作品,我将为之自豪,我将为之大声疾呼……"①

余译此书之总之,第一在求于最大可能之范围内,保持原作之神韵,必不得已而求其次,亦必以明白晓畅之字句,忠实传达原文之意趣;而于逐字逐句对照式之硬译,则未敢赞同。凡遇原文中与中国语法不合之处,往往再四咀嚼,不惜全部更易原文之结构,务使作者之命意豁然呈露,不为晦涩之字句所掩蔽。每译一段竟,必先自拟为读者,察阅译文中有无暧昧不明之处。又必自拟为舞台上之演员,审辨语调之是否顺口,音节之是否调和,一字一句之未惬,往往苦思累日。然才力所限,未能尽符思想,乡居僻陋,既无参考之书籍,又鲜质疑之师友。谬误之处,自知不免。所望海内学人,惠予纠正,幸甚幸甚!——提出了"神韵说"的翻译思想。这也是朱生豪翻译思想的精华。

原文全集在编次方面,不甚恰当,兹特依据各剧性质,分为"喜剧"、"悲剧"、"杂剧"、"史剧"四辑,每辑各自成一系统。读者循是以求,不难获见莎翁作品之全貌。昔卡莱尔尝云,"吾人宁失百印度,不愿失一莎士比亚。"夫莎士比亚为世界的诗人,固非一国所独占;倘因此集之出版,使此大诗人之作品,得以普及中国读者之间,则译者之劳力,庶几不为虚掷矣。知我罪我,惟在读者。——莎剧终于得以出版发行。

总而言之,朱生豪的翻译思想可以概括为以下几点:

翻译标准:"于最大可能之范围内,保持原作之神韵。"

① 许钧,《翻译思考录》[M],武汉:湖北教育出版社,2006年,74页。

翻译策略:"凡遇原文中与中国语法不合之处,往往再四咀嚼,不惜全部更易原文之结构,务使作者之命意豁然呈露,不为晦涩之字句所掩蔽。"

翻译风格:充分利用了汉语表达的优势,不拘泥于原文的语言细节,将原文的词序、句子结构、句型等加以熔化、分解、重新组合,再创造,产生出自然、通畅的译文。

翻译态度:"毕生精力,殆已尽注",以生命译莎。

翻译批评观:反对"艰深晦涩,有若天书,令人不能卒读"的译文,重视读者反应论。

另外,朱生豪也重视莎剧的舞台演出效果,强调译文"又必自拟为舞台上之演员,审辨语调之是否顺口,音节之是否调和"。因此,在迄今已有的众多莎剧译本中,朱生豪的译本占据着最为突出的位置,被广大读者接受和喜爱。朱氏文学修养颇深,汉、英语都有很深的造诣,所译莎剧字斟句酌,通晓易懂,较之他人的译本以典雅传神见长。罗新璋在《我国自成体系的翻译理论》一文中也提出了同样的看法:"朱生豪译笔流畅,文词华赡,善于保持原作的神韵,传达莎剧的气派,译著问世以来,一直拥有大量的读者。"①朱生豪的翻译思想在其译者自序里面得到了体现。"朱生豪的译本发行量最大;国内剧团上演莎士比亚戏剧,也都采用朱译本。"②可见,朱生豪对莎剧的诠释,已得到从案本读者到舞台观众的普遍认同。

第三节　"神韵说"翻译思想与
中国古典文艺美学

我国翻译话语看似片言只语,东鳞西爪,但若悉心考察,各种话语

---

①　罗新璋,《翻译论集》[C].北京:商务印书馆,1984 年,1 页。

②　李景端,《文学翻译与翻译批评》[J],《中国图书评论》,2003 年第 11 期,49 页。

大都渊源有本，深深根植于传统文化，诸于传统哲学和美学。"神韵"之说在中国由来已久，最早是对于画的评论，南朝齐代谢赫《古画品录》中有"神韵气力"的说法。艺术和文学的近亲关系，尤其是"诗画相通"，使得神韵论从艺术领域跨入文学领域成为必然。宋代严羽说："诗之极致有一，曰入神。"而后明代胡应麟、王夫之等人诗评中多引用"神韵"的概念，至清代"神韵说"主要倡导者是清代王士禛。王士禛的"神韵说"是清初"四大诗歌理论"之一，涉及到诗歌的创作、评论诸多方面，包含的范围十分广泛。"神韵说"强调作家的悟性和创作灵感，强调作家的学识、学养、悟性、灵感结合后达到最高创作境界。"神韵说"强调创造与悟性的结合，这与对译者的要求是异曲同工的。"神韵"是中国古代美学范畴，指一种理想的艺术境界，意思是指含蓄蕴藉、冲淡清远的艺术风格和境界。在文学艺术中，"神韵"追求委曲含蓄、耐人寻味的境界，以此来抒写主体审美体验，使人能获得古人常说的言外之意、象外之象、意味无穷的美感。钱钟书说："'气'者'生气'，'韵'者'远出'。赫草创为之先，图润色为之后，立说由粗而渐精也。曰'气'曰'神'，所以示别于形体。曰'韵'所以示别于声响。'神'寓体中，非同形体之显实，'韵'袅声外，非同声响之亮澈，然而神必托体方见，韵必随声得聆，非一亦非异，不即而不离。"①这段话对"气"、"神"和"韵"的概念以及它们的关系，作了很好的说明。从表面上看，"神韵"等这些中国古典文艺理论与翻译理论没有什么关系，实际上，传统译论认识论往往以"心"为认识主体，以"虚壹而静"为观念中介，以"得象忘言，得意忘象"为"语言中介"，以诗学、佛学、书画等学术中的"韵外之致、味外之旨"、"彻悟言外、忘筌取鱼"以及"气韵生动"等命题为学缘中介，建立起了主客之间的关联。② 中国传统译论如"文质说"、"信达雅说"、"信顺说"、"神似说"、"化境说"往往以哲学、美学等为其理论基础，中国传统译论的诞生和

---

① 钱钟书，《管锥编》[M]，北京：中华书局，1979 年，1365 页。

② 张思洁，《中国传统译论范畴及其体系略论》，《外语与外语教学》[J]，2007 年第 5 期，57 页。

发展与古典文艺美学有着千丝万缕的联系,传统译论与美学一脉相传,译论从文艺美学中吸取了思想,借鉴了方法。因此,中国传统译论从某种程度而言就是古典文艺美学的一个分支。

根植于传统哲学、美学沃土之中的传统译论,其认知方法论和表征形态亦呈现出与之相似的发展脉络和表述形态。佛经翻译中的"文质"之争、玄奘提出的"圆满调和"、严复的"信、达、雅"、周氏兄弟的"直译论"、茅盾的"形貌和神韵"、陈西滢的"形似、意似、神似"、朱生豪的"神韵和意趣"、林语堂的"信、达、美"、金岳霖的"译意与译味"、傅雷的"神似说"、钱钟书的"化境说"等等,无一不本于传统哲学、美学的叙述方式,"折射出儒、道、释文化的直觉诗性理性,也即以己度物、主观心造、整体关照、综合体味内省的认知他者的思维模式和方法论"。①

在中国传统译论中,神韵说最早是由茅盾引入翻译领域的。1921年,茅盾在其《译文学书方法的讨论》中指出:"直译的时候常常因为中西文字不同的缘故,发生最大的困难,就是原作的'形貌'与'神韵'不能同时保留。有时译者多加注意于原作的神韵,便往往不能和原作有一模一样的形貌;多注意了形貌的相似,便又往往减少原作的神韵。"②这里,茅盾提出了具有中国特色的文学翻译批评主张——"神韵"与"形貌"相结合的辩证统一批评理论。这是迄今所知中国译论史上最早又最明确的强调"神韵"这一重要观点的,可惜的是茅盾没有进一步结合中国传统译论来阐述神韵说。

神韵说是朱生豪从翻译的角度以中国传统文论来阐发外国作品的较早尝试,应源于朱生豪深厚的中国古典文学的功底。他以准确简洁的语言高度概括了文学翻译中的文本语言、风格以及意蕴等深层的内涵。因为翻译(特别是文学翻译)的标准应该是追求译文与原文在"神韵"上的契合,译者不仅要努力将原文的意思和思想译出,还要尽最大

---

① 朱瑜,《中国传统译论的哲学思辨》[J],《中国翻译》,2008年第1期,14页。
② 茅盾,《译文学书方法的讨论》[J],《小说月报》,1921年第12月第4卷,5页。

可能保存原作的"意趣"和"神韵"。神韵是文艺美学上的意境与传神的问题。中国传统译论的研究方法也采用了文艺美学的重质感、经验的方法,强调"悟性"。这种深深扎根于中国传统文化的翻译观正是中国传统译论的特点。

从文化角度来说,中国传统翻译思想儒学色彩浓厚,强调实践技能,并且与中国古典美学范畴紧密相关。从整个翻译理论的历史可以看出,中国传统翻译理论主要指以中国传统哲学、美学、诗学、经学乃至书画等国学思想为其理论根基和基本方法而形成的一系列相互联系又有机结合的翻译研究内容。传统译论中的许多学说如"文质"、"信达雅"、"神似"、"化境"等范畴往往取诸传统哲学、美学乃至文艺学。翻译理论从最初的"案本"等的"重质朴,轻文采",玄奘的"求真"和"喻俗",到后来的"善译",严复著名的"信、达、雅",还有鲁迅等人的"忠实、通顺、美"以及揉合其他多种因素而形成的"神韵"、"神似"、"化境"等无不体现了上述特点。①

中国传统译论根植于儒、道、释文化的沃土,吸收其"诗言志"、"文以载道"、"名副其实"的社会教化功利主义的营养,并得益于"得意忘言"、"法天贵真"、"一悟见性"、"直觉"、"顿悟"、"心斋"、"境界"等诗性理性哲学思辨观,同时又深受古典文论学术形态和方法论的滋润和影响,因而整体上明显具有汉文化观察客观世界的哲学思辨和认知方法的影响的烙印,其发展脉络和呈现形态与我国古典文论如出一辙:有感而发,直寻妙悟,虽片言只语,却诗性灵动,思维深邃,高度凝练,抽象而又显现出强大的生命形态表征,因而能延绵千年,升华到了极高的哲学思辨和理论水平。的确,就文学作品超乎语符的非定量模糊人文性美学因子的传递而言,我国传统译论明显具有相当大的理论指导意义和思辨启迪,这充分体现了翻译(尤其是文学翻译)的本体特征,体现了人文主体的体认作用之于重现原作美学意义的能动性,因而具有科学理

---

① 罗新璋,《翻译论集》[C],北京:商务印书馆,1984 年,18—19 页。

性主义译论所无法替代的作用。①

　　朱生豪的"神韵说"翻译思想也不例外，是在古典文论和传统美学的影响下产生的。从"神韵说"为代表的古典文艺美学理论来看，只有具备了超然物外的高尚修养，具备了诗人的才情，才能够译出风姿卓绝的神韵作品。在翻译中，朱生豪"充分显示了诗人的气质和诗人运用语言构炼诗句的天才灵气，他虽采用散文体，但却处处流露出诗情，以诗意美征服了莎翁戏剧那无韵诗体的独特美，完美地再现了莎翁原作的整体风貌和内在的神韵"②。范泉先生说过朱生豪曾将严复的"信、达、雅"与"神韵说"联系起来。"'信'是忠于原著，不随意增删。'达'是将原著完整地运用另外一种语言如实反映的意思。至于'雅'，则是翻译文学的灵魂，它的含义有两方面：一是文字上力求优美，能使读者在阅读时产生美感；二是思想内涵上要能掌握原著的灵魂———神韵，将原著的精神风貌真切而艺术地反映出来"③。朱生豪利用自身深厚的文艺素养和翻译经验，将中国古典美学运用于翻译理论，借助绘画和诗文领域里的"形神论"来探讨文学翻译的艺术问题。"他（朱生豪）说中国画家对肖像画的要求是不求形似，而力求神似，他对翻译的要求，则是既要求尽可能形似，更必须无论如何神似———神似本身是在形似的基础上发展的"。④ 朱生豪是较早地将形似神似的画论应用于自己的翻译实践中的一位探索者，他以"神韵说"来解读 严复的"信、达、雅"，不仅从理论上找到了契合点，而且已成功地把他的翻译思想运用于实践。他的译文如行云流水，地道自然，明白通畅，无论是对原文的理解还是译文的表达，都达到了神韵的标准，真正做到了对原著者、读者和艺术三方面负责，达到了"传神"的境界。朱译本完全符合中国人即译语读者的审美观，这也是朱译本一直享有盛誉、历久不衰的原因。

　　① 朱瑜，《中国传统译论的哲学思辨》[J]，《中国翻译》，2008 年第 1 期，15 页。
　　② 王秉钦，《20 世纪中国翻译思想史》[M]，天津：南开大学出版社，2004 年，198 页。
　　③ 范泉，《关于译莎及其他》[J]，《文教资料》，2001 年第 5 期，53 页。
　　④ 范泉，《关于译莎及其它》[J]，《文教资料》，2001 年第 5 期，53 页。

神韵说作为诗论，核心在于意有余韵，意在言外。宋代范温《潜溪诗眼》："韵者，美之极……凡事既尽其美，必有其韵；韵苟不胜，亦亡其美……有余意之谓韵"①。诗画同源，发展到宋元后，南宗画派强调绘画时意在笔外，形远神似。画讲究像似不像，要得神韵，先离形似。不是对于诸多元素的一一仿写，而是对于内在气度的统一把握。

总的来说，朱生豪既具有深厚的国学功底，又身处批判国学、通过大量翻译引进来建设新文学的特殊历史时期，是个典型的新旧参半的翻译家，这种新旧矛盾在译作中表现为既有白话口语的成分，而又并不违反自古以来的中国传统文学品位，别有一番独特的滋味。从这个意义上来说，莎士比亚能够在这个特殊的时代，由一位特殊的年轻翻译家来表达，可以称得上是原作的幸运。因为朱生豪的翻译是不可复制的，我们再也不会有这样一个新旧交接的时代，也再也不会有这样一位透着古词气息的新诗人。"辞理庸俊，莫能翻其才；风趣刚柔，宁或改其气。"②不可复制的是时代的诗人，风骨的才气。正如朱生豪写给宋清如的信中所写的那样："我实在喜欢你那一身的诗劲儿。我爱你像爱一首诗。……理想的人生，应当充满着神来之笔，那才酣畅有劲。"③这种风骨和才气，是"神韵"的核心与根本。

神韵说并不仅止于声韵。宋代范温《潜溪诗眼》曰："自三代秦汉，非声不言韵，舍声舍韵，自晋人始。"④晋魏之后，神韵之说往往用来描述人物或者人物画。"神韵"二字连用，最早出自南朝《宋书·王敬弘传》"敬弘神韵冲简，识宇标峻"，表示人物的风化气度。齐梁谢赫的画论评顾骏之人物画"神韵气力，不逮前贤"，称赞画作充满了生气。朱生豪笔下的罗密欧与朱丽叶，或许因为原作的经典化而受到了过度阐释，

① 郭绍虞，《宋诗话辑佚》（上）[M]，北京：中华书局，1980 年，372 页。
② 《文心雕龙·体性篇》
③ 宋清如，《寄在信封里的灵魂——朱生豪书信集》[M]，北京：东方出版社，1995 年，16 页。
④ 转引自钱钟书，《管锥编》第四册[M]，北京：中华书局，1979 年，1361—1362 页。

或许因为潜意识中透射了时代的人物气质和译者自身的影子而充满更
多对于光明和幸福的追求。但是不可质疑的是,即使远隔几百年,即使
故事发生在千里之外,剧中的人物依然充满了蓬勃的朝气与生机,仿佛
随时可以跃然纸外。这种属于年轻人的珍贵的生命力,是译文最大的
价值,或许也是中学课本收录此文,向中学生所传递的最为重要的精神
力量。朱生豪的译作中所蕴含年轻译者特有的才气精神与清纯的气
息,是老持深重的译者们所望之莫及的,须知虽然梁实秋翻译《威尼斯
商人》尚在朱生豪之前,但是翻译《罗密欧与朱丽叶》却是在远赴 60 年
代,此时朱生豪早已过世多年,而梁实秋已是花甲之龄。反观在英国,
《罗密欧与朱丽叶》的创作与首演大约是 1591 年—1595 年之间,莎士
比亚时年 27 岁~31 岁,正是青春年华,写下这讴歌爱情的喜悲剧。朱
生豪以同样的年华翻译一段段华彩的海誓山盟,那一对美丽的恋人才
显得尤其鲜活与生动。正是在这种特殊的生命力之中,那些用于阐述
深刻抽象的学究而陈腐的多“的”句式,才有可能乘着韵律的翅膀,成为
了青春的抒情。这不仅仅依靠的是声韵的协调,更有赖于生命力的内
在统一。歌德在莎士比亚研究中指出,戏剧“通过一种完整体向世界说
话……丰产的神圣的精神灌注生气的结果”[①]。

朱生豪译笔流畅,能保持原作的神韵,传达莎剧的气派。“神韵说”
思想凝聚了朱生豪丰富的翻译实践经验,是朱氏翻译思想的核心和精
华。“神韵说”论与后来傅雷所提出的“神似”和钱钟书的“化境”可谓是
殊途同归,都丰富了我国的翻译理论,对我国翻译理论的发展产生了深
远的影响。在这个意义上,朱生豪对翻译理论话语的流动起了重要作
用,他的翻译思想对中国传统译论的形成起到了承上启下的枢纽作用。

现代西方语言哲学与翻译学密切相关,而我们也应该从传统哲学
中学到构建中国翻译理论的东西。中国传统哲学充满了“悟”性,其内
涵博大精深,渗透于社会、文化、思维等各领域。我国传统译论深受传

---

① 艾克曼,《歌德谈话录》[M],杨武能译,北京:燕山出版社,2009 年,24 页。

统哲学的影响,从东晋道安的"五失本、三不译"到唐朝玄奘的"五不翻",从宋朝赞宁的"六例"到近代的严复的"信、达、雅",从傅雷的"神似"到钱钟书的"化境",都可以寻找到"悟"性哲学的痕迹。然而,随着翻译理论的引进和发展,西方翻译理论话语几乎主宰了中国翻译学。而以中国传统翻译理论却显得势单力薄。传统话语在西方话语强权的压力下纷纷倒戈。这种失语症迫使我们不得不对当前这一状态进行思索和反思。①

我国翻译事业历史悠久,源远流长。在长达千年的翻译历史长河中,翻译家在大量实践的基础上,通过借用传统哲学、美学范畴,总结出了许多言简意赅的翻译话语。我国翻译理论肇始于佛经翻译,通过借用传统哲学、美学范畴,形成了特色鲜明的话语言说理路。从"信美"之辩到"文质"之争直抵"圆满调和";从"信、达、雅"三位一体,到"重神轻形"、"入于化境",我国形成了与西方迥然不同的翻译话语。然而,"五四"以后兴起的新文化运动,使传统翻译话语从中心走向边缘,"他者"话语在理论和实践层面占据了中心。20 世纪中叶以后,随着人类认识论范式的转换,中西方学术对话的地位发生了变化,传统学术话语拥有了更为主动的精神活力,翻译话语得以重铸。②

第四节　朱生豪翻译思想的实践

一、"志在神韵"的翻译原则

朱生豪在译者自序中说:

> 余译此书之总旨,第一在求于最大可能之范围内,保持原作之神

---

① 王占斌,《"言不尽意"与翻译本体的失落和译者的主体意识》[J],《广东外语外贸大学学报》,2008 年第 2 期,55 页。
② 本章节部分内容源于朱安博、任秀英《朱生豪翻译的"神韵说"与中国古代诗学》,《江南大学学报》,2013 年第 3 期.

韵,必不得已而求其次,亦必以明白晓畅之字句,忠实传达原文之意趣;而于逐字逐句对照式之硬译,则未敢赞同。凡遇原文中与中国语法不合之处,往往再四咀嚼,不惜全部更易原文之结构,务使作者之命意豁然呈露,不为晦涩之字句所掩蔽。①

在这篇译者自序中,我们可以看出,朱生豪对于翻译思想的主要贡献就在于他的"神韵说"。朱生豪的翻译原则就是"志在神韵"。他的译文忠实于原作的意义和韵味,保留原作的精神和魅力。基于对原作忠实的原则,他在翻译时不追求字面的简单对等,而是从思想内容、感情色彩以及风格韵味上忠实于莎翁原作。英文和中文是两种不同的语言,在词汇和语法结构上有很大的差异。译者往往要摆脱原句结构的束缚,用符合译语习惯的句式,译文必须符合中文的语法,句子必须合乎中文的语言习惯,也即是具有可读性。特别是对于莎剧,译文必须诵读起来流畅,具有和谐悦耳的声音效果以便适合舞台表演。朱生豪依仗深厚的中文底蕴和对莎剧的深层领悟,以恰到好处的"神韵"翻译原则来传神达意。例如:

… and indeed it goes so heavily with my disposition that this goodly frame the earth, seems to me a sterile promontory, this most excellent canopy, the air, look you, this brave overhanging firmament, this majestical roof fretted with golden fire, why, it appeareth nothing to me but a foul and pestilent congregation of vapors. What a piece of work is a man! How noble in reason! How infinite in faculties! In form and moving how express and admirable! In action how like an angel! In apprehension how like a god! The beauty of the world! The paragon of animals! (Act II, Scene ii)

朱译为:……在这一种抑郁的的心境下,仿佛负载万物的大地,这

---

① 朱生豪,《<莎士比亚戏剧全集>译者自序》,见《朱生豪传》(附录二),上海:上海外语教育出版社,263 页。

一座美好的框架，只是一个不毛的荒岬；这个覆盖众生的苍穹，这一顶壮丽的帐幕，这一个点缀着金黄色的火球的庄严的屋宇，只是一大堆污浊的瘴气的集合。人类是一件多么了不得的杰作！多么高贵的理性！多么伟大的力量！多么优美的仪表！多么文雅的举动！在行为上多么像一个天使！在智慧上多么像一个天神！宇宙的精华！万物的灵长！①

这是第二幕第二场哈姆雷特与两旧友对话的片断。这段台词文字庄重典雅，行文自然流畅，历来广为传颂，朱的译文高雅优美，脍炙人口。在翻译中，朱生豪秉承"志在神韵"的翻译原则，很多词则不拘泥于词义，而是根据语境将辞典释义作适当引申，译得灵活巧妙，更其贴切。如把 heavily 译成"抑郁的"，infinite 译成"伟大的"，apprehension译成"智慧"，beauty 译成"精华"，paragon 译成"灵长"等。尤值得称道的是赞颂人类的几句。只有 noble 和 reason 两词沿用辞典释义，其余均灵活化出，如直抒胸臆，天然妙成，堪称名句佳译，神来之笔，充分展示了译者不拘泥辞典释义，能融汇句意化为妙文的高超译艺和诗人本色。

正因为秉承着"志在神韵"的翻译原则，朱生豪的译文语言传神达意，优雅流畅，并且注重口语化，令人读来如行云流水一般。莎学专家贺祥麟认为，严复所提"信、达、雅"三项标准朱译都达到了。朱译的"最大特点是文句典雅，译笔流畅，好像是高山飞瀑，一泻千里，读之朗朗上口，绝无佶屈聱牙之弊"②。许国璋在评点梁实秋和朱生豪的译文时，对朱译也有一段中肯的评价："朱译似行云流水，即晦塞处也无迟重之笔。译莎对他肯定是乐趣，也是动力，境遇不佳而境界极高，朱译不同于他人也高于他人。"③

---

① 莎士比亚，《莎士比亚全集》第五卷[M]，朱生豪译，北京：人民文学出版社，1978年，313—314页。

② 林煌天，《中国翻译词典》[M]，武汉：湖北教育出版社，2005年，981页。

③ 王秉钦，《20世纪中国翻译思想史》[M]，天津：南开大学出版社，2004年，197页。

二、朱生豪莎剧翻译的文体风格

莎士比亚戏剧的原貌是诗剧,剧词原文主要用"素诗体"(Blank Verse 或译作"白诗体",即非自由诗体)为基本形式的诗剧,此外就是散文体。莎士比亚特别擅长素诗体。素诗体是一种特有的艺术形式,每行轻重格或称抑扬格五音步①,不押脚韵,但也常出格或轻重倒置,且常用所谓"阴尾"即多以轻音节收尾,尽管不大用韵,但有内在的格律,是无韵的诗②。莎士比亚通过诗体戏剧,提炼口语体散文的文学性,使那时仅仅只是地区方言的英语分化出文学的语言,极大地丰富了英语的语汇和意境,使之具有了成为官方语言的可能性,而素体诗就是在这个时期产生、流行并成为英语戏剧的规范文体。

朱生豪时代正值白话文运动兴起的阶段,胡适等人提倡的白话诗还在发展阶段,尚未出现大量白话文的戏剧诗,不能为庞大的莎剧翻译提供所需的全部语言元素。如前文所述,当时朱生豪译介莎士比亚的目的就是普及外国优秀文化,以崇高的爱国热情来驳斥《莎士比亚全集》的日本译者坪内逍遥对中国的诽谤。因此,他的莎剧译本要雅俗共赏,通俗易懂,而且要便于在舞台上演出。那么浩大的篇幅,若全用诗体译出,显然是不可行的。为了使自己翻译的莎剧能在舞台上演出,他经常出入影剧院以熟悉舞台生活,增强戏剧感受。"每译一段竟,必先自拟为读者,察阅译文中有无暧昧不明之处。又必自拟为舞台上之演员,申辩语调之是否顺口,音节之是否调和。一字一句之未惬,往往苦

---

① 英文诗歌中用得最多的便是抑扬格(Iambic)。90％的英文诗都是用抑扬格写成的。其中又以抑扬格五音步(Iambic Pentameter)居多。凡是有两个以上音节的英文单词,都有重读音节与轻读音节之分,轻重搭配叫"音步"(Foot)。如果一个音步中有两个音节,前者为轻,后者为重,则这种音步叫抑扬格音步,其专业术语是(Iambic)。轻读是"抑",重读是"扬",故称抑扬格。

② 卞之琳,《莎士比亚悲剧四种》,北京:人民文学出版社,1988 年,前言。

思累日。"①朱生豪要将莎剧译成中文,而且多使用便于表演的口语体,一是力求与原文的语气对应,二是期望有朝一日能使中国的大众在自己的剧院里看到由中国人演绎的莎翁剧作。尽管是以散文体再现莎剧的诗体,朱生豪翻译"求于最大可能之范围内,保持原作之神韵"的宗旨在他的译作中最大限度地得到了体现。

长期以来,尽管学术界一直在争论莎剧的翻译究竟应该采用散文体还是诗体,但是文学翻译不仅仅是为学术研究而进行的,更是基于对文学作品的艺术审美之上的艺术再现,这种再现不仅仅包括对原著思想风格的再现,还包括对原著艺术风格和语言风格的再现。翻译莎剧应在忠实思想内容的基础上力求反映原作艺术形式和语言风格。诗体译本更具有音韵美,再现了莎剧的神韵,更适合舞台表演。从另一个角度看,把朱生豪的翻译划归散文体的研究者着眼的是诗形,而不是诗质。因为诗歌之中"神韵"和"意趣"的作用是不言而喻的,而不仅仅只是注重韵律等外在形式。莎士比亚用的是所谓的"无韵体诗",就是不讲究韵脚的诗体。

朱译之所以被认为是散文体,还有一个深层次的原因。在古代文论中,文体只分两类,那就是韵文和散文或诗与文,诗的基本要素是分行、押韵,不满足这两个条件的篇什都被划进了文的范畴。而在现代文体分类中,多了散文诗这一品种,并已经出现了许多大家杰作如泰戈尔的《吉檀迦利》、鲁迅的《野草》等。这是诗,只是不押韵、不分行而已。因此,朱生豪用现代文体分类中的散文诗来移植"无韵体诗"是最恰当的。

作为译者,朱生豪真正理解了莎士比亚。在翻译实践中,朱生豪没有拘泥于形式,再现了莎剧的"神韵",做到了雅俗共赏。比如在《无事生非》里面,有一段克劳狄奥到希罗墓前的挽歌:

---

① 朱生豪,《<莎士比亚戏剧集>第二辑提要》,见《朱生豪传》(附录二),上海:上海外语教育出版社,1990年,264页。

歌

惟兰蕙之幽姿兮，

遽一朝而摧焚；

风云怫郁其变色兮，

月姊掩脸而似嗔：

语月姊兮毋嗔，

听长歌兮当哭，

绕墓门而逡巡兮，

岂百身之可赎！

风瑟瑟兮云漫漫，

纷助予之悲叹；

安得起重泉之白骨兮，

及长夜之未旦！①

读到此处，若莎士比亚懂中文，也会为朱生豪的妙笔生花叫绝！朱生豪凭借深厚的古典文学修养和对莎剧的深层领悟，巧妙移植了屈原作品中"兰"和"蕙"的意象，采用我国古代诗歌中的骚体来表现原文文体的优雅和感情的真挚，描绘出那种驰神遥望、祈之不来、盼而不见的惆怅和悲伤的心情，从形式到内容再现了莎士比亚作品的神采和韵味。

---

① 莎士比亚，《莎士比亚全集》第一卷[M]，朱生豪译，北京：人民文学出版社，1978 年，531 页。

第三章　朱生豪莎剧翻译的
语言特色与风格

　　朱生豪的莎剧翻译语言风格具有鲜明的个性特征,嬉笑怒骂,酣畅淋漓,可谓才华横溢。纯粹的文学创作,如果能够称得上才气贯通,即使有所偏颇,也不失为佳作。然而作为翻译作品,朱生豪的译作却屡屡因为文字放纵而饱受诘难,归根到底是因为没有固守以往的翻译规则。近代的翻译规则,不仅有鲁迅的"硬译"之辩,而且深受西学东渐时期非文学翻译习惯的影响,强调对应和致用,而没有考虑到文学翻译的特殊要求与规范,忽略了文学翻译的美学本质是文学作品对于人类情感的丰富与拓展。

　　近代大量文学家与翻译家,不约而同走上了译莎的道路,并不仅仅是白话文运动的简单传续,而大有借西方之势,兴本国文学,利用戏剧这一特殊的文学样式,使往日粗鄙的"白话"也能道尽宏大的历史事件与文学经典,换句话说也就是使口语诗化。在这种历史背景之下,朱生豪译作的语言风格及其产生根源就尤其耐人寻味。

　　朱生豪莎剧翻译是中国翻译文学史上最重要的译作之一,所有的翻译史和几乎所有的重要译者,都给予朱生豪的莎剧翻译毫不吝啬的赞美。李赋宁先生在《浅谈文学翻译》一文中指出:"通过再现莎士比亚无韵诗体的口语节奏,朱生豪先生使自己的译文获得流畅、自然的效果……另一方面,朱先生的流畅、自然的译文又能紧扣原文,把原文的意思准确、充分地表达出来。"卞之琳说:"他译笔流畅,为在我国普及莎士比亚戏剧作出了最大的贡献。"①然而,尽管朱生豪翻译的莎剧流传最为广泛,人人心虽喜之,却又穷于寻找理论支撑,于是许多学者对朱生豪的翻译笔伐口诛,以至于有人看不过去了,发出"善待朱生豪"的呼喊②。可见在审美的领域沦落为理论的动物是颇为危险的事情,批评家应该坚持从文本到理论的道路,而不是正相反。反观"善待朱生豪"的理由,不外乎战事艰难之中,全集翻译之不易与译者的呕心沥血,却并没有阐述朱生豪翻译莎剧的理论贡献与创新,这又是把译者和译作相糅杂的结果。笔者无意于对任何一个译本作价值判断,对几个译本的比较也更关注其相互影响。选择朱生豪译本为代表的原因就在于其最普遍的接受性,它是活着的翻译文学,而不是象牙塔里的玩物。它对于同时代及其以后的翻译文学的影响是不可估量的。他的翻译风格,折射出时代的精神和语言的特征,为人们所喜爱和认可,而朱生豪译笔下的莎剧也成为了广大读者对于莎士比亚戏剧的一般理解。正如沃塔尔在《致安娜·达席尔的信》中所写的那样:"我确信,法国有两三位诗人能把荷马史诗翻译得很好;但我更确信,除非他们把几乎全部译本都进行柔化和修饰,否则没有人愿意读那些译本。因为你必须为自己的时代写作,而不是为了那个过去的时代,夫人。"③

朱生豪对于素体诗(Blank Verses)的理解,不同于莎士比亚时代对于价值的界定。当时,英国萨利伯利翻译维吉尔的史诗《埃涅阿斯纪》就创造性地使用了不押韵的五音步抑扬格诗律来翻译罗马史诗的长短格,使这种格律受到了英国诗人的关注。英国最早的素体诗剧作是萨克维尔与诺顿合著的《格尔伯德克的悲剧》。伊丽莎白女王时期,马洛使素体诗成为英国戏剧语言的基本形式,逐渐偏离了以蒲

---

① 吴洁敏、朱宏达,《朱生豪传》[M],上海:上海外语教育出版社,1990,194 页。

② 苏福忠:《译事余墨》,三联,北京,2006,233 页。

③ 安德鲁·勒夫赫尔主编:《翻译、历史与文化论集》,上海:上海外语教育出版社,2004,30 页。

泊等撰写英雄双韵体为代表的古典主义诗歌韵律传统,同时代的莎士比亚则把不押韵的诗行推向巅峰,虽然此后百年仍然因此而受到了约翰逊等人关于莎士比亚"不懂格律"的讥讽,但是素体诗作为最接近口语的诗歌形式逐渐成为了戏剧最为常见的诗体形式之一。莎士比亚的素体诗与马洛有所不同,具有"更多变的韵律,更接近口语的民间词汇……"①。莎士比亚的语言创造在历史上具有重要意义,他往往"根据说话人的地位,更多的时候是根据他们的性格和气质来作出细致精确的区别"②来选择语体。当时的"英语散文还处于萌芽阶段……他直接从生活本身吸取了语言,而且具有将对话的元素与高度的诗意的昂然糅合在一起的熟练的技巧"③,提炼口语体散文的文学性,使那时仅仅只是地区方言的英语分化出文学的语言,极大地丰富了英语的语汇和意境,"确立了其作为知识分子思想的值得尊重的媒介的地位"③。素体诗就是在这个时期产生、流行并成为英语戏剧的规范文体。素体诗并非一种固定的格律,不像许多传统格律本身能够引起联想和暗示,例如英雄双韵体因为蒲柏等古典主义者常常用以歌咏雄浑的主题而赋予这种格律特定的意义暗示。莎士比亚素体诗,在当时并没有沉重的历史包袱,同时更接近口语节奏,从而能够更加灵活广泛地运用于抒情和叙事作品。可以说,莎士比亚素体诗的出现,是从古典主义英语诗歌向平民生活与词汇扩散的结果。

第一节　朱生豪翻译的重韵特点

　　莎士比亚戏剧的格律很有特色,贵族语言和华彩抒情的诗体部分主要为不押韵的五音步抑扬格素体诗,兼有口语体散文的市井语言。

---

① 王佐良:《白体诗里的想象世界——论莎士比亚的戏剧语言》,《莎士比亚研究》第2期,1984,14页。

② 歌德等著,张可、元化译:《莎剧解读》,上海:上海教育出版社,1998,315页。

③ 米歇尔·马庚:《莎士比亚悲剧导读》,北京:北京大学出版社,2005,32页。

朱生豪的翻译并没有完全按照莎士比亚对于人物身份和语境来分类，而是有其独特的理解。莎士比亚的经典化以及素体诗格律，自施莱格尔的德语翻译开始就在欧洲乃至世界范围内神圣化，这却给朱生豪的中文翻译带来了历史负担，唯恐翻译的不够典雅，失去古意，而无法像素体诗的创作时代那样，以向口语靠拢作为其出发点。这个时期，中国白话诗歌流行，以胡适为代表的文坛领袖无不关注白话口语的诗意提炼与诗性升华，通过对市井语言赋予押韵、排比等修辞手法，增强节奏，改变通常的语言力量分布使之产生特殊的情绪效果。这是一种由下而上的文学与文字改革，与莎士比亚时代由上而下的创新有着本质上的差异，因此其改变方向，或为雅化，或为通俗化，虽效果有类似之处，而出发点却是截然不同的。因此，在韵律的问题上，才会发生这样的特殊现象，莎士比亚从双韵体的传统背景下大力发展无韵体，而朱生豪则从无韵体诗歌中拼命寻找押韵的可能。

当然莎翁素体诗也不是完全不押韵，而是固定地在一幕、一场甚至一个诗段的结尾押韵，以提示这是结束诗节的诗行，以《罗密欧与朱丽叶》第二幕第二场这段独白为例，第 20、21、22、23 行押尾韵，共四个韵脚，这起到了结束诗节的作用，除此之外莎剧素体诗可以称得上严格不押韵。

（1）But，soft! What light through yonder window breaks?

（2）It is the east，and Juliet is the sun!

（3）Arise，fair sun，and kill the envious moon，

（4）Who is already sick and pale with grief，

（5）That thou her maid art far more fair than she：

（6）Be not her maid，since she is envious；

（7）Her vestal livery is but sick and green，

（8）And none but fools do wear it; cast it off.

（9）It is my lady，O，it is my love!

（10）O，that she knew she were!

（11）She speaks yet she says nothing：what of that?

（12）Her eye discourses; I will answer it.

（13）I am too bold，'tis not to me she speaks：

（14）Two of the fairest stars in all the heaven，

（15）Having some business，do entreat her eyes

（16）To twinkle in their spheres till they return.

（17）What if her eyes were there，they in her head?

（18）The brightness of her cheek would shame those stars，

（19）As daylight doth a lamp; her eyes in heaven

（20）Would through the airy region stream so bright

（21）That birds would sing and think it were not night.

（22）See，how she leans her cheek upon her hand!

（23）O，that I were a glove upon that hand，

（24）That I might touch that cheek!①

然而，对于这段基本不押韵的独白的翻译，朱生豪译本却出现了大量押韵，尤其是尾韵：

（1）轻声! 那边窗子里亮起来的是什么<u>光</u>?

（2）那就是东方，朱丽叶就是太<u>阳</u>!

（3）起来吧，美丽的太阳! 赶走那妒忌的月<u>亮</u>，

（4）她因为她的女弟子比她美得多，已经气得面色惨白了。

（5）既然她这样妒忌着你，你不要忠于她吧；

（6）脱下她给你的这一身惨绿色的贞女的道服，

（7）它是只配给愚人穿的。（漏译："脱掉它!"）

（8）那是我的意中;啊! 那是我的爱;

---

① 如非特殊说明，本书中莎剧原文引自《莎士比亚全集》，牛津大学出版社，纽约，1960年。朱生豪译文引自《莎士比亚全集》，人民文学出版社，1978 年版。

（9）唉，但愿她知道我在爱着她！

（10）她欲言又止，（漏译）

（11）可是她的眼睛已经道出了她的心事。

（12）待我去回答她吧；

（13）不，我不要太卤莽，她不是对我说话。

（14）天上两颗最灿烂的<u>星</u>，

（15）因为有事他去，请求她的<u>眼睛</u>，

（16）替代它们在空中闪耀。

（17）要是她的眼睛变成了天上的<u>星</u>，

（18）天上的星变成了她的眼睛，那便怎样呢？

（19）她脸上的光辉会掩盖了星星的<u>明亮</u>，

（20）正像灯光在朝阳下黯然失色一<u>样</u>；

（21）在天上的她的<u>眼睛</u>，

（22）会在太空中大放光<u>明</u>，

（23）使鸟儿误认为黑夜已经过去而唱出它们的歌<u>声</u>。

（24）瞧！她用纤手托住了脸，那姿态是多么美<u>妙</u>！

（25）啊，但愿我是那一只手上的手<u>套</u>，

（26）好让我亲一亲她脸上的香泽！（朱生豪 译）①

　　以韵脚以下划线的方式粗略标记，就会发现这段译文中有至少十三个韵脚，如果加上行内的押韵则更多了，这与原文仅结束语有四个韵脚形成了鲜明反差。可见在原文不押韵处押韵，是朱生豪译文的一个重要特征。事实上，其他译者对于莎剧的翻译，也或多或少具有押韵的倾向，只不过朱生豪的韵脚数目最多，押韵情况最为普遍。以本章开头所选的《罗密欧与朱丽叶》第二幕第二场整个诗节为例，大部分译者的译文都或多或少地在原文不押韵的地方押韵，其中以朱生豪译本押韵的数量最多，为十三处韵脚，其他几位译者梁实秋、方平、曹禺的译文分别有十二、十一处、八处韵脚。② 孙大雨译本似乎有特意避韵的意味，

---

① 朱译本不分行，此处为了方便编号论述而暂且按照原文内容进行了分行。

② 其他译者的相关译文韵脚有所不同。

却终归也忍不住留下了四个韵脚，却不全是在原文押韵的结束行部分。就连译本押韵数量并不多的曹禺也承认："我加了一些'韵文'，以为这样做增加一点'诗'意。"①这种现象表明，大部分中文译者都直觉地感受到了在莎剧素体诗翻译中押韵的必要性，补偿译文中失去的素体诗原有节奏，换一种方式获得独立的声音节奏来影响意义以及意义节奏。

押韵本身是一个复杂的文学现象，具有多方面的功能。虽然经典的语言学认为语音与语义之间的关系是完全专横的（Arbitrary），但是不可否认，诗歌中的音韵本身就能产生特殊的诗效，有时是模仿，例如诗人们（如雪莱）常常用 ph 或者 f 的音来模拟风声，这是声音的隐喻作用的体现。声音还具有象征效果，例如开音节元音可以表达直抒胸臆的舒畅，而闭音节元音则是一种犹豫和委婉。声音的象征，基本上是在声音和感觉上形成的暗示性的联系，隐喻和象征都是音位学中声音与意义联系起来的最原始方式。朱生豪译文的韵脚，往往也能创造出特殊的音色感，以《罗密欧与朱丽叶》第二幕第二场这段选文为例细读朱生豪的这段译文：

    （1）轻声！那边窗子里亮起来的是什么光？

    （2）那就是东方，朱丽叶就是太阳！

    （3）起来吧，美丽的太阳！赶走那妒忌的月亮……

"光、阳、亮"这三个韵脚产生的 ang 韵，原文为"break，sun，moon"，乍看并不押韵，其实 sun 与 moon 则有一定的协韵成分，所以朱生豪用韵来进行翻译无可厚非。不仅如此，从音色上来看，原文的三个韵还形成了由半音至开音再到闭音的回环结构，并且这都是抑扬格中的重音②，使这些诗行成为阳性结尾，这种音韵自身属性（闭音）与语境中的属性（扬格）产生的张力，形成了压抑的开放、激昂的封闭，形成

---

① 曹禺：《柔蜜欧与幽丽叶》前言，北京：人民文学出版社，1960。

② 本文中的重音，如非特殊说明，都是指诗歌抑扬格中的扬音。虽然这种诗行重音往往与词汇本身的重音，或者与句子重音相龃龉，但那只是属于声音节奏内部的几种不同节奏的相互关系。鉴于素体诗中的诗行重音特别鲜明，所以简单化起见，暂不讨论其他的重音形式。

情绪上的悖论，具有特别的文学意义，很难通过翻译来获得同样的效果。朱生豪用 ang 韵所构成的开音来进行翻译，显然是为了弥补重音的损失，可惜无法弥补闭音的缺憾。有人认为，汉语特有的语调（平仄）有时也能产生与抑扬格类似的隐喻或者象征效果，这有待于进一步探讨，但是显然众多译者在翻译实践中并没有把二者关联起来。如果一定要从用语音学视角看待这个问题，就会发现，重音受到肺部呼出的气流强度影响，开闭音受到口腔对气流阻碍程度的影响，而语调（音调）则受声带紧张程度的控制，与气流强弱没有实质的关系。只有抑扬格和开闭音，都与气流强弱有关，容易产生近似的听觉感受，具有可比性，这是一种物理解释。声带紧张程度与音腔的开合描绘，都属于音色本身的问题。

同时，韵母的反复出现还起到了强调韵脚的作用。上述引文中，押韵改变了语言的"力量分布"，使韵脚无论在声音还是意义上都得到了强调，所以这三行的力量中心就是："光"、"太阳"、"月亮"，这都是对朱丽叶进行描绘的方式，是对喻体的强调。值得一提的是，原诗中因为声音节奏与意义节奏相冲突，发生"力量分部"偏移而强调的是"yonder window"（那边窗户，暗指朱丽叶）、Juliet（朱丽叶）以及 envious（嫉妒的），这些虽然也有对"描述方式"（如 envious）的强调，但主要表现了罗密欧对朱丽叶本人（本体而非喻体）的心心念念。这样一来，原文中罗密欧是个十四岁的男孩，而译文中的罗密欧已经变成了"五四"时期的浪漫主义文艺青年，朱生豪对这个人物形象投射了自己以及那个时代的青年人的影子。

虽然韵脚的音色和强调效果对于原文和译文的表达都有相当大的影响，但是找到一个适宜表达情绪而又与全文的节奏环境、意义上下文相吻合的语音和强调点并不是一件容易的事情，所以韵脚在音色上的特殊效果，既反映了译者高超的翻译技艺，同时又并不可能成为一种普遍的修辞，只能是妙手偶得。同时，韵脚的审美效果也并非局限于音色和强调本身，它在构成文本的节奏方面，尤其是在朱生豪使用不分行文体翻译分行的莎剧素体诗时，同样具有特别重要的节奏意义。

第二节　朱生豪翻译的韵律节奏

　　诗歌的韵不是直接描述感受的术语,而是许多感受的综合体。不少语言学家总是从音位学的角度解释诗歌押韵的意义,使韵脚具有了特定的语义内涵,有时甚至把意义相差很远的词押韵就是为了取得令人耳目一新的效果。但是,如果不考虑这种过于特殊的诗艺效果,那么押韵,尤其是尾韵的大量使用,不断反复,客观上也显示出鲜明的节奏。如果始终坚持节奏是"有规律的交替"的定义,那么押韵以相同的韵母为界标,通过韵母的交替出现而形成了节奏感。

　　译本中的押韵,不仅仅可以迁就中国诗歌审美习惯来增加一点"诗意",这种"诗意"其实与押韵本身获得的节奏感有所联系。因为,押韵形成了"语音的重叠",[①]这本身就是节奏的交替。杰拉尔德·曼雷·霍普金直接把韵文定义为"一种全部或部分地重复同一声音形象的言语。"[②]俄国形式主义理论家 O·M·勃里克和 B·M·日尔蒙斯基的形式主义论著详细讨论了从押韵到形成诗歌节奏的复杂过程,[②]勃里克基本上以节奏说作为基础来区分诗歌言语和散文言语,例如一句简单的"你到哪里去了",既可以用散文言语来读,重音落在"哪里"上面,散文的语言是实用的;同时也可以用诗歌言语来读,使语言力量均匀分布在"你"、"到哪里"、"去了"上面,其意义不在于其所指,而在于其能指。实践中,需要一些标志来固化诗歌言语的特征,于是就通过音步、抑扬格、各种押韵和韵式阻碍了语言指向所指的流动,使其指向本身,所谓"诗的语言是以自我为价值的"[③]。莎士比亚素体诗之所以仍然是诗歌,重要特征之一就在于行内由抑扬格,行间由五音步等时构成的强

---

　　① 《俄国形式主义文论选》,原编者扎娜·明茨,伊·切尔诺夫,王薇生译,郑州:郑州大学出版社,2005 年,8 页。

　　② B·M·日尔蒙斯基论文《抒情诗的结构》,《俄国形式主义文论选》,原编者扎娜·明茨,伊·切尔诺夫,王薇生译,郑州:郑州大学出版社,2005,86 页。

　　③ 雅各布逊:《语言学与诗学》,选自《符号学文学论文集》,赵毅衡主编,南昌:百花洲文艺出版社,2004,169 页。

烈"周期性"的声响节奏,使读者对于这种语言的形式投注了相当的关注,这也起到了使语言指向自身的作用。

　　作为非重音语言的汉语,译文不可能复制这种声音节奏,只能另辟他径创立独立的声音节奏。而在朱生豪译文中虽然并没有分行,但是押韵却部分地起到了构成行间节奏的作用。以押韵翻译无韵的素体诗,这种现象在朱生豪译文中随处可见,尤其是在非对话的抒情独白或者描述中,这种情形出现得尤为普遍,例如《哈姆雷特》第二幕第二场的一些句子:

　　　　让我代你们说明来意,免得你们泄露了自己的秘<u>密</u>。

　　　　我的诗写得太<u>坏</u>。我不会用诗句来抒写我的愁<u>怀</u>……

　　　　他的神情流露着仓<u>皇</u>,他的声音是多么呜咽凄<u>凉</u>。

　　所有韵脚都以下划线标出,而在原文中它们都是不押韵的素体诗。这三对韵脚分别为闭音、半开音和开音。"意"和"密"的闭音反复,体现了语言的克制和压抑;"坏"和"怀"的半开音反复出现,表明哈姆雷特在写给奥菲利亚的情书中慢慢放开了心胸,半开音韵的重叠,产生了和谐舒适的感觉;而最后的"皇"和"凉"这两句是哈姆雷特对伶人的评价,暗指叔父的伪装,言语之间充满愤慨,此时本场戏的情绪也酝酿到高潮,所以运用开音反复,强烈表达了哈姆雷特的内心世界,具有了强调的意味。节奏与特殊音色的结合,与人物和剧情相一致,加强了表达的效果,而这种效果本来是通过素体诗的抑扬格音步节奏而获得的。

　　尤其值得注意的是,这几对韵脚的出现,使一段连贯的散文被分割成几对语音组,就形成了类似于双韵体(Couplets)的 AA 韵式。朱生豪译文的押韵很少一韵到底,数量最多的就是像例文的"意"与"密","坏"与"怀","皇"与"凉"这类成对出现的押韵。韵脚改变了语言力量分布,使重音落在重叠的韵母上,并引起读者对于韵母重叠的期待和特殊注意,使押韵这类看起来只具有装饰效果的诗艺吸引了读者的关注,使译文具有了指向外在世界的普通散文言语所没有的"内指性"。这是脱离了意义分组依据的独立声音节奏所能够产生的特殊诗意。同时,例文中的这些对句,往往长度相近,如果以顿来划分,对句的顿数也相差不远。这样一来,韵脚的语音重叠,以基本等时的长度为单位,阻隔了散文言语的连贯逻辑,把句子划成了类似诗行的跳跃性节奏。

虽然朱生豪译文的押韵以近似双韵体的韵式为主,但又不仅限于对句,可以不断推广。例如《哈姆雷特》第四幕第五场的这段话:

> 一边呻吟,一边锤她的心,对一些琐琐屑屑的事情痛骂,讲的都是些很玄妙的话。

这就是典型的 AABB 韵式,音韵节奏更加复杂。

朱生豪译文韵式丰富,产生了多样的节奏和节奏效果。例如《哈姆雷特》中第一幕第五场的这一段采用了交替式的 ABCD 韵式:

> 讲到这一个幽灵,那么让我告诉你们,它是一个诚实的亡魂;你们要是想知道它对我说了些什么话,我只好请你们暂时不要动问。

再如《罗密欧与朱丽叶》第二幕第二场的这一段,具有类似抱韵的 aabcda 的形式:

> 晚上没有你的光,我只有一千次的心伤! 恋爱的人去赴他情人的约会,像一个放学归来的儿童;可是当他和情人分别的时候,却像上学去一般满脸懊丧。

这段表白以"心伤"开始,以"懊丧"结束,绕了一圈又回到最初所要表达的意思。在语音的重叠之外,还形成了语音的回环,这也是一种有规律的节奏交替构成的周期变化,恰当地强调了罗密欧的"心伤"与"懊丧"心声。

诸如此类,朱生豪译文中创造性地使用韵脚构成了特殊的语言节奏,这样的例子举不胜举。上面的例文主要选择了严格的韵脚,其实译文中还有大量协韵,不一一举例。译文这种有意押韵的做法,有译者书信为证。朱生豪在给替他誊抄译稿的爱人宋清如的信中写道:

> 我爱你,我要打你手心,因为你要把"快活地快活地我要如今……"一行改作"……我如今要",此行不能改的理由,第一是因为"今"和下行的"身"协韵,第二此行原文 Merrily, Merrily I will now 其音节是……:译文快活地、快活地、我要、如今,仍旧是扬抑格,四音步,不过

在结尾加上了一个抑音,如果把"我如"读在一起,"今要"读在一起",调子就破坏了。①

这段话涉及到至少两个节奏问题:其一,就是音节数与原文音步数及其音节轻重的顾忌;其二就是译者创造押韵效果的努力,连"今"和"身"的协韵也不愿失去。

押韵以韵母的重叠交替构成了鲜明的节奏。大部分语音的重叠,只要不割裂完整的意义,②往往都有助于形成节奏,所以不妨跳出押韵的诗律学框架,将语音的重叠推广到像包括同声同韵、同字同词的范畴,就会发现那些人们熟悉的所谓排比、反复或者回环的修辞,固然可以通过句法结构的重叠形成节奏,有时也是通过使用相同的字词创造语音的重叠,进而形成节奏,例如《罗密欧与朱丽叶》第一幕第一场的这段排比:

> 蒙太古,你们已经三次为了一句口头上的空言,引起了市民的械斗,扰乱了我们街道上的安宁……

或者同一场中描述爱情的这一段:

> 啊,吵吵闹闹的相爱,亲亲热热的怨恨! 啊,无中生有的一切! 啊,沉重的轻浮,严肃的狂妄,整齐的混乱,铅铸的羽毛,光明的烟雾,寒冷的火焰,憔悴的健康,永远觉醒的睡眠,否定的存在!

这些排比句,虽然有整齐的句式作为排比的基础,但是如果去掉"的"、"了"等虚词所构成的语音重叠,即使对语义没有任何影响,节奏感却会大大降低。这里当然并非押韵,而是干脆选用了相同的字。但是从原理上来看,它们与由押韵构成的语音重叠,同样有助于形成鲜明的语音分组和等时节奏。语音的重叠是排比句众多构成方式中的一种,也是构成节奏的一种重要形式。排比这样的修辞手法,或者其他句子所形成的鲜明节奏,既可以由声音节奏来获得,也可以通过意义节奏

---

① 吴洁敏、朱宏达,《朱生豪传》[M],上海:上海外语教育出版社,1990,138 页。

② 译文中,如果押韵割裂的完整的意义单位,例如词语或者固定词组,则不会产生押韵的效果。例如本章开头选文第 18 行的"星"与第 19 行的"明"不能形成节奏感,就是因为割裂了完整的意义单位。

来获得。修辞手法,包括排比、对比等,往往可以通过产生极强的节奏感而获得强调或和谐等种种效果。

朱生豪译文以各种方式追求着译文的节奏感,韵母或者其他音色特征有规律地交替,在听觉效果上产生了独立的声音节奏,使不分行的散文也产生了类似诗歌分行的节奏效果,通过这种方式改变语言的力量分布而凸显了诗意。然而,节奏感虽然可以通过押韵等音色重叠而得到加强,但是更为关键的因素却是依靠以意义分组为基础的意义节奏及分组之间的停顿等因素。整齐的句式也往往利用这种意义节奏来获得作者预期的"有规律的交替"效果。

基于诗歌音乐性问题的诗律学研究,在莎剧研究与莎剧译本研究中具有特别重要的意义。一方面,莎士比亚戏剧的素体诗形式赋予其高度的音乐性和节奏感,给译者带来了巨大的困难;另一方面,朱生豪译文对于莎剧素体诗的音乐性翻译,是朱译风格中特别重要的内容,具有与其他译作相比最为明显的风格差异,其多样的节奏形式成为了朱译莎剧的标志性特征。

朱生豪翻译中的节拍器依靠音组与意义的冲突与叠加而构成,受到了前人的巨大影响,闻一多最先按照英语的"音步"而提出了"音尺"概念;孙大雨进一步在莎剧素体诗翻译中引入了"音组"理论,何其芳提出了现代诗歌以"顿"为基本节奏单位的思想,并得到了卞之琳的进一步实践。顿的形式与英语素体诗的音步,并非完全的对等,因为其根本属性不同。素体诗的音步构成了独立的声音节奏,音步可以打破完整的意义,声音节奏可以与意义节奏冲突。例如"But, soft! /What light /through yon/der win/dow breaks?"显然最后五个音步的后三个音步就没有保全完整的词义。而在朱译文中,"轻声! /那边/窗子里/亮起来的/是什么光?"也可以划分成五组,但这是意义组合,而不是独立的声音组合,音组基本等时出现能够产生节奏感;这种等时性并不完全依赖于字数相等,即使由完整意义单位构成的一字顿与四字顿之间也能具有等时性,因为音组的持续时间可以由音长以及停顿引起的音组内部音节之间的松紧变化来调整。必须注意到,"顿"并非"停顿",因为戏剧对话中的停顿就像日常对话那样是基于换气的生理需要而产生的,这种生理需要并不会把这一句台词"轻声!那边窗子里亮起来的是什么光?",当作四顿(停顿)五段来念。

何其芳在《关于现代格律诗》一文中写道:"我说的顿是指古代的一句诗和现代的一行诗中那种音节上的基本单位。每顿所占的时间大致相等。[1]"他没有提出客观的音组划分标准,但预先规定了顿长相等,卞之琳基本继承了何其芳的观点。何其芳和卞之琳都没有对顿进行精确的定义,使"顿"的定义成为了开放性问题。众多对"顿"的理解中有一种观点认为:"由于汉语语音的独特性,汉语诗歌中这种音组的标志主要不是音组中的重音,而是音组后的顿歇……汉语诗歌的节奏就主要是由这种音顿在诗行中的反复造成的"。[2] 这事实上是把"顿"和"停顿"混为一谈。如果顿必须依赖停顿,那么"轻声!那边窗子里亮起来的是什么光?"这样柔和的句子就必须读得断断续续。虽然有时停顿能够作为顿节奏的形成手段,但是顿不依赖于停顿而存在。朱光潜认为"节奏是一种自然需要……生理的节奏又引起心理的节奏……呼吸、循环有起伏,精力有张弛、注意力有松紧……单调律的声音继续响下去,可以使听者听到有规律的节奏。"[3]可见,顿节奏可以源于停顿,却不局限于停顿。事实上,朱生豪译文中的顿节奏,主要依赖完整的意义单位,其实质是一种心理节奏,而停顿只是其声音效果中的一部分。本文在对朱生豪译文的分析中的所使用的"顿",是基于意义的分组,其中同时含有停顿等内容构成的听觉效果,这种分组有规律地交替下去形成节奏,而每组的等时/等级关系也属于"顿"的重要内容。"顿"不仅能

---

① 何其芳,《关于现代格律诗》,选自《中国现代诗论(下编)》,广州:花城出版社,1986,55页。

② 陈本益,《何其芳现代格律诗论的三个要点评析》,选自《福建论坛·人文社会科学版》,2006年第12期,93页。

③ 朱光潜:《诗论》,北京:北京出版社,2005,149—150页。

如前面的例子所描述的那样构成句内/行内节奏,也能构成句间/行间节奏,朱生豪译文就具有比较鲜明的行间节奏。

素体诗通过五音步抑扬格构成了行内重音节奏与行间等时节奏。朱生豪的译文中,意义完整性能够划分音组,音组之间通过意义的终止感或者停顿等声音特征的反复出现构成节拍,节拍之间的等时/等级特征加强了节奏感,这种基于意义分组的节奏,在心理与听觉上产生的"有规律的交替",是朱生豪译文的重要节奏。

中译文中的声音节奏,受到强大的意义节奏主导,这或许与中文语言的非表音性特质有关。加斯帕罗夫曾经按照意识的不同接受方面,将诗歌接受分为"听觉"、"语感"、"形象"这三个渐进的层次。然而中文诗歌大概缘于文字的形象性,而非表音性,往往把这三个层次完全颠倒。① 这种意义节奏的主导作用,通过意义分组的形式与声音节奏紧密地结合在一起。具体来说,朱生豪译文中,意义节奏的表现形式也非常丰富,既不像原文素体诗构成的五音步抑扬格节奏那样几乎以统一的格式贯穿全文,也不同于某些迷恋于音组的莎剧译者那样追求以一种节奏走到底。朱译文的意义节奏具有丰富的形式,其中最为广泛使用的意义节奏是对句形式,正如其音色节奏中偏好双韵体那样,朱译本中经常出现类似于对仗的结构,在两个短句之间构成周期性的重叠关系。对句构成的意义节奏类型中,最为惹人注意的当属严格对称的意义交替,例如《哈姆雷特》中的某些语段:

啊!/我好苦,/谁料/过去的/繁华,/变作/今朝的/泥土!(第三幕第一场)

我的/言语/高高飞起/,/我的/思想/滞留地下/。(第三幕第三场)

默然忍受/命运的/暴虐的/毒箭,/(或是)/挺身反抗/人世的/无涯的/苦难。(第三幕第一场)

这种近乎于对仗的对称结构,使上句和下句的意义从意义上一一对应,构成了精确的规律性反复;同时上下句意义总数基本相等,并且

---

① 黄玫:《韵律与意义:20世纪俄罗斯诗学理论研究》,北京:人民出版社,2005,105页。

相互对应的意义也具有等时性,加强了语言的意义节奏。然而这种理想节奏有时也需要妥协,如果交替的规律性或者等时性有所减损,自然会抑制节奏感,但却不能抹煞它。

例如下文中:

> 我/所见到/听到的/一切,/都/好像/在对我/谴责。(第四幕第四场)

此时,虽然缺乏意义上的完全对应,但是对应意义的等时规律维持了这种交替的节奏感。上文中就保持了比较严格的等时规律,这包括两个方面:其一,对应意义的等时性,"我"与"都","所见到"与"好像","听到的"与"在对我","一切"与"谴责",基本上保持了等时性;其二,上下句意义总数相等,都具有四个意义,相当于卞之琳主张的"四顿",这也加强了等时性,从而突出了节奏感。然而,有时连对应意义的等时性也显得颇为勉强,但是每行(句)保持意义总数相等,也能具有一定的节奏感,但这种节奏感必定比那些更有规律的意义分布要逊色得多,例如下文:

> 把那/坏的/一半/丢掉,/保留/那/另外的/一半,/让您的/灵魂/清静/一些。(第三幕第四场)

这段话完全符合"顿"节奏理论,每句四顿;甚至同时符合闻一多的"音尺"理论要求的"字数大致相等"这样苛刻的条件;译文精确地以二音节或者三音节为顿;[①]最为难得的是,它还符合新诗倡导的所谓的"诵调",[②]然而其节奏感与前面的例文相比就逊色多了,原因就在于前面的例文是多种特征的节奏波叠加的结果,而节奏的叠加极大加强了节奏性。

这种节奏叠加不仅可以是意义节奏自身特征的叠加,还可以是意义节奏与其他节奏特征的叠加,例如下文:

---

① 卞之琳,《雕虫纪历》序言,北京:人民文学出版社,1979,11 页。

② 卞之琳,《哼唱型节奏和说话型节奏》,《人与诗:忆旧说新》,北京:生活·读书·新知三联书店,1984,141 页。

啊,/赤热的/烈焰,/炙枯/我的/脑浆吧!/七倍/辛酸的/眼泪,/灼伤/我的/视觉吧!（第四幕第五场）

这段文字中,不仅意义对应与三三/三三的等时诗句构成了节奏叠加,同时由"吧"引导的语音重叠,以及由感叹号引导的停顿与情感反复,也参与了节奏叠加,使这段话披上了华丽的节奏形式。在这个例子中,语音节奏与意义节奏的叠加,类似于波的叠加,增加了节奏的能量,使节奏感给读者留下特别鲜明的印象。

如果以同时代的莎剧全集翻译者曹未风的译作相比较,曹译为：

啊,烈火,你熬干我的脑子吧! 浓缩七倍的泪液,

你把我的眼睛烧掉,完全毁掉它的视觉!

相比较之下,曹译保持了原文的断行,却无法保持原文素体诗的节奏感,以至于译文缺乏"有规律的交替"而稍显混乱,不能文气贯通。

节奏形式有时也会发生意想不到的变化,例如意义的对应关系可能会发生偏离,但是只要出现了"有规律的交替",仍然会给人以强烈的节奏感,例如下文这种特殊的节奏形式：

无比的/青春美貌,/在疯狂中/凋谢!（第三幕第一场）

这句话从基本等时的意义相互对应的角度,可以写成 ABBA[①] 的节奏形式,类似于押韵中的抱韵,这样就形成了一种特殊的对比关系：一方面,"美貌"与"疯狂"对比;另一方面,美的极致（无比的）与无美的极端（凋谢）对照。这种节奏同样改变了语言力量分布,产生了特殊的意义。这个句子的解读,特别容易弄错对应关系,把"无比的"与"疯狂"对比,把"美貌"与"凋谢"对比,然而这并非莎士比亚的本意。莎剧原文是："The unmatch'd form and feature of blown youth/ Blasted with ecstasy…"显然,原文从句法对应来看,应该是由分词构成的 The un-

---

① ABBA 这种标注形式很容易让人误会为韵式,本文中是借用这种形式来表达意义之间的对应关系,亦即相对应的意义使用相同的英文字母来表示,通过这种方式就能够画出由意义对应关系所构成的节奏图。

match'd form and feature 与 Blasted,以及介词词组 of blown youth 与 with ecstasy 的对应。所以,朱译文很有可能在不改变汉语句序的基础上,为了照顾这种特殊的对应关系而使用了一贯驾轻就熟的节奏工具。

对称的意义结构具有强烈的节奏感;如果将这种意义向复杂的句群推广,可以获得同样的结果。例如下面这个语段:

> 他/现在/正在/祈祷,/我/正好/动手;/我/决定/现在/就干,/让
> 他/上/天堂去,/我/也算/报了/仇了。(第三幕第三场)

这个语段的节奏并不复杂,意义规律基本上是四三/四三四,对应意义为 ABAB,类似于押韵中的交韵而产生了交替反复的效果。再如下面这一段:

> 因为/年轻人/应该/装束得/华丽潇洒/一些,/表示/他的/健康活
> 泼,/正像/老年人/应该/装束得/朴素大方/一些,/表示/他的/矜严庄
> 重(一样)。

虽然句子较长并且结构比较复杂,但是节奏规律是相当明显的六三/六三形式,同时 ABAB 形式的意义对应也助长了意义节奏叠加,加强了节奏感。下面这段引文的节奏则是另一种节奏形式:

> 决心的/赤热的/光彩,/被/审慎的/思维/盖上了/一层/灰色,/伟
> 大的/事业/在这/一种/考虑/之下,/也会/逆流/而退,/失去了/行动
> 的/意义。(第三幕第一场)

其中的节奏形式具有三六/六三三形式,从意义对应上来看是 ABBA 与 AA 节奏的组合。一般同质的节奏构成节奏的组合,异质的节奏构成节奏的叠加、偏离或者冲突。例文中三六/六三的类似抱韵引起的节奏模式与最后两句的等使节奏自然地连接在一起,就形成组合关系。

然而更加复杂的节奏形式,不仅仅是那些简单的节奏形式,而是表现为大量同质节奏之间的组合或者异质节奏之间的叠加关系。例如下面这段节奏跳跃明显,然而形式比较复杂的语段:

> 他们/妄加猜测,/把/她的话/断章取义,/用/自己的/思想/附会上

去;/当她/讲/那些话/的时候,/有时/眨眼,/有时/点头,/做着/种种的/手势,/的确/使人/相信/在她的/言语/之间,/含蓄着/什么/意思,/虽然/不能/确定,/却似乎/隐藏着/不详之兆。(第四幕第五场)

这段话用意义数来描述,节奏形式是:二三四/四二二三/五三三三;如果用意义对应关系来描述则是:AAA/BCCC/DEEE。其中第一、二、三句构成了等级节奏,正如雅各布森在一场著名的演讲中所说的那样:"以词作为分界线的各个诗组之间都是相当的,它们给人们的具体感受可以是等时的,也可以是具有等级差别的……使用各种组合之间的'相当',这种技巧除具有诗的功能的语言外,其他语言均不能用。只有在各个'相当'的单位做出的有规则的重复的诗中,其语言的表达中的时间流失才给人以一种'音乐时间'的感受。"①这种由二、三、四个意义数量构成的等级节奏,与"妄加猜测"、"断章取义"、"附会上去"这三个四字短语的意义对应形成的意义对应节奏相叠加。上面的例文中,并不是同一种节奏形式贯穿全文,而是至少出现了三个节奏组。有趣的是,第二个节奏组(在第五、六、七句中),同质节奏之间构成节奏的组合,由等时关系构成的二二节奏与等级关系构成的二三节奏毫无冲突地融合在一起,形成了节奏的组合。

有些译文很难一眼看出其节奏模式,但是读起来仍然觉得朗朗上口,这时不妨对其进行节奏分析,对节奏组合与节奏叠加进行拆分,同时按照意义数量和意义对应关系分析节奏形式,往往会发现,那些读起来很有节奏感的文字,一定是某些语音语义特征的"有规律的交替",或者多种"交替"的组合与叠加。朱生豪译文具有丰富的节奏形式,加强了语言效果,赋予作品以多变的情势,成为了朱译莎剧音乐性的重要特征。节奏的和谐,是不同节奏相互碰撞的产物。赫拉克利特认为:"互相排斥的东西结合在一起,不同的音调造成最美的和谐。"②毕达哥拉

---

① 雅各布逊:《语言学与诗学》,选自《符号学文学论文集》,赵毅衡主编,天津:百花文艺出版社,2004,169 页。

② 《古希腊罗马哲学》,北京:商务印书馆,1982,19 页。

斯学派也指出："音乐是对立因素的和谐的统一。"①朱生豪译文优雅的节奏感，也不是单一节奏的结果。意义节奏本身就是一个综合体，结合了停顿的交替、意义的对应与等时规律；同时，意义节奏与音色的重叠也能通过叠加，形成共振，增加节奏的振幅；当然异质节奏之间也能通过节奏的冲突，产生特定的语言效果。一般同质的节奏构成节奏的组合，异质的节奏构成节奏的叠加、偏离或者冲突。

第三节　朱生豪译文中的四字短语

当然，华彩篇章并不一定都是素体诗，原文的诗歌节奏并不依赖于素体诗本身，只要具有平行结构，就可以在语音重叠中加强节奏感，抒发出精彩的独白。莎士比亚的戏剧常常挣脱出素体诗的格律束缚，构成平行的节奏，也要避免硬凑格律，从而损害意义的对应。例如同一场中的这一段，原文是：

He that plays the king shall be welcome; his majesty shall have tribute of me; the adventurous knight shall use his foil and target; the lover shall not sigh gratis; the humorous man shall end his part in peace; the clown shall make those laugh whose lungs are tickle o' the sere; and the lady shall say her mind freely, or the blank verse shall halt for it. ②

这段文字本身就是平行结构的非素体诗文，更是莎士比亚为数不多的谈及素体诗的评论。朱生豪译为："扮演国王的那个人将要得到我的欢迎，我要在他的御座之前致献我的敬礼；冒险的骑士可以挥舞他的剑盾；情人的叹息不会没有酬报；躁急易怒的角色可以平安下场；小丑将要使那班善笑的观众捧腹；我们的女主角可以坦白诉说她的心事，不

---

① 《西方美学家论美和美感》，北京：商务印书馆，北京，1982，14 页，这两条转引自郑海凌所著《译理浅说》，郑州：文心出版社，2005，32 页。

② Shakespeare，*The Complete Works of William Shakespeare*，Oxford Press，1960.

用担心那无韵的诗行将脱去板眼。"暗指有时无需过于在意格律，"say her mind freely"比让素体诗继续咏叹下去重要得多。这段文章不是素体诗，却在意义的分组和起伏上富有节奏感，莎士比亚使用素体诗却不限于这种格律，目的仍然是获得所需要的节奏感。这也为朱生豪译文探索非格律方式表现原文节奏，提供了一定的合理性。在这段文字中，朱生豪已经熟练地运用"的"结构来构成其独特的节奏，并通过节奏的组合与叠加，使节奏形式具有了更大的可变性与灵活性，同时产生了比单一节奏更有力量的表达方式。

从新诗发展史上看，现代的新诗格律变化有三个主要时期：

（1）五四至 1925 年郭沫若、刘半农、刘大白、宗白华等诗人的新诗格律。通过句首或者句末的虚词"啊"、"呢"等构成节奏的方式就是在这个时期开始流行，但是像朱生豪的译文这样利用各种虚词，包括句首句末虚词与句内虚词"使"、"了"、"的"，共同构成行间行内结构则比较少见。

（2）1926 年—1931 年，闻一多发表了后来被称为新格律诗理论奠基石的《诗的格律》，同时闻一多、孙大雨、以及新月派诗人徐志摩、刘梦苇等人进行了相关的诗歌实践。朱生豪很崇拜徐志摩，这个时期的格律探索对他的影响非常大。闻一多《诗的格律》中明确地提出："诗的所以能激发情感，完全在它的节奏；节奏便是格律。"这种节奏说对于朱生豪及同时代的诗人具有深刻的影响，前文已有备述；同时，闻一多还提出了著名的"三美"学说，"格律可以从两个方面讲：①属于视觉方面的；②属于听觉方面的。在视觉方面，闻一多提到：外文中"视觉方面的问题比较占次要的位置，但是在我们中国的文字里，尤其不当忽视视觉一层，因为我们的文字是象形的……所以新诗采用了西文诗分行的办法，的确是很有关系的一件事……如果有人要问新诗的特点是什么，我们应该回答他：增加了一种建筑美的可能性是新诗的特点之一。"这或许就是朱生豪将自己的译作归于散文的主要原因。而在听觉方面，闻一多虽然提到了格式、音尺、平仄、韵脚等听觉手段，但是主要论证了"音尺"问题,他以自己的诗作《死水》为例指出"这首诗从第一行起,以后每一行都是用三个'二字尺'和一个'三字尺'构成的,所以每行的字数也是一样多。结果,我觉得这首诗是我第一次在音节上最满意的试验。"①这种音尺论对于另外两位诗人及莎剧译者孙大雨的"音组"与卞之琳的"顿"理论都有决定性的影响,使新诗格律理论探索进入了第三个阶段。

（3）1932 年—1976 年何其芳、卞之琳等在格律新诗理论与创作上的探索进一步强化了二三字顿构成格律诗的具体方法。然而过去的新诗理论研究从来没有将朱生豪的节律探索纳入研究范畴,殊不知以有规律的长短句打破"顿"的等时性限制,不避用四字短语的意义节奏,通过多种节奏的叠加和偏离突出情感表达的复调音乐感,都是朱生豪在文字音乐性中的天才突破,随着译本的广泛流传产生了巨大的影响,为四字短语重新走进现代白话诗文扫清了障碍。最近 30 年来的现代格律诗基本形成了以音韵和节奏对称为基础的三种诗体形式,即整齐对称式、参差对称式和复合对称式,这种对于诗体形式的划分就受到了朱生豪长短"顿"的影响,长度不一反而"更容易表达复杂的感情——既可以是慷慨激昂的,也可以是委婉细腻的"②。然而因为之前没有关于朱生豪在节律方面贡献的理论探索,所以虽然他的译文对包括艾青、卞之琳、李瑛、张志民、徐迟、屠岸、臧克家在内的广大诗人都有深刻的影响,受到过这些诗人的高度评价,但是新诗格律发展史中从来没有提及过朱生豪的名字,而多重的意义节奏叠加至今还没有受到足够的理论重视。

　　朱生豪对于四字结构有着独特的偏好,这是卞之琳、曹禺和梁实秋的译文中都不具有的特点,其本质上或许源于《诗经》沉淀在中国人血脉里的声音。朱生豪闲暇中写的讽刺国难的四言古诗,就具有明显的诗经国风气质。

---

①　闻一多:《闻一多精选集》,广东世界图书出版公司,2010 年,102—104 页。

②　叶圣陶主编:《大家国学·夏承焘卷》,天津;天津人民出版社,2008 年,135 页。

拟古歌谣

一禽两木

东飞西宿

黄狐在庭

白狐在屋①

朱生豪之后的译者越来越多地拼造四字短语来翻译文学作品,例如王佐良翻译培根的《论读书》,开篇第一句就是"读书足以怡情,足以博彩,足以长才。"王佐良作为著名的莎士比亚研究学者,又与卞之琳私交颇深。虽然他对于朱生豪的译本不做评论,但是这位诗歌翻译方面最重要的翻译家,其翻译风格与其说与同时代的卞之琳近似,不如说更接近朱生豪的韵律风格。此外,20 世纪 70 年代集思广益由多人共同翻译的经典版《圣经》也采用了大量四字短语构成相对整齐的格律,传道书第一章第九节的著名译文"已有的事,后必再有。已行的事,后必再行。日光之下并无新事"就是四字为顿的著名代表。其余例如金庸"侠之大者,为国为民"也是四字短语的当代用法。

王朔的编剧,有时居然会特意模仿这种文风作为过于文艺煽情的代表,例如 1994 冯小刚《永失我爱》中的著名片段:

假设你所爱的人得了不治之症,你会离开他吗? ……是啊,谁都不会离开,都会积极赶来表忠心的,百般安慰、殷勤备至、海誓山盟,做给别人也做给自己看。爱情、美德、高尚情操,起码在一开始是要来上这么一套的,发自内心地关心一次别人这样的机会多难得? 我知道我可能不会很快死,我可以苟延残喘若干年,或者再理想点儿,活耗一辈子,天天打针吃药,饭来张口衣来伸手,最后让人抬到院子里晒晒太阳就已经很幸福很兴奋了,充分利用别人的恻隐之心牺牲精神,使其欲罢不能,如果是你,你会怎么做呢?

无论逻辑结构,还是语言的韵律复合特征,包括四字短语的大量使用,都与朱生豪译文中的"生存还是毁灭"片段出奇相似;此外,电视剧

---

① 吴洁敏、朱宏达,《朱生豪传》[M],上海:上海外语教育出版社,1990 年,78 页。

《大明宫词》的台词也明显具有朱生豪莎剧译本的风格。如果再考察一下冯小刚的电影名称：1994《永失我爱》、1995《冤家父子》、1997《甲方乙方》、1998《不见不散》、1999《没完没了》、2000《一声叹息》、2003《天下无贼》等，从名单中就足以看出当代电影在措辞上受到了怎样的影响。冯小刚及其团队必定读过莎士比亚戏剧，因为《夜宴》的主要情节就脱胎于《哈姆雷特》。很难说这是影响还是巧合，但却反映了一种长期为理论界忽视甚至压抑的某种声音。

20 世纪 60 年代吕叔湘在《现代汉语双音节问题初探》中提到"四音节优势特别表现在现代汉语存在着大量的四音节熟语即'四字格'这一事实上。"这是目前最早提出现代汉语四字短语的理论文章，但只是关注到了"四音节熟语"，也就是"固定短语"，而没有考虑过大量临时性的四字格，或者缩略成四个字的短句。此外，当代对于固定四字短语的使用，还显示出名词或者四字短句的形容词化特征。然而，朱生豪译文中的四字短语，不具有这些成熟期的特征，而是在音乐性需求中自主排列组合的结果，因此构词方式就更为多样，除了有一部分固定词组之外，大部分都是临时组合。这些临时组合怎样进入或者强化了日常语言，几乎无法考证，因为用词并不像引用观点那样需要打报告或者注明出处。但是可以肯定的是，朱生豪的译文，强化了四字音节这种中国人一直固守而又心存疑虑的心理节奏。几千年来，中国人的耳朵发生了许多变化，佛经翻译造成的五言诗、二三音组的盛行也并不能替代四字短语的独特风味，令人沉吟至今。值得一提的是，朱生豪写过大量诗词，其中以词和每行长短不一的新诗为主，正式的五言诗只写过一首《拼字集句四首》，而且还是与朋友游戏集字而作，可见两三顿的五言诗实在不是朱生豪所擅长的内容，他好用四字短语与长短句入诗，例如朱生豪自己所写的词：

法曲献仙音　用白石韵

寒雨连江，青山冥雾。永忆玉人吟处。撼树风狂，打船浪恶，暝愁渐入清俎。念花落成迟暮。佳期逐潮去。忍回顾。叹孤怀、飘飘如寄，望几点、天外痴鸦寒舞。问讯采樵翁，旧诗魂、今埋何处。露夕风晨，有木客、解咏怨句。正模糊一片,仿佛前朝烟雨。①

桂枝香　次韵张荃

渔翁何处,正柳露初晞,野烟迎面。铁笛一声吹破,横江素练。梦
魂昨夜依孤艇,泛淡月,水星凌乱。酒寒才醒,沙禽飞起。彩霞煊烂。
两鬓星霜暗裹换。有双鹭苇边,偷听浩叹。漫折芦花,消受一襟秋怨。
荒云寂寞丘山道,听长空雁唳凄咽,断肠旧浦,清歌寥落,当年欢恋。②

夏承焘曾经潜心研究姜白石的用韵,朱生豪也曾多次以此韵入诗,
这都是他终生受用的韵律风格。朱生豪所用的四字短语,既有添加虚
词构成的延长词组,也有缩略的四字短句,有来自古文辞的常用短语,
甚至还有译者自己生造的短语。

"词在形式上和唐代的近体诗有着显著的不同……词的严格的格
律和在形式上的种种特点都是由音乐的要求决定的……作词要审音用
字,以文字的声调来配合乐谱的声调,在音乐吃紧的地方更须严辨字
声,以求协律和美听。"③夏承焘在之江讲授宋词的格律时,怎么也不会
想到这种风格会被他的学生朱生豪融入到莎士比亚戏剧的翻译中,不
仅以起伏重叠的韵式和虚实相间的平仄构成了译作的主要韵律风格,
并以音乐的长短协律规制行文用字,使大量古雅的用词和欧化的句式
成为了抒情独白的主要形式,而保持了戏剧对话的流畅自然。可是这
难道不是另一种意义上的误译,仅仅只是因为中文没有音步,不得不采
取其他的韵律手段来表达乐感的流动,所以误译也就变得合理化了。
所以文学翻译研究的关键似乎就是考察两种文学传统之间是否具有对
应性。从这个意义上来说,莎士比亚和朱生豪的韵律都曾经受到过诘
难。本琼生批评莎士比亚"格律乱七八糟",塞缪尔·约翰逊在《诗人
传》中从新古典主义的角度出发,批评弥尔顿不该使用素体诗来表达崇
高神圣的主题,因为五音步抑扬格不过是最接近口语的节奏罢了。然
而到如今,谁也不能说莎士比亚的素体诗不是古典而高雅的韵律节奏。

---

① 吴洁敏、朱宏达,《朱生豪传》[M],上海:上海外语教育出版社,1990年,78页。
② 吴洁敏、朱宏达,《朱生豪传》[M],上海:上海外语教育出版社,1990年,78页。
③ 夏承焘:《读词常识》,中华书局,2009年,8—9页。

相比之下,朱生豪翻译风格的认可度还有待商榷,但是其影响正在渐渐展现。新旧参半、中西融合的语体风格如何进入中国现当代文学,是一个值得研究的问题。这可能与朱生豪本人的文学气质有关。朱生豪既精于文言而又反对文言,内心充满了矛盾。夏承焘 6 月 16 日记"朱生豪读词杂记百则,仍极精到,为批十字曰:审言集判,欲羞死味道矣"。用杜审言与苏味道官阶与文学成就不相符合的典故,称赞朱生豪作为自己的学生,其对词的研究却足以令自己感到羞愧。这是"词宗"大师的谦虚与高度评价。另一方面朱生豪读书时也学写新诗,崇拜徐志摩,并且在白话文运动的影响下曾经偏激地写道:"非孔孟,厌汉字,真有愿意把中国文化摧枯拉朽地完全推翻的倾向"[①],这是时代的矫枉过正,对朱生豪的心灵造成了深刻的冲击。

值得一提的是,即使译者并非刻意追求陌生化,造词也是不可避免的。莎士比亚用两万多个词汇来写戏剧,至今仍然是英语中使用词汇量最多的文学家;更加重要的是,当时的英语词汇量还没有成为官方语言,刚刚开始为贵族们所接受的英语当时仅仅只是地方方言,本身的词汇量也不过三万。莎士比亚写作中经常发生词汇不够用的情况,于是就发生了大量的借词现象,这是英语语言学研究的经典命题。所有的莎剧译者,尤其是白话文兴起时期的译者们同样会遇到这个难题,几乎所有的译者都曾经造词和借词来翻译,朱生豪是其中最为典型的例子,不妨以《罗密欧与朱丽叶》的开场序诗为例:

朱译为:

> 故事发生在维洛那名城,
> 有两家门第相当的巨族,
> 累世的宿怨激起了新争,
> 鲜血把市民的白手污渎。[②]

---

① 宋清如:《寄在信封里的灵魂——朱生豪书信集》.北京:东方出版社,1995 年,282页。

② 莎士比亚:《罗密欧与朱丽叶》,《莎士比亚全集》,朱生豪译,北京:人民文学出版社,1976 年,第一幕第一场。

正如前一章所论述的那样,朱生豪的译文在满足剧情叙述的基础之上,最先考虑的就是音乐性,因此这一段序诗为了复合音律出现了许多增字减字、增音减音的造词,例如"巨族",原文中只是一个字 house-holds,并没有出现巨大的概念,属于增加信息;"新争"译自"new muni-ty",表面看起来并无增减,但是朱生豪是用十字一行来翻译原诗五音步十音节的英语诗行,这个词却是用英语中四个音节两个词翻译而来,减少了音节数,改变了行内的松紧,使前文不得不增加信息,所以朱生豪只能用"累世的宿怨"这种同意复合来填充节奏。同意复合还发生在"污渎"这个词中,英文是 unclean,曹禺译为"污了",而朱生豪则将污秽亵渎两个词同意复合成"污渎"。当然"污渎"这个词古已有之,但却是表示"污水沟",其中"渎"的原意就是"水渠"。贾谊《吊屈原赋》说:"彼寻常之污渎兮,岂能容吞舟之鱼?庄子曰:"我宁游戏污渎中自快,无为有国者所羁,终身不仕,以快吾志"。都是用的这个意思,然而两字并用替代古文中的"污"字之意却是朱生豪首先采用的。

对于著名作家和译者而言,造几个词并不是多么稀奇的事情,尤其是在白话文飞速成长的特殊历史时期,作家们从古文、白话小说、方言、外来语中吸收了大量养分,辅以造字和造词的公认规则,造出了目前所使用的大部分汉语词汇,鲁迅甚至还造了一个字"猹"。造字固然不难,难的是让所造的字词受到认可和持续使用,有些词如"梵阿琳"或者"烟士披里纯",虽然在当时引起一片热潮,现在却早已弃置不用了。回顾朱生豪的译文,许多新词并没有得到认可,例如"巨族",如今更加习惯使用"世家"(曹禺译)、家族(梁实秋译)或者"望族";"白手"也属于生造词,源于"白手起家"的化用,现在一般表示网络游戏中的剑魂职业,因为其手的颜色为白色,与朱生豪的翻译无关;"新争"和"污渎"因为过于文雅而没有走出莎剧的范畴,这就是典型的造词例子。译者遇到缺乏汉语生活与文学与莎士比亚戏剧语境相对应的词汇时,往往通过拼接、转义等方式化用已有词汇,创造新词,尽量帮助读者通畅地理解文意。这些新造词往往只有在特定语境下容易理解,而没有得到普遍认同,一旦脱离语境就变得奇怪起来。

但是还有一些词汇,例如"累世"和"宿怨",虽然源于古文辞,但却在现当代文学作品中继续使用。例如曲波在 20 世纪 60 年代创作的长篇小说《桥隆飙》中乔八爷说:"他是一个对旧社会有深仇大恨,对恶势力有宿怨的人。"1965 年《桥隆飙》改编成京剧时也保留了"宿怨"这个词。必须提到的是,"宿怨"因为与常用词"夙愿"同音,听觉上容易引起观众的误解,并不是一个很好的戏剧用词。类似的"同音"现象经常发生,例如"她要拉他吃晚饭去"(《罗密欧与朱丽叶》第二幕第四场),非修辞性同音容易造成听觉错误,影响剧情理解,其可读性高于宜演性。

这一段序诗中造词现象特别突出,与为了实现整齐的句式而凑韵有着很大关系。序诗是朱生豪译文中不多的齐整诗行,这种齐整限制了信息容量和多字顿的运用,牺牲了意义表达的清晰流畅,也牺牲了他常用的复调节奏。值得一提的是,后文的调查问卷中采用了这一段的朱曹译文对比来调查读者的好恶,与其他大量译文中朱生豪支持度大幅领先不同,这一段译文的对比中,朱生豪与曹禺译文所受到的支持度差距非常小,序诗的翻译是朱生豪音乐风格最不明显的段落,与译者不擅长等行诗很有关系。但是即便是如此大量生造和化用词汇,可以说大部分实词都不是当时、甚至当今的日常用法,朱生豪的译文在传播中依然得到了大部分选票和认可,可见朱生豪的译文风格为大众所普遍接受,这对于新词传播的意义不可低估。

然而朱生豪的译作在文字学上的创造主要不是通过两个字的词,而是通过四字短语表现出来的。前文说过,朱生豪的翻译不避四字结构,甚至还特别喜欢用四字短语。除了如前文所说的增加结构虚词构成的四字结构之外,他还运用了大量的四字实词短语,仅仅在《罗密欧与朱丽叶》中就可以找到许多这样的句子:

Rebellious subjects, enemies to peace. [1]

---

[1]　Shakespeare, *the Complete Works of William Shakespeare*, Oxford Press, 1960.

目无法纪的臣民,扰乱治安的罪人。①

Who set this ancient quarrel new abroach?②

这一场宿怨是谁又重新煽风点火?③

Is to himself—I will not say how true

But to himself so secret and so close. ④

他把心事一股脑儿闷在自己肚里,总是守口如瓶。⑤

That I will show you shining at this feast,

And she shall scant show well that now shows best. ⑥

她现在虽然仪态万方,那时候就要自惭形秽了。⑦

I'll go along, no such sight to be shown,

But to rejoice in splendor of mine own. ⑧

只要看看我自己的爱人怎样大放光彩,我就心满意足了。⑨

Alive, in triumph! and Mercutio slain! ⑩

---

① 莎士比亚:《罗密欧与朱丽叶》,《莎士比亚全集》,朱生豪译,北京:人民文学出版社,1976 年,第一幕第一场。

② Shakespeare, *the Complete Works of William Shakespeare*, Oxford Press, 1960.

③ 莎士比亚:《罗密欧与朱丽叶》,《莎士比亚全集》,朱生豪译,北京:人民文学出版社,1976 年,第一幕第一场。

④ Shakespeare, *the Complete Works of William Shakespeare*, Oxford Press, 1960.

⑤ 莎士比亚:《罗密欧与朱丽叶》,《莎士比亚全集》,朱生豪译,北京:人民文学出版社,1976 年,第一幕第二场。

⑥ Shakespeare, *the Complete Works of William Shakespeare*, Oxford Press, 1960.

⑦ 莎士比亚:《罗密欧与朱丽叶》,《莎士比亚全集》,朱生豪译,北京:人民文学出版社,1976 年,第一幕第二场。

⑧ Shakespeare, *the Complete Works of William Shakespeare*, Oxford Press, 1960.

⑨ 莎士比亚:《罗密欧与朱丽叶》,《莎士比亚全集》,朱生豪译,北京:人民文学出版社·1976 年,第三幕第一场。

⑩ Shakespeare, *the Complete Works of William Shakespeare*, Oxford Press, 1960.

茂丘西奥死了,他却耀武扬威活在人世。①

Begot of nothing but vain fantasy,

Which is as thin of substance as the air

And more inconstant than the wind, who wooes

Even now the frozen bosom of the north. ②

梦本来就是痴人脑中的胡思乱想;它的本质像空气一样稀薄;它的变化莫测,就像一阵风。③

She will not stay the siege of loving terms,

Nor bide the encounter of assailing eyes④

她不愿听任深怜密爱的词句把她包围,也不愿让灼灼逼人的眼光向她进攻。⑤

The date is out of such prolixity. ⑥

这种虚文俗套,现在早就不流行了。⑦

Thy head is as fun of quarrels as an egg is full of

meat, and yet thy head hath been beaten as addle as

①　莎士比亚:《罗密欧与朱丽叶》,《莎士比亚全集》,朱生豪译,北京:人民文学出版社,1976 年,第一幕第二场。

②　Shakespeare, *the Complete Works of William Shakespeare*, Oxford Press, 1960.

③　莎士比亚:《罗密欧与朱丽叶》,《莎士比亚全集》,朱生豪译,北京:人民文学出版社,1976 年,第一幕第四场。

④　Shakespeare, *the Complete Works of William Shakespeare*, Oxford Press, 1960.

⑤　莎士比亚:《罗密欧与朱丽叶》,《莎士比亚全集》,朱生豪译,北京:人民文学出版社,1976 年,第一幕第一场。

⑥　Shakespeare, *the Complete Works of William Shakespeare*, Oxford Press, 1960.

⑦　莎士比亚:《罗密欧与朱丽叶》,《莎士比亚全集》,朱生豪译,北京:人民文学出版社,1976 年,第一幕第四场。

an egg for quarrelling.①

你的脑袋里装满了惹事招非的念头。②

这些四字短语中，目无法纪、扰乱治安、守口如瓶、自残形秽、心满意足、耀武扬威等都是明清小说就在白话文中开始使用的常用词；还有一些词从古文进入白话文以及口语的时间暂时还不能确定，但可以肯定就是1910—1940年之间出现的口语化成语，例如变化莫测、仪态万方、煽风点火、惹事招非；有些词却可以确证是朱生豪化用来的，例如"大放光彩"主要出自孙中山《心理健康》第四章："自达尔文书出后，则进化之学，一旦豁然开朗，大放光明，而世界思想为之一变"。其中，"大放光明"的构词法与宋词的成语"光彩夺目"结合创造出来的"大放光彩"，如今已用得相当多了。还有一些词至今接受度仍然不高，例如出自仓央嘉措诗歌的"深怜密爱"依然很少出现在白话文中。"虚文俗套"是朱生豪首先将"虚文"和"俗套"这两个词连用成四字短语，但是因为时代语境的改变，现在已经很少使用了。而"灼灼逼人"虽然一时还无法确定是朱生豪还是另一位翻译家温源宁最先开始在白话文中使用，但是这个词沉寂良久之后，最近突然在网络上大行其道，意义也发生了转变，用来形容高温天气或者舆论压力，却是令人始料未及的事。

朱生豪好用和化用四字短语，随着其译本的广泛流传，对这些词汇的推广起到了重要的作用。调查访谈中，许多人表示朱译本熟悉亲切因此才在挑书时选择了这个译本，殊不知正是时代的选择和广泛的流传加强了这种熟悉感。可以毫不夸张地说，翻译问题本质上是一个权力集中与再分配的问题。

正如前文所说，造词是译莎不可避免的话题，完全没有创造新词的翻译必定因为词汇贫乏而显得简单粗糙。曹禺、卞之琳和梁实秋的译

---

① Shakespeare, *the Complete Works of William Shakespeare*, Oxford Press, 1960.

② 莎士比亚：《罗密欧与朱丽叶》，《莎士比亚全集》，朱生豪译，北京：人民文学出版社，1976年，第三幕第一场。

文中都有"新词"，和朱生豪的译文一样，这些词的来源十分广泛，既有古诗文（有些已经在明清白话小说或者在白话文运动中通过鲁迅、茅盾等人的文学作品成为了白话文的一部分，有些却早已湮没在历史中），也有方言入文，还有根据造词法所造的合成词。朱生豪在用词上与其他译者最大的区别就在于他特别喜欢用源于古诗文的词，而四字短文往往都有一个古雅的源头，例如上面的 13 个四字短语中就有 11 个源于古代典籍，这就构成了音乐韵律之外朱生豪偏好四字短语的另一个重要原因。

　　朱生豪用词通俗，但这些词往往本身又都是古语，因此在读者看来，朱生豪的译文既通俗而又显得雅致，这种矛盾的感觉是译者本人的思想和审美观内在冲突的结果。朱生豪既有强烈的古代文人气质，又具有新文化运动中特有的反古情绪。一方面他具有深厚的国学修养，在之江大学国文系读书时就参加诗社，写了大量的旧体诗词，或许是因为受到夏承焘研究姜词的影响，朱生豪经常使用姜白石的韵作词，其对于姜白石词格的评论，受到了夏承焘的赞赏，夏承焘在《天风阁学词日记》6 月 16 日记作了具体记载。朱生豪还常常与爱人宋清如诗词来往，曾经批评宋清如平仄不够严谨，用词"蹈袭……太甚"，①其文学气质偏于传统古诗文。内心的矛盾在表达方式的微妙平衡中获得了巨大的张力。朱生豪的翻译必须将异质的生活气息和对话语气圆融在他内心隐秘追求的中国式典雅之中。从这种意义上来说，语气的柔化就不仅仅只具有修饰意义，而是关系到文气是否贯通、情感基调是否接续自然等一系列的基本文字技术。朱生豪化用四字短语时，非常注重其镶嵌方式，尤其是将白话口语中尚不熟悉的构词变得柔化起来，朱生豪娴熟地运用了韵律工具来增加新词的合法性：

　　This is the truth, or let Benvolio die. ②

---

① 朱生豪：《寄在信封里的灵魂——朱生豪书信集》，北京：东方出版社，25 页。

② Shakespeare, *the Complete Works of William Shakespeare*, Oxford Press, 1960.

我所说的句句都是真话，倘有虚言，愿受死刑。①

《水浒》中有："你若胆敢半句虚言，休怪某家宝刀不认得你"，《三国演义》中也有"如有虚言，天打雷劈"的话语。朱生豪的化用保留了四字格，为了使生造的"愿受死刑"不显得突兀而改"如"为"倘"，这样"倘有虚言，愿受死刑"才形成类似于"仄仄平平，仄仄平平"的平仄和声调对仗关系，使人感觉不到新造词的出格之处。

再如：

She hath, and in that sparing makes huge waste,

For beauty starved with her severity

Cuts beauty off from all posterity. ②

她让美貌在无情的岁月中日渐枯萎，不知道替后世传留下她的绝世容华。③

两个四字短语的对应，烘托出意义上的强烈对比，其中的诗意是与情感表达和剧情发展直接相关的，正如劳逊所说："真正诗意的对话会使人产生一种可见的感觉……对话离开了诗意便只有一半的生命力。"④而这种依赖节奏对应构成的强烈对比，在原诗的形式中是没有的。

再如：

It were a grief, so brief to part with thee⑤

像这样/匆匆的/离别，一定会/使我/黯然神伤。⑥

黯然神伤是近代才开始重新启用的古文，本来用在翻译中往往会

---

① 莎士比亚：《罗密欧与朱丽叶》，《莎士比亚全集》，朱生豪译，北京：人民文学出版社，1976年，第三幕第一场。

② Shakespeare, *the Complete Works of William Shakespeare*, Oxford Press, 1960.

③ 莎士比亚：《罗密欧与朱丽叶》，《莎士比亚全集》，朱生豪译，北京：人民文学出版社，1976年，第一幕第一场。

④ 劳逊，约翰·霍华德：《戏剧与电影的剧作理论与技巧》，邵牧君、齐宙译，北京：中国电影出版社，1979年，360页。

⑤ Shakespeare, *the Complete Works of William Shakespeare*, Oxford Press, 1960.

⑥ 莎士比亚：《罗密欧与朱丽叶》，《莎士比亚全集》，朱生豪译，北京：人民文学出版社，1976年，第三幕第三场。

与语境显得格格不入,然而译文中的三三意义对仗,尤其是以意义长短不同构成的长/短、短/长对应关系,使"黯然神伤"显得不那么突兀起来。事实上,现代读者或许并不觉得"黯然神伤"是个多么古老的用法,就与译者的柔化使用有着很大的关系。

必须强调的是,在翻译中使用四字短语,尤其是与古代文化背景有着密切联系的雅语来翻译西方作品,始终是一件不讨好的事情。卞之琳以二、三字顿的基本格局避开了这个问题,方平继承了"音组"观,很难调用四字短语入"顿",而曹禺的剧本为舞台效果考量,也很少使用这样雅致而不够通俗的语言,梁实秋追求忠实就更加避讳"带艺投师"的古文辞。在莎剧的主要译本中,朱生豪的译文具有最多的四字短语。四字短语若使用不慎,往往会与全文的感情与语体基调格格不入,而朱生豪译文的特点就在于对镶嵌方式的深思熟虑,他往往将词的使用与韵律的音乐性相结合,使源于古辞的四字短语比较自然地融入白话外国文学译本中,算得上难能可贵。须知译作在借助原著的文学名声之外,往往面临着特殊的困难。因为"经典"本身就包含着强势的话语权力,也意味着时间与空间远离当下,不容易得到理解与认同,因此外国文学经典的本土推广,必须在经典与共鸣之间找到平衡,而翻译策略本身就体现了本土化与陌生化之间的权力博弈。必须强调的是,二者的博弈成功构成新文学的关键就在于,本土与陌生的力量同样强大。

朱生豪译文最鲜明的特征就是其独特的音乐性,与其他译本相比具有高度区分性。译文中多种韵律节奏在平行与偏离中获得诗意,中国古代诗歌,尤其是唐宋词的韵律特征都参与到译作多重节奏的构建中。朱生豪使用了平仄、长短句、节奏级差等多种方式,确立了意义节奏单位。叙事节奏和用词方式与此有着直接的关联,因此译作的韵律特征也在很大程度上影响了遣词用句的翻译策略。然而,朱生豪的意义与卞之琳的"顿"有着本质上的差异,节拍组往往不是由两三字构成,而是大量使用了四字结构,不仅构成了别具一格的音乐特征,而且为大量四字短语进入诗化语言起到了重要的作用。同时,意义节奏的长短收缩,也如平仄变化一样构成了另一种有规则的韵律,隐隐呼应着素体诗的抑扬格律。朱生豪曾经在给宋清如的书信中坦承:"音乐是最高级……Rhythm(韵律)的贫乏乃是生命中的根本问题。"这种对于音乐性的追求,决定了朱生豪翻译的基本风格,也影响了翻译中的方方面面。

意义节奏与朱生豪译文中的四字结构有着直接的联系。这些四字格形态各异,有添加虚词凑成的四字短语,有来自古代诗词话本的四字熟语,也有临时组合改编的四字词与缩字句,这种对于四字结构的偏好极大地影响了后世的译者与研究者,强化了这种现代汉语修辞方式。有规律的节奏起伏中,大量在白话文中拗口的欧化句式变成了富有诗意的表达方式。双"的"长句、语序的置换等句式,都在统一的音乐韵律风格中获得合法性,成为了推动戏剧剧情、刻画人物性格与身份的重要手段。例如用平均长度为 13 个字的长句刻画年长的贵族语言的端庄典雅;用平均长度为 9 个字的长句表述年轻贵族主人公的日常对话,特定场合下句长的增减都具有特殊的修辞效果;而仆人语言平均长度为 5 个字上下。这类变化恰好模拟了莎士比亚戏剧中使用不同文体跨越阶层发生的戏剧对话,并探索了这些不同身份的人物之间因为语言风格不同而显得格格不入的对话在话轮转换时通过音乐韵律的柔化与谐和的方式。朱生豪在莎士比亚戏剧文体调整中所使用的语言手段与他出于新旧交替的特殊时代有着密切的关系。

朱生豪译文最重要的贡献决不是造词造句,而是创造了一种抒情方式。无论四字短语还是欧化的句型,到底是朱生豪首先在白话文中使用,还是仅仅加强了其流传,其实并不重要,重要的是他将这些语言元素赋予了莎士比亚和中国古典诗词的抒情语境,作为探索和表达人类情感的要素,在文学语言发展过程中成为了纯粹的审美象征,而不仅仅只是实用的语素。一言以蔽之,朱生豪不是语言学家,而是诗人;最重要的贡献不是对于语言表达能力的开发,而是诗意的生发,是在中英诗歌异质的两难取舍之间,通过个人风格的统一而找到的一个专属的黄金分割点。正如前文曾经说过的那样,莎士比亚最为重要的韵律学贡献,就是将作为普通语言节奏的素体诗和作为下层方言的英语提炼为入诗入画、最终为贵族所接受的优美诗意语言,布鲁姆也在批判一切以莎士比亚为借口的实用主义探索时强调"如果你崇拜历史进程中的复合神,你就注定要否认莎氏那显著的美学权威性"[①],强调莎士比亚的历史贡献是美学的,而不是语言或者政治的。从这个意义上来说,朱生豪是莎士比亚的知音。

综观朱生豪的莎剧翻译,大量的虚词平行结构与四字短语构成的意义节奏与音乐节奏累加,构成了丰富而多变的节奏形式,同时节奏组内部或者相互的组合与叠加,既增加了节奏组的灵活性,又加强了节奏力量。在这种背景之下,虽然朱生豪译文被称为口语散文体,与日常语言相比却又显得不同凡"响",具有昂然的诗意。在某些情况下,译文甚至比原文更文雅,更具有节奏感,或者具有更加多变的节奏形式,这类过度修饰,甚至赋予了原文所不具有的意义和诗味,朱生豪译作的语体,虽然没有保留原文的诗行,但却并不是简单的口语体,可能更加适合被称之为"诗化口语体"或者"诗化散文体"。[②]

第四节　朱生豪的误译

朱生豪的译文中对原文误读误译颇多,但其中的许多误译部分,无论是对于身份差别的改写,还是在对于"猥琐语"(梁实秋语)的柔化,本意都是为了使剧情顺畅流动,不至于因为戏剧在异国的语境中适应力不良而有阻塞之感,因此许多误译至今在中国文学语境中仍然无法修正,否则反而会损伤整体性诗情画意的忠实表达。即使在如今的英语中,莎士比亚的戏剧也并不流畅,以至于改写莎剧为小说体裁的兰姆认

---

① 哈罗德·布鲁姆:《西方正典》,江宁康译,南京:译林出版社,2005 年,14 页。
② 吴笛:《浙籍作家翻译艺术研究》,杭州:浙江大学出版社,2009 年版,157 页。

为："莎剧比起任何其他剧作家的作品来,都更不适宜于舞台演出……其中有许多东西是演不出来的,是同眼神、音调、手势毫无关系的"①,而是与历史视野有着莫大的关系。从这个意义上来说,朱生豪的译文是莎士比亚戏剧在诗意上的历史性重生。

类似于莎士比亚运用诗体形式的变化来表明人物身份,朱生豪运用韵律有致的长短句,描摹出一幅层次分明的社会生态。然而,韵律获得补偿的同时,往往也有可能意味着意义的损失、抒情力量分布的改变、社会关系的偏移、人物性格的模糊。翻译中一切对于原文的不"忠实"往往被当作误译。误译是翻译中不可避免的现象,然而如果发现了误译却无法修正,甚至故意而为的误译,就不仅仅是翻译问题,而是诗学问题。梁实秋的翻译问题不仅仅是语言本身不够流畅,更重要的是剧情无法文气贯通地发展下去。戏剧人物语言中所附加的意义非常丰富,戏剧中的信息分布阻碍了剧情在时间轴上的平滑流动,如果不能控制好戏剧节奏,就会产生阻塞感。这并不是译者的问题,而是原作与翻译本身的特质。但是,考虑到梁实秋选择了以莎士比亚研究学者作为自己的主要读者,所以不需要担心剧情节奏的松紧问题。他的翻译,正如本雅明所期待的那样,"翻译更类似于文学批评或文学理论,而非诗歌本身"。②

朱生豪译文中对于"猥亵语"的误译,不能简单地用"雅化"这种说法来归纳。首先,原文中的表达在当时看来未必不雅,因此译文也就不存在"雅化"问题,顶多只能算是一种柔化,来适应剧情在中文语境中的流畅发展;此外,朱生豪对于性暗示内容的柔化,可能还具有特殊的象征意义。他曾经在书信中写道:"精神恋爱并不比肉体恋爱更纯洁。但这种"哲学的爱"是情绪经过理智洗炼后的结果,它无疑是冷静而非热

---

① Charles Lamb, *On the tragedies of Shakespeare*, Chales Lamb on shakespeare. ed. Joan Coldweell, New York: Harper & Row, 1978, P27—28.

② 保罗·德曼:《"结论:瓦尔特·本雅明的'译者的任务'"》,《翻译与后现代性》,陈永国主编,北京:中国人民大学出版社,2005年,51页。

烈的,它是 Non－Sexual 的。"①考虑到莎士比亚戏剧在中国进行翻译的时候所具有的崇高化和神圣化倾向,完全不同于最初在剧场演出时娱乐大众的身份,因此朱生豪在翻译《罗密欧与朱丽叶》期间写的这封书信,可能是朱生豪对于莎士比亚的特殊理解,每每遇到猥亵语而导致剧情凝滞时便怀疑是自己的理解不够深刻,于是尽力挖掘其隐喻的意义,而不是故意标新立异。

朱生豪的自我怀疑非常正常。文学在中国文化传统中的地位足以令西方诗人感到羡慕。在古代,中国的诗人同时也是社会秩序的制定者,成为了全世界独一无二的士大夫阶层,文学决不仅仅是一种娱乐。梁实秋在《文学的严重性》中强调:"文学不是给人解闷的……文学家不是给人开心的",创作是出于"内心的要求"②。沉重的文学观促使译者以特别慎重的姿态来解读外国文学经典,于是将本土文学中不常见的现象理解为某种特殊的象征体系也大有可能。然而,梁实秋没有考虑过的问题是,莎士比亚戏剧在莎士比亚时代的确就是"给人解闷的……给人开心的",其精神价值的实现非常依赖其娱乐效果,因此戏剧中有着大量双关语和插科打诨这一类很长时间都不为英国文学界所承认的"拙劣"的娱乐技巧。从大量书信中都可以看出,朱生豪对于这段历史并不熟悉,他所接触到的是早已经典化的莎士比亚。更加重要的是,译文的大部分读者也不是在读畅销小说,而是抱着顶礼膜拜的心态来读"莎士比亚"的伟大作品,因此也就会不免多想。由此可见,"经典化"本身也是一种特殊的力量,甚至有可能改变作品解读的方式与程度。

朱生豪译文中的误译并非刻意标新立异,而是在剧情与韵律的流动中不得不做出的妥协。在许多关键性问题上,朱生豪译文与以精确著称的梁实秋译文有着大量共同的误译,这体现了莎士比亚精神在中文历史语境中受到的排斥或者调整,是文学传统中民族特性的集中爆

---

①　《书信》,第 322 页。

②　梁实秋:《梁实秋文集》,厦门:鹭江出版社,2004 年,271 页。

发。译者往往受到了两种传统的影响,莎士比亚的英诗传统和中诗审美情趣的传统。他对于前者努力贴近,却渐行渐远;对于后者努力忘却,却逃不脱语境在潜意识中的影响,这种创作目标和结果的悖论正是一切译者必须经历的痛苦。两种焦虑在朱生豪的译文中叠加和冲突,创造出了译文独有的"伪真实",既不是莎士比亚,却又正是中国人所想象或者能够认同的莎士比亚戏剧人物。当莎士比亚戏剧塑造了一系列鲜活的舞台形象时,朱生豪也塑造了另一个伟大的莎士比亚。当诗人们面对前辈和传统留下的礼物惴惴不安,想要接受却又痛恨这种影响时,作为译者的诗人却在努力追寻这种影响,不是在焦虑失去自我,而是生怕影响得不够全面,不够妥贴;即使如此,诗心依然从译文中生根发芽,凝结成花。如果说万事万物都是相生相克,如同正负离子的辩证统一,那么诗人所不可回避的,既有影响的焦虑,也有不影响的焦虑,二者殊途同归,构成了诗人痛苦和创造力的源泉。

当然,对于很多人来说,误读与误译并没有什么错,都是中国文学的建构方式。问题在于,朱生豪本人并不认为自己有权利在翻译中做出改变,他在《译者自序》中有这样一段话,受到学者们的反复引用:

"余译此书之宗旨,第一在求于最大可能之范围内,保持原作之神韵,必不得已而求其次,亦必以明白晓畅之字句,忠实传达原文之意趣;而于逐字逐句对照式之硬译,则未敢赞同。凡遇原文中与中国语法不合之处,往往再四咀嚼,不惜全部更易原文之结构,务使作者之命意豁然呈露,不为晦涩之字句所掩蔽。每译一段竟,必先自拟为读者,察阅译文中有无暧昧不明之处。又必自拟为舞台上之演员,审辨语调之是否顺口,音节之是否调和,一字一句之未惬,往往苦思累日。然才力所限,未能尽符思想,乡居僻陋,既无参考之书籍,又鲜质疑之师友。谬误之处,自知不免。所望海内学人,惠予纠正,幸甚幸甚!"①

由此可见,朱生豪在翻译中首先考虑的仍然是忠实问题,只不过他

① 朱生豪,《译者自序》,摘自罗信璋主编的《翻译研究论文集(1894—1948)》,北京:外语教研出版社,1984,358—359页。

对于"忠实"的理解与很多人不同罢了。"第一在求于最大可能之范围内,保持原作之神韵,必不得已而求其次,亦必以明白晓畅之字句,忠实传达原文之意趣;而于逐字逐句对照式之硬译,则未敢赞同。"表明其忠实观是从大到小,从结构到元素,从神韵到字句的逐层下放,而不是反过来从元素对应开始由下而上的过程,因此译文具有一种难得的完整性和统一性。他"每译一段竟,必先自拟为读者,察阅译文中有无暧昧不明之处",译文相对完整地传达了原文的象征体系,而结构性忠实也在很大程度上帮助他在理解单个字句意义时对于"暧昧不明之处"做了具有一定合理性的大胆猜测。"猜测"是经典外国文学翻译中一个不容忽视的现象,每个人心里都有一个不同的莎士比亚,往往并无定论,因此"猜测"是译者不可避免的功课,可见译文版本之间的根本差异往往源于译者进行的猜测时所使用的材料基础和策略不同罢了。"猜测"是中国莎剧群体性误译研究中值得深入探讨的问题,希后来者能够进一步研究考察。①

朱生豪对于莎士比亚戏剧的误译并不完全是朱生豪作为译者个性的体现,而是所有莎士比亚戏剧译者面临的共同困境的一种解决思路。莎士比亚戏剧在中国的翻译和传播过程中经历了难以想象的大量误译,其中甚至包括两个或者多个译者对于同一个内容的相同或者相反误译,大量共同误译构成了具有鲜明时代和文化特征的群体性误译,成为了莎士比亚戏剧中国化研究中非常重要的问题。在教育部新课题"中国莎士比亚戏剧翻译群体性误译研究"中,即将对莎剧群体性误译现象,尤其是朱生豪和梁实秋的共同误译进行深入探讨,在本文中就不再赘述。

朱生豪是个新旧参半的翻译家,译者特有的古典文人气质导致了他对于莎剧中许多人物关系的误译,其中许多在等级关系上的理解偏

差可能是朱生豪和梁实秋所共有的时代表征；对于那些众说纷纭、没有定论的语言修辞，朱生豪总是首先从剧情的流畅和整体风格的统一中来推测原译，如果仍然不得要领，就按照中国人惯常的理解来进行解读，译作不纠缠于个别字句的得失，始终着眼于剧情和诗意的需要，虽然在许多细节上并不像曹禺版本那样适宜舞台演出，但却是最受欢迎的诗性读本。而译文中对于等级关系、命运的神秘性以及贵族行为和语言习惯的误译，即使放在当今也往往很难修正，因为这涉及到了语言和诗意跨越文化和历史的差异，是集体审美体验的巨大转变，是译者不得不柔化其翻译的必然结果。朱生豪始终着眼于"忠实"的翻译，因此就必须不断在译者的主动选择与译文的不确定性之间做出选择。事实上，无论莎士比亚戏剧的跨文化改写还是跨媒介改编，保持原作精神的真正忠实应当是对于诗性逻辑的尊重。

第四章　朱生豪莎剧翻译与中国古诗的互文性

第一节　朱译莎剧中的中国古诗

朱生豪翻译的莎士比亚戏剧在中国莎学史、中国翻译史上已经成为一个标志性工程。[①] 朱生豪的莎剧译本之所以这么成功，正是其翻译思想高屋建瓴、内涵深刻、意义重大、影响深远的生动体现。朱生豪文学翻译思想铸就了其鲜明的翻译风格和卓著的语言特色。他的译文流畅，笔力雄健，文词华赡，译文质量和风格卓具特色，为国内外莎士比亚研究者所公认。[②] 朱译本语言优雅流畅，可与独立的文学作品媲美，堪称翻译文学的杰作。[③] 最典型的代表是其以中国古典诗歌形式译成的韵文，即朱译莎剧中的中国古诗，是朱译本中文词最出彩、意境最悠远、表达最极致的部分，不仅以华美文笔、横溢才气、浓郁诗意，达到了出神入化的境界，实现了对原文的升华与再创造，而且充分调动起中国读者的审美共鸣感，深受读者喜爱，并因此被广为传诵。朱译莎剧中的诗，无论是形式之多样，还是艺术之完美，都称得上是首屈一指的。[④]

只有诗人才能把诗译好。莎士比亚是诗人兼戏剧家，而朱生豪则

---

① 李伟民:爱国主义与文化传播的使命意识——杰出翻译家朱生豪翻译莎士比亚戏剧探微,《湖南师范大学社会科学学报》,2008年第2期,134页。

② 吴欣:厚积薄发 博而返约——浅说朱生豪先生的翻译,《黑龙江史志》,2008年第16期,115页。

③ 朱骏公:朱译莎剧得失谈,《中国翻译》,1998年第5期,24页。

④ 吴洁敏、朱宏达,《朱生豪传》[M],上海:上海外语教育出版社,1996年,136页。

是诗人兼翻译家,莎士比亚有幸遇到了"知音",他心灵的精粹和思想的
光辉才得以被最合适的汉语形式完美再现。在中国的莎作翻译者中,
朱生豪可以毫无愧色地名列诗词创作最好的译者之一。朱生豪如果没
有诗人的气质和才华,也就不可能成为莎剧的著名翻译家①。朱生豪
翻译莎士比亚之所以能够取得如此重大的成功,其重要条件就是他的
诗人素质,正是这种诗人素质沟通了两颗伟大的心灵,融合了两个民族
语言艺术的创造天才;朱生豪以他的诗人气质和他所具有的中国古典
文化和中国古典诗词修养成就了翻译莎作的豪举②。

朱生豪精湛的诗学研究和诗词实践,也为他的译莎打下了坚实的
基础。把世界著名的莎剧译成汉语而仍不失为精采的文学作品,这是
朱生豪的成功之处③。他在词学专家夏承焘的教诲下,自由地遨游于
《诗经》、"楚辞"、晋诗、唐宋诗词等古典诗词的天地之中,进一步滋养了
自己的诗歌才华,造就了词学姜、史,诗就义山的风格④。词学家施蛰
存认为:朱生豪除了翻译《莎士比亚全集》之外,旧体诗词作得那么好,
译莎才能达到达与雅,胜人一筹⑤。从四言诗到楚辞体,从五言诗到六
言七言,甚至长短句,他都运用自如,在译文中可以充分发挥他的诗学
才能,并使中国诗体的各种形式,十分自然地熔化浇铸于汉译莎剧之中
而不露痕迹⑥。本章将对朱译莎剧中的中国古诗进行专门研究,首先
搜集整理出所有的古诗韵文⑦,然后运用互文性理论对它们进行深入

---

① 骆寒超 序:朱生豪、宋清如,《秋风和萧萧叶的歌》,北京:人民文学出版社,2003 年,4 页。
② 李伟民:对莎士比亚的开掘守望与精神期待,《西华大学学报(哲学社会科学版)》,2004 年第 5 期,28 页。
③ 朱宏达:朱生豪的诗学研究和译莎实践,《杭州大学学报》,1993 年第 3 期,89 页。
④ 朱宏达:翻译家朱生豪的诗,《杭州大学学报》,1986 年第 4 期,70 页。
⑤ 李伟民:对莎士比亚的开掘守望与精神期待,《西华大学学报(哲学社会科学版)》,2004 年第 5 期,28 页。
⑥ 李伟民:论朱生豪的诗词创作与翻译莎士比亚戏剧之关系,《华南农业大学学报(社会科学版)》,2009 年第 1 期,91 页。
⑦ 详见附录。一并附上梁实秋的译文,以便读者了解后面章节对朱生豪和梁实秋开展的对比研究。

的剖析和阐释,总结出其本质特征,并结合朱生豪的文学翻译思想观,集中再现朱生豪莎剧翻译的中国古典情怀。

第二节　互文性理论

之所以选择互文性理论,是因为它是中国古典诗歌最突出的文本特征,也是古典诗歌作品最普遍的现象。[①]"互文性"(Intertextuality,又称为"文本间性")是当代西方后现代主义文化思潮中产生的一种文本理论,这一概念首先是由法国符号学家、批评家朱丽娅·克里斯蒂娃(Julia Kristeva)所解释,"任何作品的文本都像许多行文的镶嵌品那样构成的,任何文本都是其他文本的吸收和转化。"[②]也就是说,任何一个文本都是其他文本的镜子,不同程度地以各种多少能辨认的形式存在着其他文本,都是在与过去完成的文本、当代正在创作的文本、甚至未来的文本相互联系着的。叙事学家杰拉尔德·普林斯(Gerald Prinee)在其《叙事学词典》中对"互文性"下了一个较为清楚易懂的定义:"一个确定的文本与它所引用、改写、吸收、扩展或在总体上加以改造的其他文本之间的关系,并且依据这种关系才能理解这个文本。"[③]秦海鹰在综合借鉴现有各种定义的基础上,尝试对这个术语的适用范围做如下界定,比较全面地反映了目前西方学术界对互文性概念的理解:"互文性是一个文本(主文本)把其他文本(互文本)纳入自身的现象,是一个文本与其他文本之间发生关系的特性。这种关系可以在文本的写作过程中通过明引、暗引、拼帖、模仿、重写、戏拟、改编、套用等互文写作手法来建立,也可以在文本的阅读过程中通过读者的主观联

---

① 蒋寅:拟与避:古典诗歌文本的互文性问题,《文史哲》,2012年第1期,22页。

② 克里斯蒂娃:《符号学:意义分析研究》,引自朱立元《现代西方美学史》,上海:上海文艺出版社,1993年,947页。

③ Prince, Gerald: A Dictionary of Narratology. Lincoln: University of Nebraska Press, 1987: 46.

想、研究者的实证研究和互文分析等互文阅读方法来建立。其他文本可以是前人的文学作品、文类范畴或整个文学遗产，也可以是后人的文学作品，还可以泛指社会历史文本"。① "互文性"理论强调了任何文本都不可能脱离其他文本而单独存在的事实，它的意义在于不仅揭示了文学创作活动内部多元文化、多元话语相互交织的本质，而且呈现了文学创作活动的博大精深及其包容的丰富复杂的文化底蕴和社会历史内涵。

一般来说，互文性有广义、狭义两层含义和横向、纵向两个维度。广义的互文性是指文本和赋予该文本意义的所有文本之间的相互作用，包括对该文本意义有启发价值的文本及围绕该文本而存在的文化语境和其他社会实践活动，所有这些构成了一个潜力无限的文化网络，时刻影响着文本创作及文本意义的阐释。狭义的互文性则主要着眼于微观上的篇际特征，强调文本与文本之间的各种牵连与互涉，认为互文性"是指一个具体文本与其他具体文本之间的关系，尤其是一些有本可依的引用、套用、映射、抄袭、重写等关系"。② 本章则主要从狭义角度论证。

互文性所关注的文化传统的影响是两个层面的：即"先前文化"和"周围文化"。前者从纵向的时间维度抽理出跨越时间的文化对作者创作产生的影响，从历史角度分析不同时代对文化传统具有什么样的认可程度、采取何种接受方式等，所以它偏重于当代文化与前代文化之间的对立与统一关系；后者从横向的空间维度关注民族文化与世界文化的对话性问题，从共时角度分析跨越空间的、与此文本有关联的其他民族文化文本对此文本的影响，所以它偏重于跨地域性的文化交流问题。朱生豪莎剧翻译是上述两个层面的完美融合，一方面是中国民族文化与西方文化的横向对话，另一方面是中国古典文化对朱生豪创作的纵向影响。

"互文性"不仅是一个西方后现代主义、后结构主义思潮和批评理论的标识性概念，而且对语言研究也有重要的理论价值，对解释语篇的

---

① 秦海鹰：互文性理论的缘起与流变，《外国文学评论》，2004 年第 3 期，29 页。
② 秦海鹰：互文性理论的缘起与流变，《外国文学评论》，2004 年第 3 期，26 页。

生成有其独特的语言学意义。这一文学理论同样也被引入了翻译研究，将文本置于广阔的文化背景下审视，开拓了翻译研究的视野，对传统翻译理论产生了很大的影响。然而关于该理论在莎剧英译的方面目前国内外研究很少，尤其是对朱生豪莎剧译本的研究目前还是空白。互文性是中国古典诗歌艺术表现的普遍现象，迄今对它的研究还比较薄弱。① 本章关注的正是互文性在朱生豪莎剧翻译实践方面的重要意义，通过选取最具代表性的中国古典诗歌译文，来阐述互文性理论在其中发挥的关键作用。

第三节　互文性与朱译莎剧中的中国古诗

中国古诗是中国古典文学的最重要的组成部分，是汉语的精粹，是中国的瑰宝。朱生豪作为诗人译诗，华美的语言表达出了浓郁的诗意，在莎剧中他译的中国古诗中的语言和意象之美，都被传达得淋漓尽致，很多都成为了语意双绝的名句。这首先得益于他译的诗句植根于中国古典的文化内涵和社会历史积淀，融入了中国古典诗词的风骚雅韵。而所有这些主要借助互文性实现的。在互文性的统辖下，内容重点、修辞手段、意象建构、情感效果一气呵成，浑然一体。

最常采用的互文性手段有以下三种：引用（Citations），即直接借用以前的文本放入当前的文本中；典故（Allusion），即在文本中使用出自神话、传说、寓言、历史故事、经典作品等中的原型；仿拟（Parody），一种有意模仿特定既存的词语、名句、名篇的手段，通过对原来的结构形式解构，或转换，或变异以全新内容来表情达意。因其丰美的音韵、严格的格律、工整的对仗、精练的语言、巧妙的修辞、生动的形象和传神的意境，中国古诗常常受到许多中外学者的青睐，用来描摹景物和抒发感情。朱生豪的古诗造诣可谓是炉火纯青，并且他用这种登峰造极的技

---

① 蒋寅：拟与避：古典诗歌文本的互文性问题，《文史哲》，2012 年第 1 期，32 页。

艺译出了莎剧的精髓。在体裁上，朱生豪的古诗译文具有明显的倾向性，主要集中在墓志铭、书信、歌谣、结束语等文体形式，通过运用互文性手段，"传其神韵，达其意趣，显其命意，展其特色"，①不仅实现了原文特定的交际意图，而且达到了他的文学翻译目的。下面将对每种文体形式逐一进行探讨，深究互文性理论对朱译莎剧中的古诗的影响和作用，以期挖掘朱译古诗的本质特征。

一、墓志铭

墓志铭是一种悼念性的文体，更是人类历史悠久的文化表现形式，多用韵文，述其大节，表达一种昭昭永垂的心愿，表示悼念和赞颂，在写作上的要求是叙事概要，语言温和，文字简约。刘勰《文心雕龙·铭箴》："蔡邕铭思，独冠古今。桥公之钺，吐纳典谟；朱穆之鼎，全成碑文，溺所长也。"朱生豪利用其妙语珠玑将莎剧中的碑文都译成了中国古诗的形式，令人叹为观止。

第一个例子源自《无事生非》第五幕第三场，爵爷克劳狄奥误以为他的情人希罗已因自己而死，悔恨不已、伤心欲绝，在爱情的鼓动下写了悲悼的挽歌，在她的墓前，向她的尸骸歌唱以来祭奠她，宣告她死得多么清白。

　　　　青蝇玷玉，谗口铄金，嗟吾希罗，月落星沉！
　　生蒙不虞之毁，死播百世之馨；惟令德之昭昭，斯虽死而犹生。②

> Done to death by slanderous tongues
>
> Was the Hero that here lies.
>
> Death, in guerdon of her wrongs,
>
> Gives her fame which never dies.
>
> So the life that died with shame
>
> Lives in death with glorious fame. ③

---

① 冯颖钦：朱生豪译学遗产三题，《外国语》，1991 年第 5 期，42 页。

② 朱生豪等译：《莎士比亚全集（一）》，北京：人民文学出版社，1978 年，530—531 页。

③ 如非特殊说明，莎剧原文引自 Shakespeare, the Complete Works of William Shakespeare, Oxford Press, 1960.

句句都有出处可循。首先,前两句运用了两个典故。"青蝇玷玉"出自唐朝陈子昂的《胡楚真禁所》:"青蝇一相点,白璧遂成冤。"李白在《鞠歌行》也有类似的诗句:"楚国青蝇何太多,连城白璧遭谗毁。""谗口铄金"源于清代冒襄的《影梅庵忆语》:"丁亥,谗口铄金,太行千盘,横起人面。"两句成鲜明的对称结构,"青蝇"对"谗口","玷"对"铄","玉"对"金",可谓是构思精妙,字字珠玑。两句都采用了比喻的手法,形象地表达了极言谗言毁贤害能的厉害,惟妙惟肖地再现了原文中"slanderous tongues"的流言之害。接下来,用了文言叹词"嗟",传达了忧伤的情调,引出了对命运多舛的希罗如同"月落星沉"的感慨唏嘘。此句引用自五代蜀韦庄的《酒泉子》词:"月落星沉,楼上美人春睡。"这里则把希罗比作沉落的明月和黯淡的星辰,体现了原文中的 death 之义。以上四句中最出彩的是两个动词"玷"和"铄",即"玷污"和"熔化",生动地刻画了原文中 done 的涵义,使前两句和后两句连贯成一体,于是希罗被赋予了"玉、金、月、星"四个形象,再现了她纯洁和高贵的灵魂。最后,译文后四句"生蒙不虞之毁,死播百世之馨;惟令德之昭昭,斯虽死而犹生"则采用了仿拟的手法,分别模仿了《孟子·离娄上》的"有不虞之誉,有求全之毁"、汉代杨修《节游赋》的"纷灼灼以舒葩,芳馥馥以播馨"以及《国语·周语》的"其德足以昭其馨香"。其中文词华美的"生蒙不虞之毁,死播百世之馨"为对偶结构,字字对仗,呈现了诗歌的形式美,同时忠实译出了原文的"her wrongs"和"her fame which never dies",着实体现了译者的诗歌创作功力。此外,"令德之昭昭"中的"令德"意为"美德",原型源自《左传·襄公二十四年》:"子为晋国,四邻诸侯不闻令德,而闻重币,侨也惑之",保留了原文"glorious fame"的含义。全诗译笔流畅典雅,文句朗朗上口,同时借助文言叹词"嗟"、语气助词"惟"等深化了整篇的悲情基调,从而全文浑然天成,强烈抒发了内心的忧伤和忏悔,堪为千古之绝调。

第二个出现在《泰尔亲王配力克里斯》第四幕第四场中,泰尔亲王配力克里斯公主玛丽娜的墓碑上诗句:

佳人多薄命，奇花易萎折，

新春方吐蕊，遽尔辞枝别。

谁欤墓中人？泰尔王家女；

死神展魔手，一朝攫之去。

厥名玛丽娜，美慧世无比。

当其诞生时，海神大欢喜，

吐浪如山高，百里成泽国。

大地为战栗，恐至全沦没，

故将此女郎，上献与苍冥。

至今怒海水，犹作不平声。①

The fairest, sweet'st, and best lies here,

Who wither'd in her spring of year.

She was of Tyrus the king's daughter,

On whom foul death hath made this slaughter;

Marina was she call'd; and at her birth,

Thetis, being proud, swallow'd some part o'the earth:

Therefore the earth, fearing to be o'erflow'd,

Hath Thetis' birth—child on the heavens bestow'd:

Wherefore she does, and swears she'll never stint,

Make raging battery upon shores of flint.

首句"佳人多薄命"直接引自宋代左纬《妾薄命》"佳人多薄命，不必重欷嘘"，辛弃疾《贺新郎·送杜叔高》也有类似表达"自昔佳人薄命，对古来，一片伤心月"，表达了对自古以来美女不幸遭遇的欷嘘之情，而美丽善良的玛丽娜也未能幸免，这句话直奔主题，贴切感人，同时与下文的"奇花易萎折"工整对仗，如实而又完美再现了原文首句刻画的比喻意象。最后一句"至今怒海水，犹作不平声"，是全诗的高潮，仿拟了宋代诗人胡仲参为岳飞鸣冤的诗句"至今坟上木，犹作不平鸣"（《读岳鄂

---

① 朱生豪译：《莎士比亚全集（六）》，北京：人民文学出版社，1978年，326页。

王行实编年》),对应了原文的最后一句,借壮观的景象强烈抒发了对薄命女玛丽娜的深挚悲悼和哀思。

　　莎士比亚的最后一部悲剧《雅典的泰门》讲述了雅典贵族因乐善好施,许多人乘机前来骗取钱财,后来导致其倾家荡产、负债累累,而这些虚伪的"朋友"都纷纷背他而去。第五幕第四场男主人公泰门墓石上刻着他亲手撰写的碑文:

> 残魂不可招,
>
> 空剩臭皮囊;
>
> 莫问其中谁:
>
> 疫吞满路狼!
>
> 生憎举世人,
>
> 殁葬海之滣;
>
> 悠悠行路者,
>
> 速去毋相溷!①

> Here lies a wretched corse, of wretched soul
>
> bereft:
>
> Seek not my name: a plague consume you wicked
>
> caitiffs left!
>
> Here lie I, Timon; who, alive, all living men did
>
> hate:
>
> Pass by and curse thy fill; but pass and stay not
>
> here thy gait.

　　第一句"残魂不可招"对应原文的"wretched soul bereft",仿拟于宋代王安石的《孟子》"沉魄浮魂不可招,遗编一读想风标。"第二句中"臭皮囊"对应原文的"a wretched corse",运用了典故原型,亦作"臭皮袋",喻指"人之躯壳",宋代刘克庄曾有《寓言》诗:"赤肉团终当败坏,臭皮袋死尚贪痴"。诗是浸透了感情的语言,这两句通过生动激越的语言

---

①　朱生豪译:《莎士比亚全集(五)》,北京:人民文学出版社,1978 年,89 页。

完美抒发了主人公心中深深的绝望和凄凉情感。倒数第二行"悠悠行路者"借用了唐代诗人张谓《题长安壁主人》"纵令然诺暂相许,终是悠悠行路心",其中"悠悠"两字,形容行路人,看似平淡,实很传神,刻画冷漠的世情,入木三分。最后一行中的"相溷",意为"互相混同","溷"堪称妙笔,原型来自《楚辞·屈原·涉江》的"世溷浊而莫余知兮",平添了碑文的古韵古风,忠实传达了原文的主题,铭刻着对人性之恶的诅咒,给后世警醒,促使人们学会忏悔。

二、书信

书信是一种向特定对象传递信息、交流思想感情的应用文书。古诗语言精练而形象性强,非常适合这种文体。在朱生豪译的古诗中,有两封书信精妙绝伦,堪为典范。第一封出现在《终成眷属》第三幕第四场,"簪缨巨族"的青年伯爵勃特拉姆一心想追求贵族的声望,抛弃了新婚燕尔的妻子——美丽聪慧勇敢的女主人公海丽娜,到意大利参加战争,让她守活寡。而为了爱情义无反顾的海丽娜毅然决定跋山涉水去追寻她的丈夫,让他平安回家。于是她趁着黑暗的夜晚悄悄地溜走,出走之前留给了她婆婆——伯爵的母亲伯爵夫人一封信:

> 为爱忘吟域,致触彼苍怒,
>
> 赤足礼圣真,忏悔从头误。
>
> 沙场有游子,日与死为伍,
>
> 莫以薄命故,甘受锋镝苦。
>
> 还君自由身,弃捐勿复道!
>
> 慈母在高堂,归期须及早。
>
> 为君注瓣香,祝君永康好,
>
> 挥泪乞君恕,离别以终老。①

I am Saint Jaques' pilgrim, thither gone:

Ambitious love hath so in me offended,

---

① 朱生豪等译:《莎士比亚全集(二)》,北京:人民文学出版社,1978年,345页。

That barefoot plod I the cold ground upon,

With sainted vow my faults to have amended.

Write，write，that from the bloody course of war

My dearest master，your dear son，may hie：

Bless him at home in peace，whilst I from far

His name with zealous fervor sanctify：

His taken labours bid him me forgive；

I，his despiteful Juno，sent him forth

From courtly friends，with camping foes to live，

Where death and danger dogs the heels of worth：

He is too good and fair for death and me：

Whom I myself embrace，to set him free.

首行诗句"为爱忘畛域，致触彼苍怒"开篇即渲染了痛苦伤感的氛围，把原文"Ambitious love hath so in me offended"中女主人公对丈夫的深婉爱恋和热烈相思之情淋漓尽致地表现了出来，主要手段是通过两个典故原型，即"畛域"和"彼苍"，前者出自《庄子·秋水》"泛泛乎其若四方之无穷，其无所畛域"，译文用它形容爱欲无疆；后者源自《诗·秦风·黄鸟》"彼苍者天，歼我良人。"孔颖达疏："彼苍苍者，是在上之天。"后因以代称"天"。第四行诗句"莫以薄命故，甘受锋镝苦"中的"锋镝"原型取自汉代贾谊《过秦论》"销锋镝，铸以为金人十二，以弱天下之民"，形容战争中刀砍箭射的痛苦，不仅呼应了第三行诗句中"沙场"和"游子"的原型形象，而且把原文中"the bloody course of war"的残酷血腥刻画得入木三分。第五行中的"弃捐勿复道"直接引用《古诗十九首·行行重行行》"弃捐勿复道，努力加餐饭"中的原句，表达的意义是"还有许多心里话都不说了，只愿你能重获自由"，与原文最后一句"Whom I myself embrace，to set him free"对应，用词高雅、曲折达意、婉转传情，思妇对丈夫的情真意切深婉含蓄，意味不尽，使人悲感无端，反复低徊。第六行"慈母在高堂"引用宋代诗人释文珦《母子吟》中

的"游子行远方,慈母在高堂"——远方的游子,时时牵动慈母心,符合原文的剧情。聪明的女主人公在无条件奉献出自己全部爱的同时,大打真情牌,勾起慈母的舐犊深情,体现对伯爵夫人的尊重和敬仰,赢得她的同情和支持。

第二封书信为《维洛那二绅士》第三幕第一场中凡伦丁绅士给恋人西尔维娅的一封情书:

> 相思夜夜飞,飞绕情人侧;
>
> 身无彩凤翼,无由见颜色。
>
> 灵犀虽可通,室迩人常遐,
>
> 空有梦魂驰,漫漫怨长夜。①

My thoughts do harbour with my Silvia nightly,

And slaves they are to me that send them flying:

O, could their master come and go as lightly,

Himself would lodge where senseless they are lying!

My herald thoughts in thy pure bosom rest them:

While I, their king, that hither them importune,

Do curse the grace that with such grace hath bless'd them,

Because myself do want my servants' fortune:

I curse myself, for they are sent by me,

That they should harbour where their lord would be.

整首诗采用五言诗句式,语言巧妙多姿,文句缠绵悱恻,情感深沉绵长,打上了义山风格的烙印,即好用典故、词藻华丽、意韵深微。具体来看,全诗分别仿拟了李商隐《无题二首》"身无彩凤双飞翼,心有灵犀一点通"和引用了李商隐《离思》的"无由见颜色,还自托微波",第三行"室迩人常遐"则借用典故原型,出自《诗经·郑风·东门之墠》"其室则迩,其人甚远",西汉司马相如的《凤求凰》也有类似表达"有艳淑女在闺

---

① 朱生豪译:《莎士比亚全集(一)》,北京:人民文学出版社,1978年,128页。

房,室迩人遐毒我肠"。朱生豪并没有简单地模仿前人的创作,而是有所继承、借鉴,进行了再加工和再创造,同时又能紧扣莎剧原文,把原文的意思准确充分地表达出来,使译文优美灵动、自然流畅。译文诗的第二行和第三行,通过拆分、组装和合并上述雅俗共赏、脍炙人口的名句,细微精深地再现了男主人公发自心底的怀想之切、相思之苦,恨自己身上没有五彩凤凰一样的双翅,所以没有办法飞到爱人身边见到她的容颜。尽管彼此的心意像灵异的犀牛角一样息息相通,双方却无法走在一起,大有咫尺天涯之意境。整首诗从头至尾都浇铸着痛苦而又执着的绵邈深情,将那种深深相爱而又不能见面的恋人的复杂微妙心态刻画得细致入微、惟妙惟肖。诗歌的创作是想象力的结晶,所用的语言是形象性的语言。只有发挥想象力才能进入诗人的想象世界,领会诗的意境,也才能用同样形象的语言译出原诗的意象。① 朱生豪丰富的文学修养以及对于主题、意境和表现手法的把握,是这首诗译得成功的重要保证。

由此可见,朱生豪在对原文正确理解的基础上,不完全受原文形式的束缚,而是对原文进行再创造、再加工,借助互文性的手段,赋予了译文中国古典文学的气息以及浓郁的中国古诗韵味,从而达到了神似。

三、歌谣

在伊丽莎白时期的英国,歌唱是非常普遍流行的表达方式,甚至融入到日常生活中。戏剧舞台从来都不缺少歌谣的演唱,莎士比亚的戏剧对歌谣表现出浓厚的偏爱,其中穿插了各种歌谣,堪称"王冠上的钻石",成为莎剧中最耀眼的部分。朱生豪将这些歌谣译成了中国古诗的文体形式,具有鲜明的节奏与和谐的音韵,吟诵动听感人,富有音乐美,不仅符合剧情需要,而且便于广为传唱。出色的译文不胜枚举。

---

① 夏月霞:论朱生豪莎剧中的诗歌翻译,《安徽广播电视大学学报》,2010 年第 2 期,72页。

首先是《亨理四世（下篇）》第五幕第三场赛伦斯的唱词，采用七言句式：

> 愿得醉乡封骑士，
>
> 不羡他人万户侯。①
>
> Do me right，
>
> And dub me knight：
>
> Samingo.

这里首先借用了两个典故原型，"醉乡"和"万户侯"，前者表示醉酒后神志不清的境界，出自 唐代王绩《醉乡记》："阮嗣宗、陶渊明等十数人，并游於醉乡"；后者本义为"食邑万户的侯"，转指"高爵显位"，出自《战国策·齐策四》："有能得齐王头者，封万户侯。"这两句译文分别仿拟了清代曹鈖的诗《归怀》"看世拟逢青眼客，移封愿得醉乡侯"和清代丘逢甲的诗《和晓沧买犊》"陆地千角牛，不羡万户侯"，尽管中为洋用，但还是切合文意，醉酒后英雄豪杰的风范便跃然纸上。

《皆大欢喜》第五幕第四场许门（Hymen）——古希腊罗马神话中的婚姻之神，祝福那一对又一对的有情人终成眷属。其中一对是小丑试金石和村姑奥德蕾，许门以吟唱婚歌的形式祝他们永结同心：

> 人间添美眷，天后爱团圆；
>
> 席上同心侣，枕边并蒂莲。
>
> 不有许门力，何缘众庶生？
>
> 同声齐赞颂，许门最堪称！②
>
> Wedding is great Juno's crown：
>
> O blessed bond of board and bed！
>
> 'Tis Hymen peoples every town；
>
> High wedlock then be honoured：
>
> Honour，high honour and renown，

---

① 朱生豪译：《莎士比亚全集（三）》，北京：人民文学出版社，1978年，308页。

② 朱生豪译：《莎士比亚全集（二）》，北京：人民文学出版社，1978年，192页。

To Hymen, god of every town!

首句中典故原型"美眷"源自明代汤显祖的《牡丹亭·惊梦》"则为你如花美眷,似水流年",转指娇美的妻子,与下文"团圆"对仗,照应了原文wedding 的主题,开篇即渲染了甜蜜欢快的氛围。第二句"席上同心侣,枕边并蒂莲"文采斐然,谱写了全诗最华彩的篇章。它仿拟了唐朝徐彦伯的《采莲曲》"既觅同心侣,复采同心莲"。无独有偶,《泰尔亲王配力克里斯》第一幕第一场安提奥克斯出的哑谜中也有类似表达"深闺待觅同心侣,慈父恩情胜夫婿。"此处典故原型"并蒂莲",与"比翼鸟、连理枝、双飞蝶"等相似,产生男女好合、夫妻恩爱的文化意象,对应原文的"blessed bond",开拓了优美的意境,加强了作品艺术感染力。同时,朱生豪充分紧扣原文主题,巧妙地创造了对称的"席上"和"枕边"分别照应原文的board 和 bed,可谓是匠心独具、出神入化,译出了风采和韵味。

又如《哈姆雷特》第四幕第五场中,剧中奥菲莉亚无法接受自己的情人哈姆雷特杀死亲生父亲这个残酷的事实,爱和恨的剧烈冲突使天真善良、清纯无暇的奥菲莉亚精神失常,疯疯癫癫地跑来跑去,把鲜花撒给宫里的女人们,说是在给她父亲举行葬礼;又时常唱一些爱情和死亡的歌谣。其中最具代表性的是如下一段唱词:

　　殓衾遮体白如雪,

　　鲜花红似雨;

　　花上盈盈有泪滴,

　　伴郎坟墓去。①

White his shroud as the mountain snow,

Larded with sweet flowers

Which bewept to the grave did go

With true love showers.

该译文以精湛的结构和语言,成功渲染了浓郁的悲剧色彩,读来令人

① 朱生豪译:《莎士比亚全集》(五),北京:人民文学出版社,1978 年,367 页。

一咏三叹,堪称绝妙好词。点睛之笔是"鲜花红似雨",与原文中的"sweet flowers"和 showers 照应,仿拟了宋代释梵琮的"南溪流水青如螺,深居落花红似雨",在形式上与上行的"白如雪"对仗,色彩搭配极具冲击,在修辞上巧妙运用了移情手法,准确地把握了"鲜花"的物象,着意刻画了一位少女对死亡的感悟,情意深长而又哀婉欲绝。所以说,整个译文用来表达剧中人极度悲愤而失望的心态,也可说是翻译中最佳选择了。①

《温莎的风流娘儿们》第三幕第一场爱文斯的唱词"众鸟嘤鸣其相和兮,……缀百花以为环"以及《无事生非》第五幕第三场克劳狄奥所歌"惟兰蕙之幽姿兮,遽一朝而摧焚;……及长夜之未旦!"均采用楚辞体来翻译,形式完美,韵味醇厚,朱宏达(1993)②称其为"朱生豪译莎之独创",并对于诗中的互文性作了比较细致的考证,本文不再赘述。

四、结束语

结束语是每一幕剧或整场戏末了带有总结性的一段话,以最凝练的语言进行最集中和最高度的概括。在朱生豪莎剧翻译中,他都以"正是——"引出古诗文体的结束语,可谓是匠心独具、妙笔生花。

第一个例子源自《威尼斯商人》第一幕第二场中鲍西亚:正是——

垂翅狂蜂方出户,寻芳浪蝶又登门。③

While we shut the gate upon one wooer, another knocks at the door.

此句仿拟了元代高明的《琵琶记·牛小姐规劝侍婢》"惊起娇莺语燕,打开浪蝶狂蜂",惟妙惟肖地刻画了轻薄放荡的男子形象。修辞上属于对句互文,"狂蜂"、"浪蝶"互相渗透互相补充,来表达完整意思。同时,意象优美,喻义丰富,非常切合原文 wooer 的形象和内涵。

---

① 朱宏达:朱生豪的诗学研究和译莎实践,《杭州大学学报》,1993 年第 3 期,95 页。

② 朱宏达:朱生豪的诗学研究和译莎实践,《杭州大学学报》,1993 年第 3 期,93—94 页。

③ 朱生豪译:《莎士比亚全集》(二),北京:人民文学出版社,1978 年,14 页。

其次《威尼斯商人》第五幕第一场中葛莱西安诺所作的结束语：正是——

> 不惧黄昏近，但愁白日长；翩翩书记俊，今夕喜同床。
> 金环束指间，灿烂自生光，唯恐娇妻骂，莫将弃道旁。①
>
> But were the day come, I should wish it dark.
> That I were couching with the doctor's clerk.
> Well, while I live I'll fear no other thing
> So sore as keeping safe Nerissa's ring.

"不惧黄昏近，但愁白日长"字字珠玑，与原文首句完全对应，在形式和内容上仿拟了李商隐《乐游原》的"夕阳无限好，只是近黄昏"，表达了对美好时光的急切渴望和热切向往之情。

喜剧《终成眷属》写的是聪明机智而又义无反顾的女主人公海丽娜如何费尽心机去争取一个出身高贵、狂妄肤浅的纨绔子弟的爱情故事，故事的结局正像题目暗示的那样最后都终成眷属。第五幕第三场国王向他们致贺词，将整部戏剧推向了高潮：正是——

> 团圆喜今夕，艰苦愿终偿，
> 不历辛酸味，奚来齿颊香。②
>
> All yet seems well; and if it end so meet,
> The bitter past, more welcome is the sweet.

此句结束语构思精湛巧妙，后两句在结构上仿拟了唐朝黄檗禅师《上堂开示颂》的世俗名言："不经一番寒彻骨，那得梅花扑鼻香"，同时语言上借用了"齿颊生香"的典故原型，文辞华赡，典雅优美。感官上的"辛酸味"和"齿颊香"形成鲜明反差，分别呼应了前两句的"艰苦"和"喜"，对照了原文的 bitter 和 sweet，生动再现了原文"苦尽甘来"的主题，使得整篇译文自然流畅、行云流水。

戏文演出结束后，演员登场念收场诗向观众致谢、送客，《终成眷属》就是一例：

---

① 朱生豪译：《莎士比亚全集》(二)，北京：人民文学出版社，1978 年，95 页。
② 朱生豪译：《莎士比亚全集》(二)，北京：人民文学出版社，1978 年，393 页。

袍笏登场本是虚，王侯卿相总堪嗤，

但能博得观众喜，便是功成圆满时。①

The king's a beggar, now the play is done：

All is well ended if this suit be won

That you express content；which we will pay，

With strife to please you，day exceeding day：

Ours be your patience then，and yours our parts；

Your gentle hands lend us，and take our hearts.

整篇语言精练，笔力雄健，能紧扣原文，充分地表达出原文的神韵，同时又能再创造，保持译文的通畅、自然。妙手之笔为第一句"袍笏登场本是虚"借用了"袍笏登场"的典故原型，出自清朝赵翼的《数月内频送南雷述庵淑斋诸人赴京补官戏作之二》："袍笏登场也等闲，若他动色到柴关"，表达了"穿官服执手板，登台演戏"的意思，与原文非常切合。

互文性分析的重点应该是考察互文材料在特定语篇中的语义功能和结合的方式与和谐程度。②。朱生豪并不是将中国古诗博大精深的互文材料简单地嵌入到莎剧译文中，而是在紧扣原作的基础上，凭借其诗人的素质和情怀对译文进行再加工和再创造，不仅使得互文材料之间衔接浑然天成、过渡自然流畅，整篇译文犹如水流一泻千里、一气呵成；而且利用大量典雅优美的古诗体译文，把语言发挥到了表达力的极致，使得莎剧译文洋溢着浓厚的中国古典气息和韵味，彰显了中国古典文化的风采和魅力，更有利于莎剧在中国读者中普及开来。朱生豪的译文还是不失为汉语译本中水平最高的一种，不能不说使朱译莎剧不同凡响的根本原因，是朱生豪对中国古诗的精湛研究和实践的结果③。朱生豪以精湛的诗艺来从事莎剧的移植，在朱译莎剧中还是可以感受诗一样的美感。正因为如此，朱译莎剧才能保持原作的神韵，传

---

① 朱生豪译：《莎士比亚全集》（二），北京：人民文学出版社，1978 年，393 页。

② 辛斌：语篇互文性的语用分析，《外语研究》，2000 年第 3 期，15 页。

③ 朱宏达：朱生豪的诗学研究和译莎实践，《杭州大学学报》，1993 年第 3 期，95 页。

达莎剧的气派,以回荡莎翁才气而独步当时译坛①。所以说,朱生豪翻译的莎士比亚戏剧在中国莎学史、中国翻译史上已经成为一个标志性工程,而成功的一大秘诀正是其骨子里的中国古典情怀。

附录:

出处	原文	朱生豪译文	梁实秋译文
威尼斯商人 第一幕 第二场	superfluity comes sooner by white hairs, but competency lives together.	富贵催人生白发, 布衣蔬食易长年。	太富庶的人容易早生白发,足衣足食的反倒可以延年。
威尼斯商人 第一幕 第二场	While we shut the gate upon one wooer, another knocks at the door.	垂翅狂蜂方出户, 寻芳浪蝶又登门。	才把一个走送,又来一个敲门。
威尼斯商人 第二幕 第一场	Good fortune then! To make me blest or cursed'st among men!	正是不挟美人归, 壮士无颜色。	但愿有好运来帮忙!我最幸福,或是最遭殃?
威尼斯商人 第三幕 第二场	No bed shall e'er be guilty of my stay, Nor rest be interposer 'twixt us twain.	此去经宵应少睡, 长留魂魄系相思。	决不误时贪睡, 决不偷闲延误。
威尼斯商人 第五幕 第一场	But were the day come, I should wish it dark. That I were couching with the doctor's clerk. Well, while I live I'll fear no other thing So sore as keeping safe Nerissa's ring.	不惧黄昏近, 但愁白日长; 翩翩书记俊, 今夕喜同床。 金环束指间, 灿烂自生光, 唯恐娇妻骂, 莫将弃道旁。	如果天亮,我愿天快点黑,我好同博士的书记去睡。 好,我一生什么也不担忧, 只怕把拿利萨的戒指丢。
无事生非 第五幕 第三场	Done to death by slanderous tongues Was the Hero that here lies. Death, in guerdon of her wrongs, Gives her fame which never dies. So the life that died with shame Lives in death with glorious fame.	青蝇玷玉, 谗口铄金, 嗟吾希罗, 月落魂沉! 生蒙不虞之毁, 死播百世之馨; 惟令德之昭昭, 斯虽死而犹生。	希罗安葬在这里, 是流言要了她的命: 死神为弥补她的委曲, 给她以不死的美名。 含羞而死的一个人, 死后永久光荣的生存。

---

① 朱宏达. 翻译家朱生豪的诗. 杭州大学学报,1986(4)。

（续）

出处	原文	朱生豪译文	梁实秋译文
无事生非 第五幕 第三场	Pardon，goddess of the night，Those that slew thy virgin knight；For the which，with songs of woe，Round about her tomb they go. Midnight，assist our moan，Help us to sigh and groan Heavily，heavily，Graves，yawn and yield your dead，Till death be uttered Heavily，heavily.	惟兰蕙之幽姿兮，遽一朝而摧焚；风云怫郁其变色兮，月姊掩脸而似嗔。语月姊兮毋嗔，听长歌兮当哭；绕墓门而逐巡兮，岂百身之可赎！风瑟瑟兮云漫漫，纷助予之悲叹；安得起重泉之白骨兮，及长夜之未旦！	请原谅，夜之女神。那些杀死你的纯洁侍者的人；为了这，他们绕着她的墓游行，唱出悲哀的歌声。午夜，帮助我们呻吟；帮助我们叹息哭哼，哀伤的，哀伤的；坟墓，吐出所有的死人，等我们唱完这悲惨的歌声，哀伤的，哀伤的。
哈姆雷特 第四幕 第五场	White his shroud as the mountain snow，Larded with sweet flowers Which bewept to the grave did go With true-love showers.	殓衾遮体白如雪，鲜花红似雨；花上盈盈有泪滴，伴郎坟墓去。	尸衣白似山头雪，装饰着鲜艳的花；无人哀悼下了坟墓，也没有情泪像雨似的洒。
麦克白 第四幕 第一场	O well done! I commend your pains；And every one shall share i' the gains；And now about the cauldron sing，Live elves and fairies in a ring，Enchanting all that you put in.	善哉尔曹功不浅，颁赏酬劳利泽遍。于今绕釜且歌吟，大小妖精成环形，摄人魂魄荡人心。	啊！好！你们辛苦了，有好处大家都沾得到。现在绕着锅唱歌，像是一环小妖魔，把投进的东西咒成魔。
温莎的风流娘儿们 第三幕 第一场	To shallow rivers，to whose falls Melodious birds sing madrigals，There will we make our peds of roses，And a thousand fragrant posies. To shallow	众鸟嘤鸣其相和兮，临清流之潺溪？展蔷薇之芳茵兮，缀百花以为环	清溪浅濑有淙淙的水声，那里有嘤嘤的众鸟和鸣；我们去铺设蔷薇的床位，还有一千束芬芳的花卉。清溪浅濑

（续）

出处	原文	朱生豪译文	梁实秋译文
皆大欢喜 第五幕 第四场	Wedding is great Juno's crown： O blessed bond of board and bed! 'Tis Hymen peoples every town； High wedlock then be honoured： Honour，high honour and renown， To Hymen，god of every town	人间添美眷， 天后爱团圆； 席上同心侣， 枕边并蒂莲。 不有许门力， 何缘众庶生？ 同声齐赞颂， 许门最堪称！	婚姻是鸠诺的冠冕： 啊，同食同寝的神圣约章！ 是海门使人把各城都注满； 所以婚姻应该受人赞扬。 赞扬，赞扬，还有美名， 给海门，他是各城之神！
终成眷属 第三幕 第四场	I am Saint Jaques' pilgrim，thither gone； Ambitious love hath so in me offended， That barefoot plod I the cold ground upon， With sainted vow my faults to have amended. Write，write，that from the bloody course of war My dearest master，your dear son，may hie： Bless him at home in peace，whilst I from far His name with zealous fervor sanctify： His taken labours bid him me forgive； I，his despiteful Juno，sent him forth From courtly friends，with camping foes to live， Where death and danger dogs the heels of worth： He is too good and fair for death and me： Whom I myself embrace，to set him free.	为爱忘畛域， 致触彼苍怒， 赤足礼圣真， 忏悔从头误。 沙场有游子， 日与死为伍， 莫以薄命故， 甘受锋镝苦。 还君自由身， 弃捐勿复道！ 慈母在高堂， 归期须及早。 为君注瓣香， 祝君永康好， 挥泪乞君恕， 离别以终老。	我要到圣杰开斯神龛去巡礼： 狂热的爱情在我心里燃烧， 我愿赤足踏着这冰冷的土地， 向神发誓把我的错误改掉。 写信去，写信去，让您的爱儿我的亲夫 赶快离开那残酷的战争： 您在家里祝福他，我在遥远之处 用祈祷把他的名字变成为神圣： 他受的苦难使我不能不对他宽恕， 我，他的善妒的鸠诺，是我使他远离亲友，与扎营的敌人为伍， 随时可能遭遇死亡或是灾祸； 他这样的英才不该死，我也匹配不上； 让我自己去死吧，好把他来解放。

121

（续）

出处	原文	朱生豪译文	梁实秋译文
终成眷属 第五幕 第三场	All yet seems well； and if it end so meet， The bitter past， more welcome is the sweet.	团圆喜今夕， 艰苦愿终偿； 不历辛酸味， 奚来齿颊香。	现在皆大欢喜； 结局如此成功， 苦的已过， 对甜的当格外欢迎。
终成眷属 收场诗	The king's a beggar，now the play is done： All is well ended if this suit be won That you express content；which we will pay， With strife to please you，day exceeding day： Ours be your patience then，and yours our parts； Your gentle hands lend us，and take our hearts.	袍笏登场本是虚，王侯卿相总堪嗤，但能博得观众喜，便是功成圆满时。	现在戏已演完，国王成了乞丐；婚事完成，结局就都不坏，只要诸位高兴，为答谢盛情起见，我们要天天努力讨大家的喜欢；现在我们静静观赏，看你们的演技；用力为我们鼓掌吧，让我们感激。
维洛那二绅士 第三幕 第一场	My thoughts do harbour with my Silvia nightly， And slaves they are to me that send them flying： O，could their master come and go as lightly， Himself would lodge where senseless they are lying！ My herald thoughts in thy pure bosom rest them； While I，their king，that hither them importune， Do curse the grace that with such grace hath bless'd them， Because myself do want my servants' fortune： I curse myself，for they are sent by me， That they should harbour where their lord would be.	相思夜夜飞， 飞绕情人侧； 身无彩凤翼， 无由见颜色。 灵犀虽可通， 室迩人常遐， 空有梦魂驰， 漫漫怨长夜！	我的心思夜夜和我的西尔维亚住在一起；它们是我的奴仆，我教它们飞翔：啊！愿它们的主人也一样轻便的来来去去，住在它们毫无知觉的躺着的地方！我的心思住进了你的纯洁的胸怀；我是它们的君王，我派它们去到那里，却要诅咒它们所受到的款待，因为我自己没有我的奴仆之幸运的遭遇：我诅咒我自己，因为它们是我所派遣，它们竟占据了它们主人想要占的地盘。

（续）

出处	原文	朱生豪译文	梁实秋译文
维洛那二绅士第四幕第二场	Who is Silvia? what is she, That all our swains commend her? Holy, fair and wise is she; The heaven such grace did lend her, That she might admired be. Is she kind as she is fair? For beauty lives with kindness. Love doth to her eyes repair, To help her of her blindness, And，being help'd，inhabits there. Then to Silvia let us sing, That Silvia is excelling; She excels each mortal thing Upon the dull earth dwelling: To her let us garlands bring.	西尔维娅伊何人， 乃能颠倒众生心？ 神圣娇丽且聪明， 天赋诸美萃一身， 俾令举世诵其名。 伊人颜色如花浓， 伊人宅心如春柔； 盈盈妙目启矇矓， 创平瘴复相思瘳， 寸心永驻眼梢头。 弹琴为伊歌一曲， 伊人美好世无伦； 尘世萧条苦寂寞， 唯伊灿耀如星辰； 穿花为束献佳人。	西尔维亚是谁？ 她是什么人？ 我们的情郎们这样赞美她？ 她是贞洁，美丽，而又聪明 上天把这些优点送给她。 好让她受人崇敬； 她的好心能和她的美貌相比？ 因为美貌和善心常是并存。 爱神跑到她的眼边去， 去医疗她的一双瞎眼睛， 医好之后就居住在那里。 我们来对西尔维亚歌唱， 西尔维亚是并世无伦 她不和任何人一样 压倒一切尘世的人； 我们去拿些花环给她戴上。
亨利四世（下篇）第五幕第三场	Do me right, And dub me knight; Samingo.	愿得醉乡封骑士， 不羡他人万户侯。	拿酒对我敬， 推我称英雄； 圣民高。 （酒徒之守护神）
雅典的泰门第五幕第四场	Here lies a wretched corse, of wretched soul bereft: Seek not my name; a plague consume you wicked caitiffs left! Here lie I, Timon; who, alive, all living men did hate: Pass by and curse thy fill; but pass and stay not here thy gait.	残魂不可招， 空剩臭皮囊； 莫问其中谁， 疫吞满路狼！ 生憎举世人， 殁葬海之湄； 悠悠行路者， 速去毋相溷！	这里躺着的是可怜人的尸体一具： 莫问我的姓名；瘟疫毁灭你们这些坏东西！ 我泰蒙睡在这里；生时人人厌恶； 走过去，尽你骂；但莫停留你的脚步。

（续）

出处	原文	朱生豪译文	梁实秋译文
泰尔亲王配力克里斯 第一幕 第一场	I am no viper, yet I feed On mother's flesh which did me breed. I sought a husband, in which labour I found that kindness in a father: He's father, son, and husband mild; I mother, wife, and yet his child. How they may be, and yet in two, As you will live, resolve it you.	我虽非蛇而有毒， 饮我母血食母肉； 深闺待觅同心侣， 慈父恩情胜夫婿。 夫即子兮子即父， 为母为妻又为女； 一而二兮二而一， 君欲活命须解谜。	我不是一条毒蛇， 我吃妈的肉，好让她生我； 我想要个丈夫，东找西找， 这份恩情在父亲身上找到了。 父亲，女婿，丈夫，他一人担任， 我是母亲，妻子，又是他的孩子的身份。 他们只是两个人，这是怎样搞的， 你要是想活命，你就解答这谜语。
泰尔亲王配力克里斯 第四幕 第四场	The fairest, sweet'st, and best lies here, Who wither'd in her spring of year. She was of Tyrus the king's daughter, On whom foul death hath made this slaughter; Marina was she call'd; and at her birth, Thetis, being proud, swallow'd some part o'the earth: Therefore the earth, fearing to be o'erflow'd, Hath Thetis' birth-child on the heavens bestow'd: Wherefore she does, and swears she'll never stint, Make raging battery upon shores of flint.	佳人多薄命， 奇花易萎折， 新春方吐蕊， 遽尔辞枝别。 谁轼墓中人？ 泰尔王家女； 死神展魔手， 一朝攫之去。 厥名玛丽娜， 美慧世无比。 当其诞生时， 海神大欢喜， 吐浪如山高， 百里成泽国。 大地为战栗， 恐至全沦没， 故将此女郎， 上献与苍冥。 至今怒海水， 犹作不平声。	这里睡着一个最美最可爱的人， 她在青春妙龄就不行身殒； 她是泰尔国王跟前的公主， 横被凶恶的死神加以杀戮。 她名叫玛利娜；她诞生之际， 海神得意忘形，吞没一块土地： 大地生怕全被海水所淹， 就把这海里生的孩子献给上天； 于是海神从此发下了誓言， 她将永无休止地冲打岸上的巉岩。

第五章　朱生豪莎剧翻译的美学观

从美学的角度看,翻译是译者这个审美主体通过审美中介(译者的审美意识),将源语转换成目的语的一种审美活动。译者在翻译过程中应充分考虑原作和译作语言的审美性,遵循译入语社会文化和语言规范。朱生豪充分利用自己扎实的中英文功底,创造性地用诗化的散文体再现了莎剧的精髓,让读者在感受到莎翁原著魅力的同时也体会到译者独特的审美取向。朱的翻译美学观可以从审美客体特征、审美主体特征、审美再现这几个方面展现。朱译莎剧的审美客体主要指莎士比亚的戏剧原著,莎剧具有形式系统的和非形式系统的审美信息。形式系统主要指莎剧的语音层、词汇层和句段层的审美信息,而非形式系统主要指莎剧的意蕴美。朱生豪作为翻译审美主体的特征包括其智力结构、意志结构和审美结构。

朱生豪的文学翻译审美再现起于他的审美移情。他以生命灌注的审美移情达到了浑然忘我、"物我合一"最高境界。正是这样审美移情使他对莎剧整体的文学美有了极深、极精准的把握,也使他在审美再现过程中能以"随物赋形"的动态模仿来再现外在的形式美和内在的意境之美。

第一节　朱生豪莎剧翻译的审美客体特征

一、语音层的审美特征

语音是语言承载审美信息的基本形式手段之一。具有审美意义、传达审美信息的语音层审美特征主要指音律和音韵。音律就是节奏。莎士比亚在诗剧中主要采用了素体诗(Blank Verse)。这种诗歌节奏的规律是每行五音步①，每音步有一轻一重两个音节，即所谓抑扬格，而行尾则无脚韵。同时莎剧来源于民间，以娱乐大众为要旨，莎士比亚的素体诗非常灵活，不仅有宏伟崇高的历史场景、英雄美人的激情抒怀、达官贵人的宫廷对话，还有普通人的嬉笑怒骂、插科打诨。

以《哈姆雷特》第三幕第一场中哈姆雷特最著名的内心独白为例，莎士比亚采用了抑扬格的五音步素体诗结构但又赋予灵活性：

(1) To be, / or not / to be：/ that is / the ques / tion：

(2) Whether / 'tis nob / ler in / the mind / to suf / fer

(3) The slings / and ar / rows of / outra / geous for / tune,

(4) Or to / take arms / against / a sea / of troubles,

(5) And by op / posing / end them? / To die：/ to sleep；

(6) No more；/ and by / a sleep / to say / we end…

(Hamlet：III, i)②

(1) 生存/还是/毁灭，/这是/一个/值得/考虑的/问题；

(2) 默然忍受/命运的/暴虐的/毒箭，

(3) (或是)/挺身反抗/人世的/无涯的/苦难，

(4) 通过/斗争/把它们/扫清，

(5) 这两种/行为，/哪一种/更高贵?

(6) 死了；/睡着了；/什么都/完了；

---

① 英诗中重读与非重读音节的特殊性组合叫做音步，用来表现诗歌节奏。一个音步的音节数量可能为两个或三个音节，但不能少于两个或多于三个音节，而且其中只有一个必须重读。

② 如非特殊说明，莎剧原文引自 Shakespeare，the Complete Works of William Shakespeare，Oxford Press，1960.

(《哈姆雷特》)①

原文前三行多一个音节,显露哈姆雷特迟疑、沉思之效果,其余几行是标准的五音步。要体现莎剧的音美译者需要尽可能再现原文的节奏,保持相对等的"音顿"(轻重音的组合);"顿"数与英诗的"步"对应,但顿数未必相等。② 朱生豪的译文本不分行,为了与原文对照故分行。中译文首先进行了结构和语序的调正。其次中文的顿数虽然无法达到原文五音步的完全对等,这是由于中文本身就是注重形而非音的特性造成的,但朱生豪用意义组合产生的顿节奏来替代,这几句译文除了第一句,基本是每句四顿,具有一定的节奏感。特别是第二、三句,上下句在意义上一一对等,这样使得译文和莎翁的原句一样达到了自然流畅、一气呵成的节奏。

莎剧的节奏除了体现在"音顿"上,还体现在"叠浪动势"(The Wave Movement),产生如波动般推进美感。《冬天的故事》是莎士比亚传奇剧的代表作,西西里国王里昂提斯和波西米亚国王波力克希尼斯是一对老朋友,他执意断定他的妻子与波力克希尼斯有染。第一幕第二场中里昂提斯(Leontes)窥视着妻子与波希米亚王在亲密交谈时,要他的心腹大臣卡密罗相信他们确实有染。

> Is whispering nothing?
>
> Is leaning check to check? is meeting noses?
>
> Kissing with inside lip? stopping the career
>
> Of laughter with a sigh? – a note infallible
>
> Of breaking honesty – horsing foot on foot?
>
> Skulking in corners? wishing clocks more swift?
>
> Hours, minutes? Noon, midnight? and all eyes

---

① 莎士比亚,《莎士比亚全集》第五卷[M],朱生豪译,北京:人民文学出版社,1978年,328页。

② 刘宓庆,《翻译美学导论》(第二版)[M],北京:中国对外翻译出版有限公司,2010年,70—71页。

Blind with the pin and web, but theirs, theirs only,

That would unseen be wicked? is this nothing?

Why, then the world, and all that's in't, is nothing;

The covering sky is nothing; Bohemia nothing;

My wife is nothing; nor nothing have these nothings,

If this be nothing.

　　莎翁采用了排铺的手段,不断地设问" Is this nothing?"朱生豪翻译为,"难道那样悄声说话不算什么一回事吗? 脸贴着脸,鼻子碰着鼻子,嘴唇哑着嘴唇,笑声里夹着一两声叹息,这些百无一失的失贞的表征,都不算什么一回事吗? 脚踩着脚,躲在角落里,巴不得钟走快些,一点钟一点钟变成一分钟一分钟,中午赶快变成深夜;巴不得众人的眼睛都出了毛病,不看见他们的恶事;这难道不算什么一回事吗? 嘿,那么这世界和它所有的一切都不算什么一回事;笼罩宇宙的天空也不算什么一回事;波西米亚也不算什么一回事;我的妻子也不算什么一回事;这些算不得什么事的什么事根本就没有存在,要是这不算是什么一回事。"①译文用"不算什么一回事吗?"的设问和原文同样造成愤激之情一泻千里,从而把一个被嫉妒蒙蔽双眼的丈夫表现得淋漓尽致。

　　音律的另一个重要组成部分是押韵。"韵"是语言音乐美中的主要构成要素之一。英语中一般采用头韵(Alliteration)和尾韵(End Rhyme)。尾韵的功能主要是审美方面的,语义信息是其次。莎士比亚时代头韵体已经不再流行,双韵体(Couplet)又束缚了戏剧的发展。莎剧中贵族语言和华丽的抒情诗体部分主要采用不押韵的素体诗,兼有口语体散文的市井语言。朱生豪的翻译却重在"押韵",尽量从无韵体诗歌中寻找韵律,用诗的语言翻译莎剧。因为"押韵"能有效弥补译文丧失的素体诗原有节奏,并用独立的声音节奏来还原原文的意义。但

---

　　①　莎士比亚,《莎士比亚全集》第二卷[M],朱生豪译,北京:人民文学出版社,1978年,499—500页。

朱生豪从不拘泥于一韵到底,更接近双韵体的 AA 韵式。比如《哈姆雷特》第二幕第二场中的几个例子,哈姆雷特对罗森格兰兹和吉尔登斯吞询问来意后说到" I will tell you why; so shall my anticipation / prevent your discovery, and your secrecy to the king / and queen moult no feather. "原文是无韵的素体诗,朱生豪译成押韵的"让我代你们说明来意,免得你们泄露了自己的秘密。"①"意"和"密"是闭音反复,体现哈姆雷特内心的克制压抑。又如下文中戏子表演后哈姆雷特的独白"Tears in his eyes, distraction in's aspect, / A broken voice, and his whole function suiting / With forms to his conceit? and all for nothing!"译成" 他的眼中洋溢着热泪,他的神情流露着仓皇,他的声音是这么呜咽凄凉,他的全部动作都表现得和他的意象一致,这不是极其不可思议的吗? 而且一点也不为了什么!"②"皇"和"凉"是开音反复,表达了哈姆雷特内心巨大的愤恨。译文中的韵律使读者的审美意识处于积极的活跃状态,使音律和节奏产生和谐的听觉审美满足(Aesthetic satisfaction)③,并激起读者和人物的情感一同达到高潮。

二、词汇层的审美特征

"文字层面审美特征主要感应于视觉。文字形式标志是人们通常首先想到的物态化、感知性语言审美构成成分。"④文学家可以利用词汇手段与音韵手段的巧妙结合构成修辞格,创造文字形、音结合的美。突出的例子就是双关语。英语修辞格双关(Pun,或者 Paronomasia)是

---

① 莎士比亚,《莎士比亚全集》第五卷[M],朱生豪译,北京:人民文学出版社,1978 年,313 页。

② 莎士比亚,《莎士比亚全集》第五卷[M],朱生豪译,北京:人民文学出版社,1978 年,324 页。

③ 刘宓庆,《翻译美学导论》(第二版)[M],北京:中国对外翻译出版有限公司,2010 年,80 页。

④ 刘宓庆,《翻译美学导论》(第二版)[M],北京:中国对外翻译出版有限公司,2010 年,90 页。

用一个词或一句话表达两层不同的意思,借以使语言活泼有趣,或者借题发挥,旁敲侧击,收到由此及彼的效果。莎士比亚十分爱用双关语,在剧中比比皆是,巧妙地为其喜剧效果服务,同时展示了他非凡的语言能力。先来看莎翁善用的词义双关。以《罗密欧与朱丽叶》第一幕第三场中凯普莱特夫人——朱丽叶母亲的一段台词为例。凯普莱特夫人向朱丽叶介绍她的求婚者——帕里斯。"Read O'er the volume of young Paris' face, / And find delight writ there with beauty's pen; / Examine every married lineament, / And see how one another lends content; / And what obscured in this fair volume lies. / Find written in the margent of his eyes. / This precious book of love, this unbound lover, / To beautify him only lacks a cover. / This fish lives in the sea, and 'tis much pride / For fair without the fair within to hide / That book in many's eyes doth share the glory, / That in gold clasps locks in the golden story; / So shall you share all that he doth possess, / By having him making yourself no less. "

> "从年轻的帕里斯的脸上,你可以读到用秀美的笔写成的迷人诗句;一根根齐整的线条,交织成整个一幅谐和的图画;要是你想探索这一卷美好的书中的奥秘,在他的眼角上可以找到微妙的诠释。这本珍贵的恋爱的经典,只缺少一帧可以使它相得益彰的封面;正像游鱼需要活水,美妙的内容也少不了美妙的外表陪衬。记载着金科玉律的宝籍,锁合在漆金的封面里,它的辉煌富丽为众目所共见;要是你做了他的封面,那么他所有的一切都属于你所有了。"(《罗密欧与朱丽叶》)①

凯普莱特夫人整段对白运用大量双关语和比喻来称赞帕里斯。整段的中心意象是把帕里斯比作一卷装帧精美、价值连城的书卷。这里一连用了五个相关。第一个 content 一词相关,既指这些线条构成完整的内容,又指令人满意的。朱生豪把 content 译为"和谐的图画",添

---

① 莎士比亚,《莎士比亚全集》第四卷[M],朱生豪译,北京:人民文学出版社,1978 年,598—599 页。

加了"谐和的"这个形容词确保 content 的双关词义不丢失。随后的 this unbound lover 指帕里斯这本爱情经典还未装订,又指帕里斯还未有任何婚约。第三个 cover 本义是封面,帕里斯这本书缺少一个封面暗指缺少一个好妻子,在朱生豪的译文中,虽然没有直接翻译出 this unbound lover 但是直接告诉读者"这本珍贵的恋爱的经典,只缺少一帧可以使它相得益彰的封面"保留了原文的比喻——书本和封面,解释了帕里斯还是单身需要一个伴。接下去" For fair without the fair within to hide"中的 hide 与 cover 词义一致,也是双关语,朱译为"美妙的内容少不了美妙的外表陪衬",恰当地再现了原句的含义。之后原文中再一次强调这是本辉煌富丽的书,只缺少一枚金色扣件 clasps。此词原指旧时精抄本书栓封面的金属扣板,帕里斯若是书,朱丽叶就是封面的金属扣板,而 clasps 另有 embrace 拥抱的含义,凯普莱特夫人借此双关希望朱丽叶能与帕里斯长相厮守。朱生豪把此句译为"锁合在漆金的封面里",锁的含义保留了,又有两者结合必定珠联璧合之意,和原文的意境一致。在这短短一段话中,莎翁尽情采用了词义双关,意义深远,而朱生豪的译文再造了莎剧丰富的语言内涵,再现了原文优雅的语言基调。

莎翁除了使用词义双关之外,还使用了谐音双关,即陈望道先生所说的表里双关:利用同音异义词,紧扣双重语境,增添不同的感情色彩,取得英语修辞的特殊效果①。

Bassanio：Why dost thou whet your knife so earnestly?

Shylock：To cut the forfeiture from that bankrupt there.

Gratiano：Not on thy sole, but on thy soul, harsh Jew,

Thou mak'st thy knife keen…

---

①　转引自刘玉敏、潘明霞,《莎剧中双关语的修辞效果》[J],《安徽大学学报》(哲学社会科学版),2001 年第 4 期,77 页。

(The Merchant of Venice：IV，i)

巴萨尼奥：你这样使劲儿磨着刀干嘛？

夏洛克：从那破产的家伙身上割下那磅肉来。

葛莱西安诺：狠心的犹太人，你不是在鞋口上磨刀，

你这把刀是放在你的心口上磨。(《威尼斯商人》)①

这句话的背景是夏洛克正磨着刀，准备按照契约割安冬尼奥的肉，葛莱西安诺愤怒无比，讥讽无情的夏洛克。同音异义词 sole 的本义是鞋底子而 soul 指灵魂，原句可以理解为：你不是在你的鞋底上磨刀，而是在你的灵魂上磨刀。暗讽夏洛克是铁石心肠，因此在灵魂上更适合磨刀。朱生豪采用了"鞋口"和"心口"起到了很好的对应。(另：sole 与 soul 的双关，莎翁在多部剧中用过。)

莎士比亚是公认的语言大师，他剧中的词汇量多达14000多个，他丰富的词汇使得他有时几近挥霍。莎剧原语中语词的审美特征可以概括为"准美精"，也可以说符合了这三条审美原则。这里的"准"(Appropriateness)指用词准确，表达原意又符合语境。"美"(Beauty)指"能给人身心以很大的愉悦的品质"(Descartes，1637)。"精"(Compactness)指词语的精炼。②《哈姆雷特》中最经典的内心独白"to be or not to be"就是一个典范。独白里面有大量关于命运、灾难和痛苦的名词的层叠运用，"outrageous fortune、heart-ache、natural shocks、calamity、whips and scorns、wrong、contumely、pangs、insolence、spurns"等无不体现了哈姆雷特内心的煎熬和压抑，他对命运和人生矛盾地思索。同时这些措词高雅，符合了哈姆雷特作为丹麦王子的身份。而朱生豪的译文保留了原文的这种"准、美、精"，根据不同人物身份，准确地采用相应的汉语词汇表达原文的含义和意境。

---

① 莎士比亚，《莎士比亚全集》第二卷[M]，朱生豪译，北京：人民文学出版社，1978年，72页。

② 刘宓庆，《翻译美学导论》(第二版)[M]，北京：中国对外翻译出版有限公司，2010年，93页。

三、句段层的审美特征

莎剧中句段体现的审美信息是它的多样性和灵活性。朱生豪翻译过程中没有拘泥句法结构，反对"硬译"，提倡保持原作之"神韵"和"晓畅"。比如灵活地将素体诗翻成散文体；创造性地把不符合过去汉语习惯的双"的"等句型，变成了剧中人的抒情句式，并早已被普通读者接受和运用。仍以哈姆雷特的这段独白为例：

> To be or not to be，that is the question，
>
> Whether 'tis nobler in the mind to suffer
>
> The slings and arrows of outrageous fortune，
>
> Or to take arms against a sea of troubles，
>
> And by opposing，end them.

生存还是毁灭，这是一个值得考虑的问题；默默忍受命运的暴虐的毒箭，或是挺身反抗人世的无涯的苦难，通过斗争把它们扫清，这两种行为，哪一种更高贵？(《哈姆雷特》)[1]

这段著名的独白展现了哈姆雷特在父亲突然去世、母亲改嫁、叔父继位等一系列变故后产生的复杂思想，包含了他对人生的深沉思索，对现实的强烈批判以及他内心异常苦闷、极度失望和无比愤懑中所产生的彷徨。朱生豪把原文中的名词组合句" the slings and arrows"，" a sea of troubles"变异为双"的"句型，灵活有效地再现了哈姆雷特内心的矛盾和压抑。

莎剧中的排比、对仗和排铺也随处可见，加强了语言的感染力，而汉语文字和词语一贯利于构建排比、对仗的结构。朱生豪的译文也恰如其分地翻出了原文的主旨和气势。在《罗密欧与朱丽叶》第二幕第二场中，罗密欧向朱丽叶表达了自己深深的爱意，" My bounty is as boundless as the sea，/ My love as deep；the more I give to thee，/

---

① 莎士比亚，《莎士比亚全集》第五卷[M]，朱生豪译，北京：人民文学出版社，1978 年，328 页。

The more I have, for both are infinite."莎翁语言的慷慨犹如朱丽叶爱情的慷慨,采用"the more… the more…"的对仗,而朱生豪的译句同样采用了汉语常用的排比句,同样体现了罗密欧的真情实意。"我的慷慨像海一样浩渺,我的爱情也像海一样深沉;我给你的越多,我自己也越是富有,因为两者都是没有穷尽的。"①莎剧中的铺排创造出语言的意象化,立体展现了典型形象的丰富内涵。前文列出的《冬天的故事》里第一幕第二场中里昂提斯窥视着妻子与波希米亚王在亲密交谈时发表的言论("Is this nothing?")正是采用了排铺的修辞手段,一个被嫉妒折磨而几近丧失理性的丈夫通过层层叠叠的语言波浪试图劝说其他人同意他的观点。

莎翁也延续了英语中常用的倒装手段,除了不承载审美信息的结构性倒装外,还有修辞性倒装。但中文中没有对应的结构性的主谓倒装,状语和谓语倒装以及谓语和宾语倒装。这就给中文翻译带来了不少的难度。如前段引文中,"the more I give to thee, the more I have,"英语中为了强调宾语使之提前倒装,但是中文译文只能符合中文习惯译成正常的主谓宾结构。

在莎学研究中,研究者发现莎翁在他的作品中显示了独特的语言创造能力和善于操纵及发展语汇意义的能力。莎士比亚的戏剧语言词汇量大。其语言之丰富,在世界古典主义作家中也是罕见的。而且他的作品拥有生动的比喻、一词多义形成的戏剧性的俏皮滑稽的双关语、通俗语、俚语、行话等,这些语言和修辞手段往往在莎剧中起到了画龙点睛的作用,对近代英语的发展有明显的影响。总之,莎士比亚的戏剧语言是一个有着无比魅力的语言体系,他戏剧的精彩,除了独特的艺术构思外,语言的结构、语法、修辞、用词特色、时态等也各具特色,成为一个具有独特审美价值的文学体系。面对这样一位语言大师,朱生豪的

---

① 莎士比亚,《莎士比亚全集》第四卷[M],朱生豪译,北京:人民文学出版社,1978年,615页。

译文同样典雅优美,才华横溢,但同时又极具口语化,富有创造性地驾驭了汉语的口语。他的译文生动、活泼、诙谐,又富有幽默和文采,达到了语言运用的最高境界。可以说朱生豪提炼出来的口语化译文"与莎剧的文字风格最合拍,因为有口语化做基础,译文的表达力极强,剧中各类人物的语言都能体现出他们的身份"①。同时与其他版本比较,"朱译莎剧的词汇量是最大的,这与莎剧中独一无二的大词汇量十分吻合"②。

四、莎剧的审美意蕴

莎士比亚戏剧的魅力主要通过语言表现,它的语言是绚丽多彩和质朴自然的巧妙结合,既有浓郁的诗意又有如画般的流畅,给予中外读者超时空的审美愉悦。剧中的人物对话,语言简练,音韵和谐,都是诗的语言,表现出人物丰富的内心世界。"他的写作既有独白、洋洋洒洒的演说,又有插科打诨、出口伤人甚至不折不扣的胡说八道。他借用故事不分地点、不分国界(有些故事显然不值一提)。他笔下的人物可以俗不可耐,有时吓人一跳,也可以口没遮拦,夸夸其谈,或者呼天抢地,狂泻怒斥"。③

莎翁的戏剧庞杂与通俗相融,无论何种身份和角色,都能使人物声如其人,神气活现。即使是人物在喜怒哀乐的情绪支配下说出的极端的话,同样能表达得淋漓尽致。试以《哈姆雷特》剧中的一个片段为例:

Laertes：I thank you，keep the door. O thou vile king，

Give me my father！

Queen：Calmly，good laertes.

Laertes：That drop of blood that's calm proclaims bastard，

---

① 苏福忠,《说说朱生豪德翻译》,《读书》,2004 年第 5 期,30 页。
② 苏福忠,《说说朱生豪德翻译》,《读书》,2004 年第 5 期,31 页。
③ 苏福忠,《译事余墨》[M],北京:生活・读书・新知三联书店,2006 年,219—220 页。

Cries cuckold to my father, brands the harlot

Even here, between the chaste unsmireched

brows of my true mother.

King: What is the cause, Laertes,

That thy rebellion looks so giant-like? (Hamlet:

IV, v)

雷欧提斯:谢谢你们;把门看守好了。啊,你这万恶的奸王!还我

的父亲来!

王后:安静一点,好雷欧提斯。

雷欧提斯:我身上要是有一点血安静下来,我就是个野生的杂种,

我的父亲是个王八,我的母亲的贞洁的额角上,也要雕

上娼妓的恶名。

国王:雷欧提斯,你这样大张声势,兴兵犯上,究竟是为了什么原

因?(《哈姆雷特》)①

无论是莎剧原文还是朱生豪的译文,都把雷欧提斯年轻气盛、怒不

可挡的气势表现出来了。

莎剧具有极强的文学性,不仅体现在惟妙惟肖的人物角色上,还体

现在剧中既有气势宏伟的战争场面、激情演讲,又有缠绵悱恻的儿女情

长。而朱生豪的译文总能完美地再现原文的内涵和意境。以《亨利四

世上篇》开场的这段台词为例:

King Henry IV: ···No more the thirsty entrance of this

soil

Shall daub her lips with her own

children's blood;

Nor more shall trenching war channel

her fields,

---

① 莎士比亚,《莎士比亚全集》第五卷[M],朱生豪译,北京:人民文学出版社,1978年,

370页。

> Nor bruise her flowerets with the
> armed hoofs
> Of hostile paces；…（Henry IV, part
> I；I, i）

亨利王：我们决不让我们的国土用她自己子女的血涂染她的嘴唇；
　　　　我们决不让战壕毁坏她的田野，决不让战马的铁蹄踩躏她
　　　　的花草。（《亨利四世上篇》）[①]

这里重复"no more"一词起到了节奏的紧凑，增强了语气和决心，译文中朱生豪重复采用了"决不"一词，短短几行台词就描绘出面对反叛的贵族和无情的战争，亨利四世誓死保卫国家和人民的决心。

莎翁的儿女情长往往体现在表达爱情主题的戏剧中，他发挥了超乎寻常的想象力，用赋有诗情画意的语言描述了一场场一幕幕的爱情故事。下面是《罗密欧与朱丽叶》中罗密欧对朱丽叶的真情赞美：

> "What if her eyes were there, they in her head?
> The brightness of her cheek would shame those stars,
> As daylight doth a lamp；her eyes in heaven
> Would through the airy region stream so bright
> That birds would sing and think it were not night.
> See, how she leans her cheek upon her hand!
> O, that I were a glove upon that hand,
> That I might touch that cheek!"（Romeo and Juliet；II, ii）

"要是她的眼睛变成了天上的星，天上的星变成了她的眼睛，那便怎样呢？她脸上的光辉会掩盖了星星的明亮，正像灯光在朝阳下黯然失色一样；在天上的她的眼睛，会在太空中大放光明，使鸟儿误认为黑夜已经过去而唱出它们的歌声。瞧！她用纤手托住了脸，那姿态是多

---

① 莎士比亚，《莎士比亚全集》第三卷[M]，朱生豪译，北京：人民文学出版社，1978 年，102 页。

*么美妙! 啊,但愿我是那一只手上的手套,好让我亲一亲她脸上的香泽!"(《罗密欧与朱丽叶》)*①

这是著名的《阳台》一幕中罗密欧的独白 。译诗无论是在语气、节奏,还是句子的抑扬顿挫上都与原文吻合,罗密欧对朱丽叶的赞美、倾慕、喜爱通过字里行间展现无遗。

莎士比亚的伟大就在于他充满诗意的语言和意境,他笔下的故事揭露了人世的美丑,人性的善恶,他笔下的人物具有不分国界和时代的普遍性。用朱生豪的评语描述就是"然以超脱时空限制一点而论,则莎士比亚之成就远在三人(荷马、但丁和歌德)之上。盖莎翁笔下之人物,虽多为古代之贵族阶级,然彼所发掘者,实为古今中外贵贱贫富人人所同具之人性。……其剧本且在各国舞台与银幕上历久搬演而弗衰,盖因其作品中具有永久性与普遍性,故能深入人心如此耳。"(朱生豪《<莎士比亚戏剧全集>译者自序》)②正因为莎剧具有如此意蕴,才吸引了无数译者攀登这座语言大师的高峰,而朱生豪就是其中之佼佼者。

第二节 朱生豪莎剧翻译的审美主体特征

一、智力结构和意志结构

讨论一个译者的翻译审美主体特征时,必须认识到审美实践是由人的审美心理结构来控制的,而审美心理结构又是一个极度复杂的系统,它由智力结构、意志结构和审美结构组成,这些结构犹如一张充满节点的网络,互相关联互相作用于审美心理活动,最终完成审美表现。其中智力结构和意志结构在翻译审美中都是理性的结构。智力结构至今还未有统一的定义和理解,一般认为人的智力结构主要指智力,即了

---

① 莎士比亚,《莎士比亚全集》第四卷[M],朱生豪译,北京:人民文学出版社,1978 年,612 页。

② 吴洁敏、朱宏达,《朱生豪传》[M],上海:上海外语教育出版社,1990 年,147 页。

解世界的能力。而且越来越多的心理学家认为智力是多重而不是单一的。从美学角度来讲,朱生豪在翻译莎剧过程中体现的智力是建立在扎实的中英文语言功底、浓厚的文化底蕴、高度的美学修养的基础之上,是其认知能力和创造力的统一。朱生豪自小就喜欢读书吟诵,初小以甲级第一名毕业。高小时的国文和英文成绩在班里遥遥领先。就读秀州中学时,朱生豪就展示出独特的文学气质,发表了数首诗歌,流露出诗人特有的敏感和哀愁。升入之江大学后,他加入了"之江诗社",和其他古体诗词爱好者(其中包括后来与他相濡以沫的宋清如)一起互学互进,写过不少佳作。朱生豪不仅工于古体诗词,而且擅于作新诗和英文诗。早期的诗歌主题包括对于自然的感悟——"一棹冷溪船,潆洄水自闲,对芦花零落秋田。/遥想孤舟寒月夜,有飞雪,扑琴弦。/今宵清梦到苇边。"[1]对于爱人(宋清如)的衷情——"交尚浅,意先移,平生心绪诉君知。飞花逝水初无意,可奈衷情不自持。"[2]对于志向的讴歌——"万里秋云,千山落日,丈夫无事萦心。莽莽高试与凭临,庄怀唯爱投荒雁。欲挥长剑乘风去,等他年化鹤重寻。"[3]更有对于自身的社会责任的追问——"从今天起我埋葬了/青春的游戏,肩上/人生的担负,做一个/坚毅的英雄"[4]。后期的诗歌主要表达了诗人对日本侵略者的仇恨,对卖国者的痛斥,对苦难人民的同情,逐渐从忧愁单纯的青年成长为忧国忧民的战士。他的诗歌得到了一代词宗夏承焘先生的肯定和赞扬。正因为朱生豪首先是一个出色的诗人,才会有后来杰出的翻译大师。莎士比亚的诗情才智最能为同样是诗人的朱生豪所理解所表达。他能自由运用古典诗歌的各种文体,从四言诗到楚辞体,从五言诗到六言七言,还有长短句,在莎剧的译文中充分发挥了他的诗学才能,使得不同的中国诗体融入了莎剧翻译中。在《无事生非》中翻译公

---

① 吴洁敏、朱宏达,《朱生豪传》[M],上海:上海外语教育出版社,1990年,55页。
② 吴洁敏、朱宏达,《朱生豪传》[M],上海:上海外语教育出版社,1990年,166页。
③ 朱生豪、宋清如,《秋风和萧萧叶的歌》[M],北京:人民文学出版社,2003年,40页。
④ 朱生豪、宋清如,《秋风和萧萧叶的歌》[M],北京:人民文学出版社,2003年,58页。

爵克劳狄奥祭希罗的一段祭诗时,朱生豪就大胆采用了骚体,可谓形式独特又恰到好处。①

　　意志结构则指的是"审美主体的审美目的、意向、态度、决定、毅力等等"②。朱生豪翻译莎剧的审美目的和意向就是指他翻译的动力。朱生豪译莎的主要动力包括审美再创造的高度目的性和高度的爱国情怀。翻译的高度目的性按照康德的说法,应该不含有任何商业的宗教的或者政治的目的而从事的纯碎的翻译活动。而朱生豪最初的动力是喜爱英国文学特别是莎士比亚戏剧,认为莎士比亚是世界文学中最伟大的作家。朱生豪在高中时代就阅读了莎士比亚的作品包括英文读本《莎氏乐府本事》(*Tales from Shakespeare*)以及莎士比亚的 *Hamlet* 和 *Julius Caesar* 中的片断③。后来他下定决心翻译莎士比亚戏剧,把全部心血献给莎剧翻译事业,最早也许是从这里开始得到启迪的。1929 年朱生豪就读之江大学,他虽然是国文系的学生,但同时选修了英文系的全部课程,并对莎士比亚的作品产生了浓厚的兴趣,进而认识到莎士比亚作品的巨大文学价值和文化价值。这种基于喜爱文学的初衷,渐渐提升到毫无功利性的翻译审美活动。朱生豪译莎绝不是出于私欲或者功力的目的,而是一种纯粹的美学活动和高尚的爱国行为,因为通过翻译莎剧,把伟大的莎剧进行审美再创造,是一项关系到填补中国文化空白的宏大工程,从而向日本侵略者甚至是全世界证明中国人是有能力有文化翻译莎剧的。④

　　这两种主要动力给予他战胜一切困难的决心和毅力,无论是贫穷、疾病,还是战争都没有让他放弃翻译,最终在短短十年中,独立完成了37 部莎剧中 31 部半的翻译。

---

　　① 吴洁敏、朱宏达,《朱生豪传》[M],上海:上海外语教育出版社,1990 年,137 页。

　　② 刘宓庆、章艳,《翻译美学理论》[M],北京:外语教学与研究出版社,2011 年,167 页。

　　③ 吴洁敏、朱宏达,《朱生豪传》[M],上海:上海外语教育出版社,1990 年,31 页。

　　④ 具体可参照前面第一章第二节"朱生豪的译莎动力"部分。

二、审美结构

审美结构比起智力结构和意志结构在审美心理过程中更为复杂，可以包括翻译主体的语言感应力、审美想象力、审美理解力、审美的情感操控和审美的创作力等。朱生豪作为翻译主体，在莎剧翻译中，显示了他对于原语的超凡的理解力和感受力。他向来中英文成绩突出，不仅擅长古诗词，而且擅长白话诗。作为一位才华横溢的诗人，朱生豪把握莎剧的审美信息的能力和译文的感染力远胜于其他普通译者。这种能力和感受力不仅来自他深厚的文学功底和语言功底，而且更来自于他孜孜不倦的阅读研究原文和仔细斟酌译文的文体和措词。首先他花了整整一年时间，收集关于莎士比亚的各种资料，反复比较研究这些有限的文献。其次为了把译文译成适合舞台表演的文本，达到莎剧的舞台效果，还专门研究了电影和话剧等表演艺术，以求掌握适合表演的语言表达形式。同时又反复研究、朗诵莎士比亚的原著，达到了忘我的境界。在深思熟虑后，他最终选择了白话散文体来翻译莎剧，认为散文体最能体现莎剧的神韵，最适合中国的舞台表演。在翻译过程中，他有时为了一个词、一个句子苦思冥想好几个小时，比如翻译中的"你"和"您"，他仔细琢磨这两个字在不同语境中的运用。他讲到" you 相当于'您'，thou, thee 相当于'你'，但 thou, thee 虽可译成'你'，you 却不能全译作'您'。"[①]这就俨然如翻译家严复所说的："一名之立，旬月踟蹰"。完成的译本也是多次修改，例如《暴风雨》的第一幕朱生豪至少改了三次。

朱生豪对莎剧中不同人物的情感理解和操控恰到好处，和剧中人物一同笑一同哭。为了保持原作之神韵，他把自己扮演成莎剧中的人物，反复吟诵原句，从中找到共鸣。为了能使译本能搬上中国舞台，他又把自己拟为读者和演员，推敲每个译句，使之符合汉语习惯、符合人

---

① 　吴洁敏、朱宏达，《朱生豪传》[M]，上海：上海外语教育出版社，1990 年，116 页。

物形象。朱生豪特别喜欢《暴风雨》，原因就在于他和《暴风雨》中的普洛斯彼罗感同身受，勇敢地忍受现实的残酷和生活的艰辛，表现了一种退隐之心和对理想世界的希望。这种与人物情感的共通使得朱生豪的翻译此剧时特别顺利。而最初翻译喜剧《第十二夜》时，又由于自己的情绪不好而暂时搁笔。朱生豪的审美情感是他审美实践即阅读翻译莎剧的产物，正如荀子所说"文理情用，相为内外表里"（《荀子·礼论篇》），"情"与"志"、"理"相融在一起。他的审美情感又和莎剧蕴含的"情"、"志"、"理"达到了交互作用。

在审美创作过程中，朱生豪没有拘泥于莎剧的文体，大胆地使用了诗化散文体与口语散文体夹杂来翻译原文的素体诗与散文，不仅保留了原文的诗意，又保留了原作的语言特色。同时在审美创作过程中又流露出丰富的想象力。莎剧的每个场景、每个人物、每句台词都蕴含着不同的美，激发了朱生豪的想象力。在对文字理解的基础上，他必定在脑中展开各种联想和想象，跨越时空，回到莎士比亚生活和创作的时代，领悟原文的意义和意蕴，君王该如何言语行为、朝臣该如何言语行为、女性该如何言语行为、小丑该如何言语行为等，最终把他所悟所感再现到译文中。

莎翁的 37 部剧本中，朱生豪独自译完了 31 部半，和其他莎剧译者相比，不仅朱生豪翻译的数量最多，而且质量也是上乘之作。莎剧的其他译者也对朱生豪的译本给予极高的评价。方平在他《威尼斯商人》译本的"译者的话"里写道：

　　《威尼斯商人》的中译本，译者手边有这样四种：

　　顾仲彝译（梁实秋校）　　　　　　新月版 1930 年

　　梁实秋译　　　　　　　　　　　　商务版 1936 年

　　曹未风译（称《威尼斯商人》）　　自　印 1946 年

　　朱生豪译（《莎士比亚戏剧全集》）　世界版 1947 年

　　在上述四个译本中，以文字的妥帖和流畅而言，该以朱译本为第一。这是可以肯定的。①

第三节　朱生豪"物我合一"的审美再现

文学翻译是一种特殊的美学交流行动,涉及到审美主体译者对审美客体源文本的审美观览和审美模仿。对于莎剧这样有着深刻的思想价值和卓越艺术成就的鸿篇巨制,译者的翻译审美过程必然是复杂和艰巨的。刘宓庆在《翻译美学导论》中提出文学翻译作为分解源语文本及其文学美的一个过程,可以分为四个逐级上升的平面:观、品、悟、译。

观(观览),以感知体味文学美外在形式美,即文学美第一层,即声色之美。

品(品味),以想象品味文学美内在形式,即文学美第二层,意向之美。

悟(领悟),理解作品的隐喻性的理性内涵,即文学美第三层,蕴涵之美

译(再现),灵活再现作品各个层次的文学美。②

而贯穿这观　品—悟—译四个过程的是翻译审美至关重要的因素:审美情感,表现在翻译过程中即是译者对源语的移情感受。③ 移情(Empathy)是美国心理学家 Edward Titchnner 于 1906 提出心理学概念,后经德国心理学家和美学家 Theodore Lipps 发展成非常有影响力的关于美学心理机制的理论。所谓审美"移情",就是移置"自我"于"非自我",从而达到物我统一,客观形象成了主观情感及思想的表现,这个投射过程也可概括为"由我及物"。这与刘勰在《文心雕龙》中提到的

---

① 吴洁敏、朱宏达,《朱生豪传》[M],上海:上海外语教育出版社,1990 年,128—129 页。

② 刘宓庆,《翻译美学导论》[M],北京:中国对外翻译出版有限公司, 2005 年,305 页。

③ 刘宓庆,《翻译美学导论》[M],北京:中国对外翻译出版有限公司, 2005 年,307 页。

"物色相合"有异曲同工之妙。所谓"登山则情满于山,观海则意溢于海"①,山和海激起了审美主体"我"的感应,将"我"的情感移置于"非我"的美好情境中,形成了"物"、"我"的美感同构。因此"移情"是"由物及我"直至"物我合一"这样一个审美主题情感投射和转化的一个相互渗透又向前推进的过程。② 朱生豪在莎剧翻译过程中表现出的是作为翻译者极为理想的审美移情现象:灌注生命,从而达到浑然忘我、"物我合一"的审美移情最高境界。之所以如此评价,是因为朱生豪的审美移情有着一下几个特点:

一、"览""读"并重的美学感知

审美移情的第一阶段以对源语的通体透彻观览为主要表现。这一过程中最重要的感知方式是听觉和视觉。欧洲古典美学大师阿奎那(Thomas Aqiunas)曾提出:"与美关系最密切的感官是视觉和听觉。视听感官是与认识关系最密切的,为理智服务的感官。"③视觉和听觉是审美活动的起点和基础。对翻译而言,人们主要借助与视觉产生美感,也即是以"览"为主;辅之以"览"为基本手段的"默诵"(Read Inside Mind);听觉仅仅是伴随视觉功能的潜在功能,是很少被真正调动的功能。但朱生豪对莎剧的文学美感的品味却是采取"览"和"读"并重的方式。为了做好译莎的准备,朱生豪从1935年春起花了整整一年时间,收集了莎剧的各种版本、诸家注释本及有关的资料不下一二百种,比较和研究这些资料的优劣得失。他曾自述阅读钻研莎剧全集有十多遍之多:"余笃嗜莎剧,尝首尾研诵全集至十余遍,于原作精神,自觉颇有会心。"④由此可见,为了更好地把握莎剧适合舞台演出的语言节奏、韵律

---

① 刘勰,《文心雕龙》,转引自刘宓庆,《翻译美学导论》[M],北京:中国对外翻译出版有限公司,2005年,220页。

② 刘宓庆,《翻译美学导论》[M],北京:中国对外翻译出版有限公司,2005年,220页。

③ 刘宓庆,《翻译美学导论》[M],北京:中国对外翻译出版有限公司,2005年,200页。

④ 吴洁敏、朱宏达,《朱生豪传》[M],上海:上海外语教育出版社,1990年,141页。

的美感,朱生豪不仅反复阅读英文版莎士比亚全集,甚至反复吟诵,仔细推敲,朗朗成诵,到了废寝忘食的地步。为了更好品味莎剧舞台剧的文学美,他还百忙之中抽出时间观看各种舞台剧和莎剧原版电影,以获得更直观的"览""听"美学体验。正是通过"览"、"读"、"听"综合的美学感知,朱生豪对莎剧的文学美有了全面而透彻的把握。也正因此,他的莎剧译文才有了如此朗朗上口、适合舞台演出的语言魅力。

二、"主体忘我"的凝神观照

"物我合一"的移情过程中,Lipps 最为强调的是"情感的无私性"。无独有偶,朱光潜也强调"主体忘我",即摆脱主体的自我意识对投射的干扰。移情作用的发生和催动是依仗主体的处于积极的、活跃的状态,非功利目的的意向、兴趣、情致、情怀、激情等,也即康德说的"完全自由意志"。朱生豪的审美移情最难得之处便是达到了"忘我"以至"无我"的理想境界,即"主体忘我的凝神观照"。

在 20 世纪 30 年代这样的乱世中,朱生豪耳闻目睹光怪陆离的种种怪现象,曾在 1933 痛心疾首写道:"做人只有两种取乐之道,一种是忘我;忘了我,则一切加于'我'的烦恼痛苦皆忘。一种是忘人;忘了'人',则一切世界的烦恼、苦痛皆加不到我的身上。"[①]当年的他嫉恶如仇,满怀激情却因世事庸碌而一事无成,难以找到值得他献身的崇高事业,深感"人生渺茫",渴望一种忘记自我、忘记现实的单纯的快乐。这种快乐终于在他投身莎剧翻译之后找寻到了。1935 年他开始马不停蹄地译莎,常常工作到晚上一两点钟;每天匆匆走路,就像跟时间在赛跑。这种繁忙艰苦的翻译甚至使他累出了一场大病。但正是这艰苦卓绝的工作使他得到了精神上的满足,忘却了心头烦恼,恢复了原初的热诚和梦想。他曾如此描写当时的心境:"真的,只有埋头于工作,才多少

---

① 吴洁敏、朱宏达,《朱生豪传》[M],上海:上海外语教育出版社,1990 年,82 页。

忘却了生活的无味！"①这正是朱生豪"主体忘我"的一种表现,他主动地隔绝了周边环境和自我意识对投射的干扰,达到了一种理想的虚静状态。所谓"虚静"的概念来自于刘勰的"贵在虚静"(《文心雕龙·神思》第二十六)一词,而刘勰之语又出自《荀子》的"解蔽"篇:"心何以知?曰虚而静。"也即,不以已知拒收新知,也不以外物纷扰内心,从而使"由我及物"顺利过渡到"由物及我",达到"物我合一"的状态,②也称"凝神观照"。朱生豪曾在翻译过程提到,他不希望生活中有任何变化,能够"心止如水"。十年间,不管生活中发生了什么:从日本入侵上海,流离失所,失业,到结婚,生子,贫病交加,他都一如既往地游离于生活之外,专注于翻译之中,直至生命最后一刻。他常常自扮演员,与剧中人物一同哭一同笑,彻底咀嚼原作之精神。只要有空,他就吟诵莎剧,反复推敲,与同事斟酌字句,了解英国人风俗习惯。一旦译得佳句,他甚至会欣喜若狂。他在翻译过程中倾注了全部的思想情感,仿佛是演员进入角色,达到忘我的境界。我们之所以会被他那凝练而深情的语言所打动,原因便在于此。1937 年他在炮火中丢失了已然译就的几部喜剧。但他对原著已经了然于胸,译文更是几能背诵,因此飞速补译了这几部喜剧。当时遗失的原稿多年后失而复得,核对之后他惊讶地发现原稿与重译之稿几乎没有什么两样。③ 可见,朱译字字句句皆心血凝聚。

朱生豪之所以能做到如此"忘我",很重要的一个原因是:对他而言,译莎并非为功利性的目的,而是为了填补中国文化空白的宏大工程、民族英雄式的丰功伟业！这在翻译主体特征已有分析。七七事变之后,朱生豪供事的世界书局进入战时状态,他出逃途中随身只带一箱莎剧和译稿,可见莎剧与他,真如性命般珍贵！在他生命的最后几年,

① 吴洁敏、朱宏达,《朱生豪传》[M],上海:上海外语教育出版社,1990 年,109 页。

② 转引自刘宓庆,《翻译美学导论》[M],北京:中国对外翻译出版有限公司,2005 年,222 页。

③ 吴洁敏、朱宏达,《朱生豪传》[M],上海:上海外语教育出版社,1990 年,191 页。

贫病交加，幼子嗷嗷待哺，一家三口几乎无经济来源，竟靠亲友接济度日。在这样的困境之下，他仍豪迈地宣称："饭可以不吃，莎剧不能不译"。① 译莎对朱生豪来说，是一种精神寄托，一种理想和使命。正是这样非功利的激情使他能激发其全身心的力量，达到了"主体忘我"的凝神观照状态。

三、"物我合一"的感同身受

审美移情的首要任务在"情"、在"境"。译莎期间，朱生豪与莎剧同喜同悲。喜怒哀乐，皆因莎剧而起。在体味原文时，他不仅要注意到字句的准确和流畅，韵脚、节奏和字数的推敲，还要考虑是否译出了作品的神韵和人物的口吻。他甚至认为自己的情绪波动和兴致也会影响翻译的质量。在翻译喜剧《第十二夜》过程中，他兴致不高，只译完一幕就放下了，因为他坚信只有心境好的时候才能译出喜剧效果。而翻译悲剧也一样，他曾对宋清如说："我翻起悲剧来一定有点头痛"。② 可见他对莎剧的情感有着感同身受的体会。

朱生豪的"感同身受"也体现在他对莎翁理想和意境的认同。在对《暴风雨》的审美意境的评价中他提到"或云普士丕罗（今为普洛斯彼罗），是作者自身的象征，莎翁以普氏的脱离荒岛表示自己从写作生活退隐的决心。如果这不仅仅是一种猜测，那么读者在披读本剧时，也许能更能体味一番作者当时的心境吧。"③ 对于朱生豪来说，翻译《暴风雨》是他译莎事业的开始，而这一举动使他与庸庸碌碌的世事纷繁中剥离了出来，也体现他在乱世中求得自我实现的背水一战的决心。由此，他通过自身处境对莎翁以及普氏的思想境界有了深刻的体认，达到一种"物我合一"的理想状态。

正因朱生豪对莎剧的"主体忘我的凝神观照"，对莎剧其"情"其

---

① 吴洁敏、朱宏达，《朱生豪传》[M]，上海：上海外语教育出版社，1990 年，127 页。
② 吴洁敏、朱宏达，《朱生豪传》[M]，上海：上海外语教育出版社，1990 年，193 页。
③ 吴洁敏、朱宏达，《朱生豪传》[M]，上海：上海外语教育出版社，1990 年，113 页。

"境"的感同身受,使他对莎剧有了全局的、综合性理解,对莎剧的文学美有了极深、极精准的把握。他编写了《莎剧年谱》,把莎剧按性质分成喜剧、悲剧、史剧、杂剧四类,并将莎翁创作分为四个时期。这一分类,至今仍在莎剧研究界影响深远。

不仅如此,他对每一莎剧的艺术风格和审美意境也有了很好的分析和体味。比如:同为取材神怪的剧本,《仲夏夜之梦》的特色是"轻倩的抒情的狂想",而《暴风雨》则"更深入一层,其中有的是对于人间的观照,象征的意味也格外浓厚而丰富,在艺术更拜托了句法音律的束缚,有一种老笔浑成的气调。"①

同是四大悲剧,他一一区分出:"在这些作品中间,作者直抉人性的幽微,探照出人生多面的形象,开拓了一个自希腊悲剧以来所未有的境界。……关于这四剧的艺术价值,几乎是难分高下的。《哈姆雷特》因为内心关照的深微而取得首屈一指的地位,从结构的完整优美讲起来,《奥赛罗》可以超过莎翁其他所有的作品;《李尔王》的悲壮雄浑的魄力;《麦克佩斯》的神秘恐怖的气氛,也都是嘎嘎独造,开前人所未有之境。"②而《爱的徒劳》主旨在"讽刺当时上流社会轻浮虚夸,摇唇弄舌的习气,故事极简单平淡之至,但全剧充满了活泼的诙谐与机智的锋芒。"③

朱生豪对其中的经典人物的特征也精准地评价,指出了《仲夏夜之梦》中的仙童迫克是永久的青春的象征,浦细霞、罗瑟琳、薇俄拉是一群聪明伶俐、机智活泼的少女。而他对约翰 福斯泰夫的审美价值评价最高,称其为"伟大泼皮的喜剧式的典型"。朱生豪对福斯泰夫不遗余力的推崇和赞美竟跟马克思的评论有着异曲同工之妙,可见他对莎剧艺术魅力的认识之深。朱生豪对莎剧的体悟深度在莎剧至今在中国的传播史上也是难以企及的。

---

① 吴洁敏、朱宏达,《朱生豪传》[M],上海:上海外语教育出版社,1990 年,113 页。

② 吴洁敏、朱宏达,《朱生豪传》[M],上海:上海外语教育出版社,1990 年,149 页。

③ 吴洁敏、朱宏达,《朱生豪传》[M],上海:上海外语教育出版社,1990 年,202 页。

利普斯有句名言："移情就是灌注生命"①，说的可能就是朱生豪这样的译者。漫长的十年，含辛茹苦，鞠躬尽瘁，译莎成了朱生豪唯一的使命。生命终结的前一天，他已然两腿僵直，病入膏肓，仍两眼直视，口中念着莎剧台词，声音竟越来越响。这短暂的一生中他最为遗憾的是未能完成莎剧剩下的 5 部半史剧："早知一病不起，就是拼着命也要把它译完"②，甚至留下遗言希望他的弟弟能完成自己未竟的事业。朱生豪不是以自己高超的翻译技巧去译莎，而是以整个生命去译莎，以他自身甚至整个家族的力量去译莎。他用他的诗魂去咀嚼、品味莎剧，与莎翁心灵相通，神魂相交，融为一体。这是审美移情之最高境界，也是朱译之所以有着难以超越的艺术感染力的重要原因。

第四节　朱生豪的翻译审美再现：
"随物赋形"的动态模仿

在达到"物我合一"的审美移情之后，要再现原文的审美意蕴必得跳脱出原文，用译文模仿这一审美情感。翻译审美应当使神思"畅与物游"，也即是中国古典文艺美学中称为的"出入说"。王国维曾有文："人乎其内，故能写之。出乎其外，故能观之。入乎其内，故有生气。出乎其外，故有高致。"③尽管这里王国维描述的是为文之道，但也非常符合翻译的审美特点：入乎其内，即审美移情达到的"物我合一"的状态；出乎其外，即跳出原文，在译文中审美取象的过程。正所谓"不入于物，焉能取象"，在此"物"为原文，象则是意象之美。谷鲁斯（Karl Groos）曾有内模仿（Inner Imitation）一说，是对移情说的补充。谷鲁斯认为模仿

---

① 刘宓庆、章艳，《翻译美学理论》[M]，北京：外语教学与研究出版社，2011 年，241页。

② 吴洁敏、朱宏达，《朱生豪传》[M]，上海：上海外语教育出版社，1990 年，203 页。

③ 王国维，《人间词话》[C]，上海：上海古籍出版社，1998 年，16 页。

是一切审美欣赏的核心①,是审美情感"由我及物"的一面,即审美主体"我"在内心模仿客体的情感形象,从而获得美感上的满足。因此翻译美学的移情,应该是主体化的移情,具有对客体的目的化的重构。而翻译美学的模仿,也是审美移情化的动态模仿。

模仿是翻译审美再现的基本手段。西方的美学发展史中,模仿一直是一个核心概念。从亚里斯多德的"模仿说"到现代符号学,模仿一直被视为艺术创造的必然过程,符合"推陈出新"的艺术规律。中国古典文论中,也有类似的评论。如陆机在《文赋》中称"模仿"为"袭古"("若袭古而弥新,或沿浊而更新"),也提倡推陈出新的积极模仿。

刘宓庆在《翻译美学导论》中将翻译模仿分成了三类②:

(1)以原语为依据的模仿:以原语的审美信息特征和结构为依据复制为译语美的信息,也即文学翻译中的"异化"译法,鲁迅先生的"硬译"便可归为此类。

(2)以译语为依据的模仿:以译语的语言结构特征、表现法传统和社会的接受倾向为依据,调整源语审美信息类型和结构,将其表现在译语中,这也被称为"归化"译法。

(3)动态模仿:动态模仿是以动态对应为基础的,是一种综合性的模仿,可根据优选原则,取上述两类模仿之长,所以也叫"优选模仿"。确切地说,动态模仿即以源语为依据,最佳时以源语为依据模仿,以译语为依据最佳时则以译语为依据模仿,一切取决于优选。译者必须有很大的应变能力,将模仿视为一种变通优化的手段,而不是一成不变的模式。

以译语依据模仿为最佳时,另一审美再现的手段,重建,便成为至关重要的了。重建属于创作的手法,是一种最高形式的变通,也是翻译

---

① 朱立元主编,《现代西方美学史》[M].上海:上海文艺出版社,1993,127页。

② 刘宓庆,《翻译美学导论》[M],北京:中国对外翻译出版有限公司,2005年,313—331页。

原创的一种形式。① 重建有积极和消极两种。消极的重建指的是译者在翻译中"避难就易",常常有损原意,因此是不可取的。积极的重建指的是完全摆脱源语的形式束缚,按译者的审美理想来安排体式,达到译者预期的最佳效果,是非常好的再现手段。

动态模仿具有以下几个特征:本乎或基本上本乎其意;灵活处理原文的外在形式美,不执着于文字表层的对应;执着于译语的最佳可读性,重视当今社会的接受倾向;同时,不忽视用译语传达原文中的文化信息;努力寻求在高层次上对原文美的模仿(行文风貌、风格、风姿),放弃低层次的刻意效法。②

朱生豪的翻译思想常常被归为"神韵说"。他在译者自序中说:"余译此书之总旨,第一在求于最大可能之范围内,保持原作之神韵,必不得已而求其次,亦必以明白晓畅之字句,忠实传达原文之意趣;而于逐字逐句对照式之硬译,则未敢赞同。凡遇原文中与中国语法不合之处,往往再四咀嚼,不惜全部更易原文之结构,务使作者之命意豁然呈露,不为晦涩之字句所掩蔽。"③翻译是一种优选的艺术。而在这篇译者自序中可以看出,朱生豪的翻译优选的第一原则是"志在神韵"。他的审美再现理想便是忠实于原作的意义和韵味,保留原作的精神和魅力,并不拘泥于语言形式表层的对等。优选的第二原则是"晓畅"。原文与中文语法对等之处,忠实自然不是问题;语法不合之处,则可以改变原文结构,以"晓畅"为要义,传达原文的神韵。这几点反映了朱生豪的翻译原则恰好符合动态模仿的特征。因此可以说,朱生豪主要采取了审美移情的动态模仿实现他的审美理想。以下从朱生豪对莎剧的形式之美、象征隐喻之美的再现来分析他对动态模仿的灵活应用。

---

①　刘宓庆,《翻译美学导论》[M],北京:中国对外翻译出版有限公司 ,2005 年,331 页。

②　刘宓庆,《翻译美学导论》[M],北京:中国对外翻译出版有限公司,2005 年,325 页。

③　朱生豪,《译者自序》[A],吴洁敏、朱宏达.《朱生豪传》(附录二) [M].上海:上海外语教育出版社,1990. 264 页。

一、文学形式美的动态模仿：随物赋形

莎士比亚是享誉世界的有着独特魅力的语言大师。莎剧是诗剧，主要采用素体诗(Blank Verse)，但也不时交替使用散文。有人对莎士比亚诗剧中的诗体与散文体作过统计，发现他的 37 个剧本的 104 千行中，"素诗体"（即非自由诗体）占 72％，散文体占 28％。[①] 莎士比亚往往根据说话人的地位，更多的时候是根据他们的性格和气质来选择语体，这成了翻译中的巨大难题。总的说来，受过良好教育的上层人士，内心独白，抒情状景，庄重的场合，皆采用无韵诗行。小丑、傻子或滑稽角色；社会下层或受教育不多的人物，如侍从、伶人等；剧中的信札、演说辞等情形使用散文；另外还有无韵诗体和散文交替使用的情况，如哈姆雷特初闻父王鬼魂告知被害而死的秘密时候，后来装疯时在公众场合用散文，但独自一人时却用大段的无韵诗文独白。

由于莎剧是大量素体诗、充满诗意的散文和口语体的散文相互交杂，诗体与散文体交替，看上去错落有致，松散结合、疏密有序。这种复杂的语言给翻译带来了困难。如果将全部用诗体翻译不仅与夹杂的口语体散文不协调，甚至会影响剧中人物的语言气质和对话效果，从而影响戏剧的整体效果。

在这种情形下，朱生豪没有拘泥于莎剧文体，以诗体翻译全剧，而是尽力做到"随物赋形"的动态模仿，即在原文及译文形式可以对等的情况下，以诗体翻译格律诗；而在无法对等之时，以诗化散文体与口语散文体夹杂来翻译原文的素体诗与散文。这样既保留了诗味，又保留了原作的语言风貌。

朱生豪在每个剧本中都尽量用诗体翻译莎剧里的诗，而且译得相当精彩。其译本"求于最大可能之范围内，保持原作之神韵"，译文流

① 彭保良，《莎士比亚诗剧中的散文体之我见》，《解放军外语学院学报》，1998 年第 4 期，97 页。

畅,笔力雄健,文词华瞻,译文质量和风格卓具特色,为国内外莎士比亚研究者所公认。试以《威尼斯商人》第二幕第九场剧中角色唱的诗歌为例。这首诗从音步到音韵以及形式,都非常出色:

ARRAGON(reads) 阿拉贡亲王(念白):

The fire seven times tried this：这银子在火里烧过七遍；

Seven times tried that judgment is 那永远不会错误的判断,

That did never choose amiss. 也必须经过七次的试炼。

Some there be that shadows kiss；有的人终身向幻影追逐,

Such have but a shadow's bliss：只好在幻影里寻求满足。

There be fools alive，I wis, 我知道世上尽有些呆鸟,

Silver'd o'er；and so was this. 空有着一个镀银的外表。

Take what wife you will to bed，随你娶一个怎样的妻房,

I will ever be your head：摆脱不了这傻瓜的皮囊。

So be gone：you are sped. 去吧,先生,莫再耽搁时光!①

译文不但忠实地再现了每句原文的意思(Meaning),而且兼顾了每句的尾韵(The Rhyming Words),使其不但琅琅上口,还彰显了莎剧特有的喜剧色彩。

以诗化散文体与口语散文体夹杂来翻译原文的素体诗与散文。莎士比亚戏剧的原貌是诗剧,剧词原文主要用"素诗体"(Blank Verse 或译作"白诗体",即非自由诗体)为基本形式的诗剧,此外就是散文体。素诗体是一种特有的艺术形式,每行轻重格或称抑扬格五音步,不押脚韵,但也常出格或轻重倒置,且常用所谓"阴尾"即多以轻音节收尾,尽管不大用韵,但有内在的格律,是无韵的诗。莎士比亚的诗剧提炼了口语体散文的文学性,使那时仅仅是地区方言的英语分化出文学的语言,

---

① 莎士比亚,《莎士比亚全集》第二卷[M],朱生豪译,北京:人民文学出版社,1978 年,43 页。

极大地丰富了英语的语汇和意境,而素体诗就是在这个时期产生、流行并成为英语戏剧的规范文体。

朱生豪时代中国的白话文发展尚未成熟,因此无法以现有的中文文学形式模仿源语。在不适用以原文为依据模仿的情况下,朱生豪打破诗歌的外在形式,不追求字面的简单对等,而采取重建的方式,以散文体翻译莎翁原作。尽管他用散文体再现莎氏无韵诗体,但他特别注意汉语言文字的音乐美,讲究平仄、押韵、节奏等声韵上的和谐,并且非常注重和谐悦耳的诵读效果。事实上,他将当时中文的白话口语体提炼成了入诗入画的诗化语言,与莎翁对方言式英文文学美的提炼竟有异曲同工之妙。这种"诗化的散文体"是朱生豪的独创,为诗剧翻译烙上了鲜明的个人印记,对文学翻译和戏剧语言的发展也提供了独特的范例。

在《罗密欧与朱丽叶》中,这种诗化散文体便将思春少年诗一般的心境和爱恋挥洒纸上。如第二幕第二场开头的一段华彩乐章:

ROMEO:He jests at scars that never felt a wound. But,soft! what light through

yonder window breaks? It is the east,and Juliet is the sun. (Scene II Act II)

梁实秋翻译为:

罗密欧:没有受过伤的人才讥笑别人的疤。

小声些! 窗口那边透出来的是什么光亮? 那是东方,朱丽叶就是太阳![①]

朱生豪则翻译为:

罗密欧:没有受过伤的人才会讥笑别人身上的创痕。

轻声! 那边窗户里亮起来的是什么光? 那就是东方,朱丽叶就是太阳![②]

---

① 莎士比亚,《罗密欧与朱丽叶》[M],梁实秋译,北京:中国广播电视出版社,2004年,26页。

② 莎士比亚,《莎士比亚全集》第四卷[M],朱生豪译,北京:人民文学出版社,1978年,611页。

相较之下,梁实秋笔下的花季少年,语言清晰简练、条理分明,却偏偏缺少了朱生豪的翻译中那种缠缠绵绵的情意和直抒胸臆的诗情抒发。朱生豪在翻译中特意强调了句尾的押韵和句式的对称,并且像诗歌那样讲求节奏和韵律,强调散文中的音乐性,"光"、"方"、"阳"三个字押韵形成了诗化散文体的特殊效果。莎士比亚原文是不押韵的素体诗,而朱生豪的翻译却独具匠心地增加了句末的押韵,用以替代不能翻译素体诗音步整齐而造成的遗憾,补偿了翻译中失去的诗意。

由于英汉分属不同的语系(印欧和汉藏语系),因此作为语言底层结构的英语音节和汉语音节在结构、音节划分、功能以及连读等方面都存在着较大的差异。汉语是一字一音,发音的特点在于声调;英语是属于字母语言,发音特点在于轻读和重读,因此这两种语言的诗歌韵律组合就有不同,在诗歌的互译中便很难做到音、义、情、辞,即内容与形式的兼顾。所以说,诗歌翻译是很难的,要译文和原文语义对等已经不易,更不要说再传达原诗的风格和韵味了。朱生豪则通过了译文的重建,以"神韵"和"诗意"的传达为目标,摆脱了原文诗行和韵律的限制,以富有中文韵律和平仄节奏的"诗化"散文来对应莎翁的素体诗。虽然失去了诗剧的外在形式,但保留了诗韵和诗意,这实在是最恰当地再现莎翁"素体诗"的文体形式。

二、意境之美的动态模仿

文学作品中的意境是在情景交融的基础上所形成的一种艺术境界,具有虚实相生、意与境谐、深邃悠远的审美特征,能使读者产生想象和联想、如身入其境,在思想情感上受到感染。茅盾先生对文学翻译的定义是"文学翻译是用另一种语言把原作的艺术意境传达出来,使读者在读译文的时候能够像读原作一样得到启发、感动和美的感受。"①意境的传递是文学翻译的关键。

---

①　陈福康,《中国译学理论史稿》[M],上海:上海外语教育出版社,1992 年,378 页。

意境美首先表现在意象美。意象美不仅关注物态特征,更执着于如何以"象"来蕴含意,刘勰称之为"意象运斤"(《文心雕龙·神思》)。朱生豪对莎剧之"象"的蕴意的挖掘和动态模仿也是很可圈可点的。比如下文就很好地再现了审美比较中光彩超凡的朱丽叶,以及罗密欧初见朱丽叶时喷发的惊艳、赞叹、爱慕的审美情感:

> ROMEO: O, she doth teach the torches to burn
> bright!
> It seems she hangs upon the cheek of night
> Like a rich jewel in an Ethioppsear
> Beauty too rich for use, for earth too dear!
> So shows a snowy dove trooping with
> crows,
> As yonder lady o'er her fellows shows.
> (Romeo and Juliet: I, v)

> 罗密欧:啊! 火炬远不及她的明亮;她皎然悬在暮天的颊上,像黑奴耳边璀璨的珠环;她是天上明珠降落人间! 瞧她随着女伴进退周旋,像鸦群中一头白鸽蹁跹。[①]

莎翁在此写火把、写珠宝、写白鸽,并不是为了描述这些自然感性可以把握的物象,而是要寄寓他的审美情感:以这些物象来烘托朱丽叶光彩夺目的美,从而表现罗密欧首次邂逅朱丽叶喷发的赞美、爱慕之情。朱译打破词句的束缚,用 visualizing(形象化、视像化)构筑了一个寄情于象的美感结构,动态模仿了这一审美情感。译文首句使用"远不及"比较"火炬"的光亮与"她"的光彩,既符合"doth teach"的含义,又通顺晓畅,凸现了"她"的光彩惹眼;译文第二句以"悬"译"hangs",比"挂"更为优雅,符合中文的审美意境,也突出了"她"在拟人化的"the cheek of night(暮天的颊上)"上光彩超凡;译文第三句以"璀璨"译"rich",

---

① 莎士比亚,《莎士比亚全集》第四卷[M],朱生豪译,北京:人民文学出版社,1978 年,604-605 页.

用明喻突显"她"在周遭似黑人般暗景中的光彩夺目;译文第四句用一个暗喻感叹句,打破句与句之间的界限,用一个有着丰富文化内涵的"明珠"再现前句"a rich jewel"为明喻喻体的审美情感。最后一句调整句序整合推进,用"白鸽"对比"鸦群"来展现情境(由女伴衬托构成的舞台实景),再现了罗密欧对朱丽叶的倾心仰慕之情!

　　意境是一种艺术境界,不仅指审美体验对外在物象精选加工的艺术架构,也可指诗歌中"思与境谐"的艺术效果,反映作者的审美理想。这是高度模糊的审美信息,而要捕捉并再现这种模糊审美信息也同样需要动态模仿。如下面一个例子:

　　　Clea：If not dednounced against us, why should not we
　　　　　Be there in person?

　　　Ena：(Aside) Well, I could reply：

　　　　　If we should serve with horse and mares together.
　　　　　The　horse　were　merely　lost；　the　mares
　　　　　would bear
　　　　　A solider and his horse. (Antony and Cleapatra：
　　　　　III, vii)

　　朱生豪译文:

　克莉奥佩屈拉:为什么我不能御驾亲征,这不明明讪谤我吗?

　伊诺巴勃斯:(旁白)好,我可以回答你:要是我们把雄马雌马一
　　　　　　起赶上战场,引得马儿们撒野起来,那还了得!①

　　方平译:

　埃及女王:要不是存心跟我本人过不去,

　　　　　为什么偏不许我亲自上阵呢?

　艾诺巴勃斯:(喃喃自语)好吧,

　　　　　我来回答你:要是把公马、母马

---

　①　莎士比亚,《莎士比亚全集》第六卷[M],朱生豪译,肖运初校,长沙:新世纪出版社,1997年,57页。

一起赶上了战场，公马就没救了；

母马呢，驮了骑兵，还得驮公马。①

梁实秋译文：

克：如果是不合适，现在对我宣战了，我为什么还不可以亲自参加呢？

伊：（旁白）噫，我可以这样回答：如果我们骑着雄马一起作战，雄马就会完全失去效用：雌马会把骑兵和他的雄马一起驮起来。②

方和梁的译法，都是具实译出，意思直白显露。而朱生豪的译文却采用虚化的手法，绕开原文的意象，对译文进行了重建，更好地构建了莎剧的意境美。奚永吉老先生就提出，就原文的语体风格的再现手法，朱生豪的译文"曲中有直，型晦意显"，"含蓄之极，臻于浑成"，更胜一筹。③ 虚化，即淡化、抽象化，是与实化相对的。"虚化"、"实化"的实质是将意义看成是可以灵活运动而不是凝滞、僵化的实体：它可以向抽象化的方面运动（即虚化），也可以向具体化的方向运动（即实化）。审美再现中经常用虚化法处理翻译中的文化难题。朱译中的"撒野"一词，将原文的场景抽象化、模糊化了，语言含蓄、内敛、不流俗，语义又不言自明，符合中国人的审美心理。这一对话的翻译显示了朱生豪的翻译在遇到莎剧中大众化"猥亵语"，依然采取"执着于译语的最佳可读性，重视当今社会的接受倾向"的动态模仿特征。

第五节　朱译莎剧中的美学追求

朱译莎剧除忠实原作之外，最大的特点是有极强的文学性和可读性。由于朱生豪对中国古典文学有较高修养，文字表达能力强，在翻译

---

① 莎士比亚，《新莎士比亚全集》（第5卷）[M]，方平译，石家庄：河北教育出版社，2000年，525页。

② 莎士比亚，《莎士比亚全集》（下卷）[M]，梁实秋译，海拉尔：内蒙古文化出版社，1995年，737页。

③ 奚永吉，《莎士比亚翻译比较美学》[M]，上海：上海外语教育出版社，2007年，559页。

中善于以典雅的、富于东方美学并符合我国读者欣赏习惯的适当语句，恰当地表达原作的精神，因此他的译文流畅、生动，有很强的感染力，给人以美的享受。我们在读朱氏译本时，常常不觉得是翻译，而是一个作家在用母语进行独立的创作。下面举例说明这一点：

> Othello：⋯Oh，now for ever
>
> Farewell the tranquil mind! Farewell content!
>
> Farewell the plumed troop and the big wars
>
> That make ambition virtue! Oh，farewell，
>
> Farewell the neighing steed and the shrill trump，
>
> The spirit stirring drum，the ear piercing fife，
>
> The royal banner and all quality，
>
> Pride，pomp，and circum stance of glorious war!
>
> （Othello：E，iii）

> 奥瑟罗：啊! 从今以后，永别了，宁静的心绪! 永别了，平和的幸福! 永别了，威武的大军，激发壮志的战争! 啊，永别了! 永别了，长嘶的骏马、锐厉的号角、惊魂的鼙鼓、刺耳的横笛、庄严的大旗和一切战阵上的威仪!（《奥瑟罗》）①

朱译文与原文在语言结构上保持紧密一致，并且用词精练。其中"长嘶的骏马、锐厉的号角、惊魂的鼙鼓、刺耳的横笛"四个对称的短句，使语气格外有力。短短二十个字，描绘出一幅宏大的战争场面，使人产生身临其境之感。

朱生豪译文在语言的使用上不仅有宏大的战争场面上的"阳刚之气"，也不乏有男女之间卿卿我我的"阴柔之美"。又如：

> "So sweet a kiss the golden sun gives not
>
> To those fresh morning drop s upon the rose，
>
> A s thy eye beams when their fresh rays have smote.

---

①　莎士比亚，《莎士比亚全集》第五卷[M]，朱生豪译，北京：人民文学出版社，1978 年，600 页。

  The nigh t of dew that on my cheeks down flows."
(Love's Labor's Lost：IV, iii).

  "旭日不曾以如此温馨的蜜吻

  给予蔷薇上晶莹的黎明清露，

  有如你的慧眼以其灵辉耀映。

  那淋下在我颊上的深宵残雨。"(《爱的徒劳》)①

  这是剧中那瓦国王写的一首情辞并茂的情诗。译诗无论是在语气、节奏，还是句子的抑扬顿挫上都与原文吻合，主人公饱含的激情通过朱生豪不朽的笔调倾诉出来，达到了极高的美学境界。译文在形式上与原文保持严格一致，但严格的形式并没有妨碍译者发挥才华。整段译文风流蕴藉，音韵铿锵，诗情画意，美不胜收。"温馨的蜜吻"一语，尤其是神来之笔，译者赋予了太阳的光辉以极为丰富的情感。② 试想如果译文里没有这种节奏感，我们怎能体验到主人公情深似海的心境，又怎能感受到主人公倾诉衷肠时娓娓动听的声音？

  让我们再以莎士比亚戏剧《哈姆雷特》的汉译为例来领略朱生豪优美的语言。莎翁的素体诗(Blank Verse)用 10 个轻重相间的音节组成一行，每两个音节为一个音步，虽无脚韵，但有强烈的节奏。读来不完全像诗，但又不是散文。如：

  … who would these fardels bear,

  To grunt and sweat under a weary life,

  But that the dread of some thing after death,

  The undiscovered country from whose bourn

  No traveler returns, puzzles the will

  And make us rather bear those ills we have

  Then fly to others that we know not of?

---

  ① 莎士比亚，《莎士比亚全集》第一卷[M]，朱生豪译，北京：人民文学出版社，1978 年，589 页。

  ② 朱骏公，《朱译莎剧得失谈》，《中国翻译》，1998 年，5 期，24 页。

Thus conscience does make cowards of us all;

And thus the native hue of resolution

Is sick lied o'er with the pale cast of thought,

And enterprises of great pith and moment

With this regard their currents turn awry,

And lose the name of action...（Hamlet：III，i）

朱生豪用散文体翻译该诗，改变了原文的形式：

……谁愿意负着这样的重担，在烦劳的生命的压迫下呻吟流汗，倘不是因为惧怕不可知的死后，惧怕那从来不曾有一个旅人回来过的神秘之国，是它迷惑了我们的意志，使我们宁愿忍受目前的磨折，不敢向我们所不知道的痛苦飞去！这样重重的顾虑使我们全变成了懦夫，决心的赤热的光彩，被审慎的思维盖上了一层灰色，伟大的事业在这一种考虑之下，也会逆流而退，失去了行动的意义。①

同是著名翻译家的卞之琳则采用"以顿代步"②的诗体形式翻译该素体诗：

……谁甘心挑担子，

拖着疲累的生命，呻吟，流汗，

要不是怕一死就去了没有人回来的

那个从未发现的国土，怕那边

还不知会怎样，因此意志动摇了，

因此便宁愿忍受目前的灾殃，

而不愿投奔另一些未知的苦难？

这样子，顾虑使我们都成了懦夫，

---

① 莎士比亚，《莎士比亚全集》第五卷[M]，朱生豪译，北京：人民文学出版社，1978年，328页。

② "以顿代步"是英文格律诗汉译的一种方法，即以汉语的"顿"代替英语的"音步"以再现原诗的节奏。"以顿代步"通常强调原文的韵式也应在译文中加以复制，即如果原文的韵式是 ABAB、CDCD，那么译文也应有同样的韵式。所谓"顿"，是指两个、三个抑或是四个汉字放在一起构成一个相对完整的意义，同时又形成语音的一种自然的起落。这确实有点像由轻重抑扬构成的音步。

> 也就这样子，决断决行的本色
>
> 蒙上了惨白的一层思虑的病容；
>
> 本可以轰轰烈烈的大作大为，
>
> 由于这一点想不能，就出了别扭，
>
> 失去了行动的名分。……①

　　这既是一首涵义深刻极富哲理的诗歌，又是悲剧主人公哈姆雷特内心世界的真实写照，深刻地表现了哈姆雷特在父亲突然去世、母亲改嫁、叔父继位等一系列变故后产生的复杂思想：对人生的深沉思索，对其所处现实的强烈批判，以及他在心理异常苦闷、极度失望和无比愤懑中所产生的彷徨。人物的内心活动与剧情的发展互为表里，主人公性格的变化有其深厚的戏剧冲突作基础。朱译选词炼句精确，句式完整，节奏明快，极富强烈的音乐美，用词不重复，以排比句的形式呈现于读者的面前，颇显铿锵有力，挥洒自如。朱生豪的译本最早在 20 世纪 40 年代出版，卞之琳的译本最初于 1956 年出版。他们两人的译本在形式和内容上都存在着明显的差异。前者文字雅致，后者文字通俗；前者略去了原本中的许多俚语、土话等所谓"污秽语"（Bawdy Languages），后者创造了"以顿代步"翻译素体诗的方法。从莎翁时代到朱生豪和卞之琳的时代，时间跨越了 300 多年。莎士比亚时代，剧中很多普通常用的表达方式，现代译本中均无法保留或再现。然而文学的审美特征具有强烈的时代性，不同时代的译语读者对文学的审美期待也存在着很大的差距。随着时代的变化，译语读者译作阅读经验的增加，译语读者对译语文学的审美层次会不断提高，从而形成对译语文学审美期待的变化。

　　在具体的翻译实践中，朱生豪的译作为中译英中的许多细节问题，例如长句处理、词性转换、修辞的翻译等都提供了绝好的榜样。例如，本章第一节中提到的莎士比亚戏剧中有一种特别的修辞，就是双关。朱生豪注意到了莎剧翻译中的双关问题，虽然没有全部翻译出来，但也作出了不少有益的初步尝试，即用汉语的谐音或者其他形式来代替剧

---

① 莎士比亚，《莎士比亚悲剧四种》[M]，卞之琳译，北京：人民文学出版社，1988 年，82－83 页。

中的英语双关部分。例如,在写给妻子的书信中谈到他翻译《威尼斯商人》时的发现:

剧中的小丑 Launcelot(朗斯洛特刚离开犹太主人而去投靠巴萨尼奥)奉他主人基督徒 Bassanio(巴萨尼奥)之命去请犹太人 Shylock(夏洛克)吃饭说:My young master doth expect your reproach. Launcelot 是常常说话用错字的,他把 approach(前往)说成 reproach(谴责),因此 Shylock 回答说 So do I his,意思是说 So do I expect his reproach。这种特殊的语言表达是没有办法直译的,只能发挥译者的创造性。梁实秋这样译:"我的年轻的主人正盼望着你去呢。—我也怕迟到使他久候呢。"朱生豪充分发挥才能与想象,想出了这样的译法:"我家少爷在盼着你赏光哪。—我也在盼他'赏'我个耳'光'呢"。Shylock 明知 Bassanio 请他不过是一种外交手段,心里原是看不起他的,因此这样的译法正是恰如其分,不单是用"赏光"—"赏耳光"代替了"approach、reproach"的文字游戏而已。[①] 这里朱生豪巧妙地将中文"赏光"一词发挥成"赏—耳光",准确地意译了"expect his reproach",真是恰到好处的神来之笔。这个翻译不仅使上下文意思贯通,而且译出了人物之间复杂的关系和彼此不宣的矛盾,可谓生动而又形象。

综上所述,朱生豪的译文不但"传神",而且"贯气"——台词的语气、字里行间的戏剧性的"气韵生动"。通过朱译本,汉语读者和观众感受到了莎士比亚戏剧人物是那么"神气活现"!朱生豪提炼出来的散文化译文,不仅体现了莎剧的神韵,更具有鲜明的文学特色,剧中各类人物的语言都能体现出他们的身份,从而使得译文的表达力极强。

又如:

What a piece of work is a man! How noble in reason!
How infinite in faculty! In form and moving how express

---

① 吴洁敏、朱宏达,《朱生豪传》[M],上海:上海外语教育出版社,1990 年,133—134 页。

and admirable! In action how like an angel! In apprehension how like a God! The beauty of the world! The paragon of animals! (Hamlet：Ⅱ，ii)

　　人类是一件多么了不起的杰作！多么高贵的理性！多么伟大的力量！多么优美的仪表！多么文雅的举动！在行为上多么像一个天使！在智慧上多么像一个天神！宇宙的精华！万物的灵长！①

　　对人的觉醒的宣言表达得更精妙的当推莎士比亚，他通过哈姆雷特之口把人赞颂为"宇宙的精华，万物的灵长"。文艺复兴的人文主义精神得到了酣畅淋漓的体现。原、译文从文字，句式到辞格等都很美，能激起读者美的情感和丰富的联想与想像；在当时的历史社会条件下，敢于把人的风姿与天使作比，将人的智慧与神灵媲美，堪称石破天惊之颂歌，不朽之绝唱。读朱生豪译文，在感受美的同时也可以感受到一股力量，一种飞升从心中生发。

　　从以上例文可以看出，为了使中文读者能够更好地体会莎剧给人的审美愉悦，朱生豪对莎剧的翻译已经成为自己对莎剧的一种解读，他的审美取向以及对跨越时空的接受者审美取向的把握，都融入到这种解读之中，从而将一个新的文本带到读者面前。这一切都是为了翻译出莎剧固有的文学性和美感，种种细节无不透露出朱生豪在翻译中的美学追求。通过以上诸例的逐一阐释，我们不仅能具体地领略到文学翻译的多角度及其美学效果的价值与意义，同时还可以清晰地看到译者从事文学翻译的整个再创作过程，其各自主观能动性的发挥与文学作品艺术性的紧密联系，这对我们从更深层次来研究原作、译者、译作以及译者与原作、原作与译作等的相互关系都是大有裨益的。②

----

　　① 莎士比亚，《莎士比亚全集》第一卷［M］，朱生豪译，北京：人民文学出版社，1978年，313—314页。

　　② 本节部分内容来自于课题组成员李媛慧，任秀英《朱生豪莎剧翻译的文学审美取向》，《外国语文》，2013年第1期。部分参考刘云雁《朱生豪与莎士比亚》见吴笛：《浙江翻译文学史》，杭州出版社，2008年。

第六章　基于语料库的朱生豪
莎剧翻译研究

　　20 世纪 90 年代以来，描述性翻译研究（Descriptive Translation Studies，DTS）理论的发展（Itamar Even-Zohar，Gideon Toury，AndréLefevere et al.）为应用语料库分析翻译译文特征打下了方法论基础（陈伟，2007：67），正如 Chesterman（1998）所指出的翻译研究方法开始从规约转向描写，从哲学思辨转向实证性研究。[①] 基于语料库的描写翻译学研究成果斐然，如 Mona Baker 团队所创建的"翻译英语语料库"（TEC）是世界上最早也是影响最大的翻译英语语料库，产出了大量研究成果；同时，我国学术界近十年来在汉语翻译语言研究领域也作出了积极探索，在翻译共性和英汉语言对比等方面提出了见解（柯飞、秦洪武、胡开宝、王克非等），这些研究多基于大型英汉对应语料库。近期，通过自建小型专用语料库对某一个体创作和翻译文本进行对比研究方兴未艾（徐欣、王青、秦洪武等），为语料库在翻译研究中的具体应用进一步拓展了思路。

　　虽然翻译理论一直倡导翻译应客观忠实地再现原文，翻译研究也尽量减少主观性的因素。然而，由于翻译研究主体的自然属性和翻译研究过程的主观性都表明翻译研究存在不可避免的主观性。在对译者研究方面自然也会受到文化语境以及前结构的影响。传统的翻译研究方法以印象式的、经验式的点评为主，一般都是从文本中抽取典型例句

---

①　Chesterman A. Causes, translations, effects [J]. Target, 1998, 10(2)：201—230.

进行分析、评说作为依据,因而主观性较强,更缺乏对整篇翻译文本进行整体的、全面的量化研究。与主观性较强的传统翻译研究相比,语料库翻译研究作为一种实证研究方法以现实的翻译文本作为研究对象,采用科学的统计与分析方法客观地描述翻译活动本身的规律。如文中根据语料库的实证对比,对朱生豪和梁实秋翻译版本词汇密度对照进行数据分析,从客观角度再次印证了朱、梁的译作确如二人所说,梁译求"存真"而难度大,朱译求"神韵"而文字"明白晓畅",因此难度低。本章将尝试从语料库翻译学的角度探讨朱生豪的莎剧翻译,为这块文学翻译研究的拼图补上新鲜绚丽的一片色彩。

第一节 语料库和语料库翻译学的发展

作为中国著名的莎士比亚戏剧翻译家,朱生豪的译著和品格均得到广大读者和学者的认可和赞誉。研究者从各种角度展开了对其翻译的研究,但总体说来以基于经验性的观点居多,具体的译技探讨居多,单独作品的分析居多。传统的朱生豪文学翻译研究带有主观性、具体性和部分性的特点。而基于语料库的翻译研究则相对具有客观性、宏观性和整体性,与传统研究互为补充。苏忠福[1]曾说过,"尽管到目前为止出了几种不同译法的莎剧版本。但是仍然没有任何一种译本超过朱生豪的译本","对其他译本的粗略统计,较之所有别的译本,朱译莎剧的词汇量是最大的"。随着语料库应用到翻译研究中来,解答朱译莎剧的词汇量是否最大这类问题不再是基于"对其他译本的粗略统计",而是准确的数据,并且也提出了不同的答案。至于有没有译本超过朱译本,除却主观判断,也更多了事实理据。为了更好地理解基于语料库的朱生豪莎剧翻译研究,首先简要地谈一谈语料库和语料库翻译学的发展。

---

① 苏忠福. 说说朱生豪的翻译 [J]. 读书,2004 (5):23—31.

　　语料库（Corpus，复数为 Corpora）一词来源于拉丁语，本意为 body。如今谈到语料库时，指的往往是一个"电子文本集"（A Collection of Texts Stored in An Electronic Database）。[①]（梁茂成等，2010：3）语料库语言学（Corpus Linguistics）是以语料库为基础的语言研究方法，它以真实的语言数据为研究对象，采用定性和定量相结合的方法，对大量的语言事实进行系统的分析。有观点把它视为一个独立的学科，也有学者更倾向于将其看做一种新的研究方法。无论如何不能否认的是语料库语言学基于对海量真实的（Authentic）语言数据的系统性观察，一方面可以解答通过传统方法很难回答的疑难，同时对语言学理论建设具有重大的创新意义。桂诗春先生说："语料库语言学是语言学科中飙升得最快的学科之一。"[②]（2010：i）利用真实的语料研究语言是语言学家的一个传统，在经历了 20 世纪 50 年代—70 年代末的举步维艰后，随着计算机技术的不断升级，在近些年呈现出"好风凭借力"的迅猛发展态势。

　　早在计算机技术引入到语言研究之前，很多学者已开始尝试用人工记录的方法积累语料，并以此为基础发现语言规律，解释语言现象，比如 1898 年，德国的 Kaeding 建立过德语单词的频率辞典；1921 年美国的 Thorndike 编写了 10000 词频率的教师词汇手册；1953 年 Michael West 统计了 2000 个常用词的义项频率；英国伦敦大学的 Quirk 建立了英国英语口语和书面语的"英语用法调查"（The Survey of English Usage）语料库；《牛津英语辞典》的主编 John Murry 和《现代英语语法》的作者 Otto Jesperson 都曾以原始的方法积累真实语料。但是，从 20 世纪 50 年代起，乔姆斯基（Noam Chomsky）生成语法学派兴起，以理性主义为基础的研究方法受到追捧，以实证主义为基础语料库语

---

　　①　梁茂成，李文中，许家金等. 语料库应用教程［M］. 北京：外语教学与研究出版社，2010：3.

　　②　梁茂成，李文中，许家金等. 语料库应用教程［M］. 北京：外语教学与研究出版社，2010：i.

言学则受到不少权威的批评。由于自身的不足、技术条件的限制,语料库语言学并不属于当时的学术主流。尽管如此,在 1967 年,第一个利用计算机技术建立的美国布朗大学语料库(Brown University Standard Corpus of Present-day American English)诞生了,该库由 H. Kucera 和 W. Nelson Francis 建立,收集了 1961 年出版的各种美国语料库样本,共计 100 万词。自此,语料库语言学犹如新苗破土,研究方法不断完善,研究范围不断扩大,取得了丰硕的成果,在 20 世纪 80 年代显示出勃勃生机。罗选民教授(2005)曾列举并简介世界上词量在千万以上的用于研究的语料库:英语语料库(The Bank of English),法语语料库(Tresor de la Langue Francaise,TLF),英语国家语料库(British National Corpus,BNC),朗曼—兰喀斯特语料库(The Longman-Lancaster Corpus),赫尔辛基历史英语语料库(The Helsinki Corpus of Historical English)和收词量在 1000 万之内的语料库:国际英语语料库(The International Corpus of English,ICE),英语用法调查语料库(The Survey of English Usage,SEU),伦敦—伦特语料库(The London-Lurid Corpus)、布朗语料库(The Brown Corpus)和玛喀里语料库(The Macquarie Corpus)。

从布朗语料库的诞生至今,现代语料库语料学已历经 40 余年的发展。语料库在口语、词汇、句法、语义、语用、语篇分析、语域变体、社会语言学、心理语言学、外语教学、双语词典编纂等诸多领域中都得到了广泛应用,但该方法应用到翻译研究中的时间还很短,迄今只有 18 年的历史。

20 世纪下半叶以来,翻译研究处于一个多元化的时期,翻译研究兼容并蓄,超越单一门学科的界限,成为具有跨学科特色的综合研究学科。翻译学要正确描述和解释翻译活动,必须要依靠科学的认识论和先进的技术方法。在这种背景下,英国曼彻斯特大学 Mona Baker 教授于 1993 年发表了题为"Corpus Liguistics and Translation Studies:Implications and Applications"的论文,学界普遍认为这标志着语料库翻译学的开端。作为该领域的开拓者之一；Baker 教授及英国曼彻斯特翻译与跨文化研究中心的其他研究者开始致力于将语料库应用于翻译研究，对翻译的性质和特征进行描述，于 1995 年创建了世界上第一个可比语料库（Comparable Copus）—翻译英语语料库（Translational English Corpus，TEC）；于 1996 年在题为"Corpus-based Translation Studies：the Challenges that Lie Ahead"的论文中正式提出"Corpus-based Translation"的说法。Tymoczko 教授于 1998 年提出将该领域的研究命名为"Corpus Translation Studies"，得到了包括我国学者在内的学者的认同。①

　　与西方语言学界相比，我国对于语料库的研究起步较晚，但目前也是一片欣欣向荣之势。在中国知网中以"语料库"为关键词进行搜索，可得到 3662 篇相关文章，最早一篇为杨慧中和黄人杰在《外语教学与研究》上发表的《JDEST 科技英语计算机语料库》（1982），在这 3662 篇文章中有 287 篇与翻译有关，最早一篇为 1998 年的《一个基于语料库的葡中翻译系统》。2003 年桂诗春、杨惠中教授主持建成了中国学习者英语语料库（CLEC）。北京外国语大学中国外语教育研究中心在教育部重点研究基地经费资助下，近年建成了 3000 万字词的通用汉英平行语料库（王克非，2004）。2006 年王克非教授在《中国外语》上发表文章第一次将基于语料库的翻译研究改称为语料库翻译学。目前，不仅相关论文数量逐渐增加，语料库翻译学研究项目的立项数也越来越多。据统计②（胡开宝，2011：26—27），自 2005 年至 2010 年，国家社科基金立项的语料库翻译学研究项目共 14 项，省部级项目约 40 余项。第一批项目的很多成果汇入"语料库翻译学文库"—国内（迄今为止也是国际上）第一套基于语料库的翻译研究系列专著，亦已陆续出版，主要选题有"语料库译学探索"、"基于语料库的翻译文体研究"、"基于语料库

---

①　胡开宝. 语料库翻译学概论[M]. 上海：上海交通大学出版社，2011：1—6.

②　胡开宝. 语料库翻译学概论[M]. 上海：上海交通大学出版社，2011：26—27.

的翻译语言特征研究"、"基于语料库的翻译搭配研究"、"语料库与翻译教学"、"类比语料库及其研究"和"莎士比亚戏剧英汉平行语料库的创建与应用"等(王克非,2011)①。其中胡开宝教授所著的《语料库翻译学概论》可谓"一部中国语料库翻译学的教科书",介绍了语料库翻译学的基本概念、理论基础和发展演变,勾勒了语料库翻译学的研究内容、研究途径、面临的问题和发展前景②。诚如西方学者所言,语料库翻译研究已然成为"一种连贯的、复合性的、丰富的研究范式,涉及从理论到描述再到翻译实践等一系列领域"③,是"翻译学保持活力和动力的核心途径"④。就朱生豪的翻译研究而言,基于传统方法的研究成果远远多于基于语料库的研究,但后者无疑是前景光明的新的研究领域。

第二节　语料库在朱译莎剧翻译研究中的具体应用

现代语言学和文艺理论的孕育滋养成就了翻译学今天的繁荣发展。语料库借助日新月异的科学技术将对语言和翻译的探索推向了新的维度,为传统的翻译研究提供了数据和量化的支持,实现了翻译研究从直觉到科学,从感性到理性,从个性到共性,从局部到整体的转变。在本书前面的章节,朱生豪的文学翻译思想、风格、语言特点等都得到了充分的阐述,而语料库将从实证角度去检验这些论点,提供具体的数据支撑。同时,语料库在译学研究中的作用也不仅仅是

---

① 胡开宝. 语料库翻译学概论[M]. 上海:上海交通大学出版社,2011;总序.

② 张莹. 一部中国语料库翻译学的教科书——评胡开宝《语料库翻译学概论》[J]. 中国翻译,2012(1);54.

③ Laviosa, Sara. The Corpus-based Approach: A New Paradigm in Translation Studies [J]. Meta, 1998(4).

④ Tymoczko, Maria. Computerized Corpora and the Future of Translation Studies [J]. Meta, 1998(4).

对传统论点的检验,以下是中国知网中检索到的相关论文截图(图6—1)如下①:

共有记录8条		上页	下页	
序号	文献标题		来源	年期
1	基于语料库的莎士比亚戏剧汉译本中语气词"吧"的应用研究		当代外语研究	2011/01
2	莎士比亚戏剧英汉平行语料库的创建与应用		外语研究	2009/05
3	基于语料库的莎士比亚戏剧汉译本中Lord人际意义显化研究		上海交通大学	2010
4	基于语料库的莎剧汉译本中"被"字句研究		上海交通大学	2011
5	基于语料库的译者风格研究		曲阜师范大学	2011
6	基于语料库的莎士比亚戏剧汉译本中情态的人际意义再现研究		上海交通大学	2009
7	基于语料库的梁实秋和朱生豪翻译《哈姆雷特》和《奥赛罗》的翻译策略		上海交通大学	2007
8	基于莎士比亚戏剧英汉平行语料库的莎剧中"which"引导的定语从句的汉译研究		中国英汉语比较研究会第九次全国学术会议暨国际英汉比较与翻译研讨会论文集	2010
共有记录8条		上页	下页	

图 6—1　基于语料库的朱生豪翻译研究相关论文列表

可见,一方面我国学者开始尝试从不同角度对朱生豪的翻译展开基于语料库的研究;另一方面,基于语料库的研究正处于初始阶段。

本节从译学语料库的种类、语料库翻译学的主要研究议题两个方面来了解语料库在译学研究中的具体应用。

一、译学研究语料库的种类

何种语料库适用于对朱生豪的莎剧翻译研究呢? Mona Baker (1995)根据不同的研究目的将语料库分为三大类:平行语料库(Parallel Corpus)、多语语料库(Multi-lingual Corpus)、可比语料库(Comparable Corpus)。奥罗翰(2004)着重介绍了适用于翻译研究的平行语料库和可比语料库。杨惠中(2004)按不同的分类标准对语料库进行了分类。梁茂成等在《语料库应用教程》(2010)中扼要地列举了十种常见的语料库类型,分别为通用语料库(General Corpus)、专用语料库(Specialized Corpus)、共时语料库(Synchronic Corpus)、历时语料库(Dia-

---

①　首先以"朱生豪"为关键词进行检索,得到相关论文 399 篇,然后以"语料库"为关键词在结果中检索,得到论文 8 篇。

chronic Corpus)、口语语料库(Spoken Corpus)、笔语语料库(Written Corpus)、本族语者语料库(Native Speakers' Corpus)、学习者语料库(Learner Corpus)、单语语料库(Monolingual Corpus)和平行/双语语料库(Parallel/Bilingual Corpus)。Granger(2003:21)用图表(图 6—2)直观地展示出语料库的分类,[①]如下:

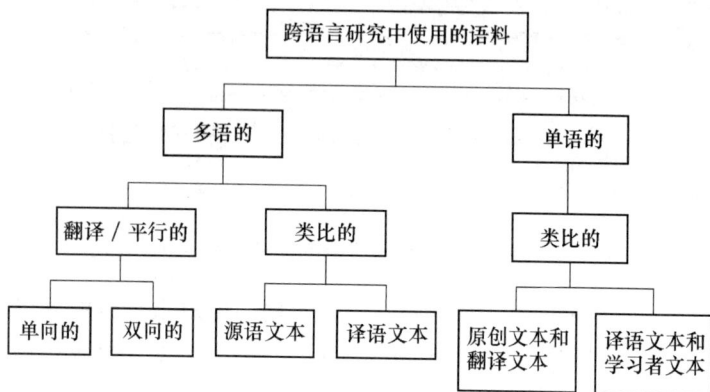

图6—2　语料库分类树形图

和译学研究密切相关的是双语/多语语料库,即由两种或两种以上语言的文本构成的语料库,其中包括平行(对应)、可比和翻译语料库等类别。如胡开宝教授主持的国家社科基金项目"基于语料库的莎士比亚戏剧汉译研究"建立的就是莎士比亚戏剧英汉平行语料库,其中包括了朱生豪、梁实秋和方平的译本。对于研究各种译本孰优孰劣,各具何种语言特色和风格,平行语料库可以提供细致而全面的比较。

平行语料库/对应语料库收集某种语言的原创文本和与其对应的翻译文本,由原文文本及其平行对应的译文构成的语料库。它又可以分为三种:单向对应、双向对应和多向对应。该类型语料库建设中的重

---

① Granger, Sylviane, et al (eds.). Corpus-based Approaches to Contrastive Linguistics and Translation Studies. Amsterdam; New York, NY, 2003.

要环节是两种语言间的对齐（Alignment）。目前，多数平行语料库都是以句子为对齐单位，也有少数研究尝试词语间的对齐和意义单位间的对齐。平行语料库可以对原文文本和翻译文本从词汇、句法、文体等多个层面进行对比研究，比较原文本和译文本的异同。贝克指出"平行语料库最重要的贡献在于它使人们认识到翻译研究应从规定性研究向描述性研究过渡"①。比如建立朱生豪莎剧译本和莎剧英文版本句对齐甚至是词语对齐的语料库，可为朱生豪翻译及莎剧研究者提供全景式的宝贵财富。

可比语料库主要收集某种语言的原创文本以及从其他语言翻译成该语言的翻译文本（如英语原创文本以及从其他语言翻译成英语的英语翻译文本，而且这两类文本不需要具有一一对应的关系）。可比语料库可分为单语（Monolingual）、双语（Bilingual）或多语（Multilingual）可比语料库。前者是指由某一语言的原创文本和翻译文本组成的语料库。双语或多语可比语料库一般收录具有可比性但不存在翻译关系的两种或以上语言的文本。可比语料库可以用来比较原创文本和翻译文本的差异，从而发现翻译文本的普遍性特征。Sara Laviosa 曾建英语报纸文章可比语料库，对《卫报》翻译英语语料和原创英语语料进行对比分析。② 近年来，我国学者开始推荐和借助可比语料库开展研究。

"翻译语料库专门收录译自一种或多种语言的翻译文本，一般不收录某一语言的原创文本，但其结构和设计往往参照已建成的收录该语言原创文本的语料库，以期与这些语料库之间形成一种类比或参照的关系。"③Baker 组织建立的翻译英语语料库 TEC（Translational English Corpus）是世界上第一个翻译语料库。TEC 收集了多位著名文学

---

① Baker，M. Corpora in Translation Studies：An overview and some Suggestions for Future Research. ［J］Target 1995(7)：231.

② Laviosa，S. The English Comparable Corpus (ECC)：A Resource and a Methodology for the Empirical Study of Translation. Ph. D. Dissertation. University of Manchester，1996.

③ 胡开宝. 语料库翻译学概论[M]. 上海：上海交通大学出版社，2011：39.

翻译家的译作,有同一译者对不同语言或不同原作者作品的翻译,也有不同译者对同一原作的多种译本。该库还对语料进行了附码标注,并带有许多超语言信息的标注,如对译者情况(包括译者姓名、性别、民族、职业、翻译方向等)、翻译方式,翻译类型,源语,原书情况,出版社等均一一标注。有些学者在对语料库进行分类时并不把翻译语料库单独列出,而是将其视为单语语料库中的一种。但考虑到 TEC 对于语料库翻译学的重大意义,本文还是与《语料库翻译学概论》保持一致,将其单独列出。

　　除去这三种主要的和译学研究相关的语料库类型,目前自建小型语料库也如雨后春笋勃发生机。究其原因,首先对公众开放的大型语料库资源仍然有限,部分已建成的语料库只掌握在语料库开发者手中,在线索引功能较为单一,很多只起到演示作用,研究者不免感到可利用资源的匮乏。其次,自建语料库展开研究的可操作性变强。一方面语料库作为一种研究方法被更多的研究者所熟悉,另一方面随着计算机及其相关技术的快速发展,语料库建设在技术上的障碍越来越少。扫描仪、电子出版物和网上资源都为语料收集提供了便利。肖维青[①]在《自建语料库与翻译批评》提出:"根据用途,我们的自建语料库并不需要很大规模,因为研究对象不是一般的自然语言资源,也就是说,进行翻译批评研究的语料库是专用语料库。同时,与大多数现有语料库不同的是,自建翻译语料库是平行语料库,即是把汉英两种语言中完全对应的文本输入计算机,并通过对比分析找出两者的对应关系。在实践中,研究者可以根据需要,确定适当的规模。如果只是研究篇幅较短的翻译作品,语料库的规模会相对较小;如果研究篇幅较长的翻译作品,如《红楼梦》英译本,或是研究某一特定译者的所有翻译作品,如杨宪益译作,语料库的规模就相对较大。当然,在语料库中还可以建立若干子库,比如研究杨宪益的译作,可以分成几个子库:小说、诗歌、戏剧和散

---

①　肖维青. 自建语料库与翻译批评 [J]. 外语研究,2005(4):60.

文等。"基于小型自建语料库的研究角度多样、成果丰富,呈百花争鸣之势,并且在适当的时机对小型自建语料库进行整合,也不失为建立大型语料库的又一种方法。在本章节中,笔者即基于自建语料库对朱生豪、梁实秋和方平的译本进行了对比分析,希望可与其他学者的研究互为补充借鉴。

二、语料库翻译学的主要研究方法和研究内容

传统翻译学和语料库翻译学拥有各自的优势和适合的研究范畴,比如本书中涉及到的朱生豪莎剧翻译的文学翻译思想、文化内涵、美学诠释和"神韵"说等都是语料库的研究方法很难胜任的,但从另一方面讲,基于后者的一些发现很可能为前者提供事实理据和新的灵感。并且对于朱生豪翻译的语言特色与风格及多译本对比分析等问题而言,基于语料库的(Corpus-based Approach)研究方法确实从根本上改变了以主观判断为主的研究传统。谈及语料库翻译学的研究方法和研究内容,不能不提的是最早将语料库应用于翻译研究的学者 Baker 的研究。下面将从 Baker 开始简要了解语料库翻译学主要的研究方法和研究内容,为进一步的朱生豪莎剧翻译研究厘清一些基本的概念。

Baker 利用语料库调查译者的文体,对一些难以捉摸的、不引人注目的语言习惯进行描述、分析、比较和阐释,认为译者的"烙印"确实存在,明确提出了"翻译共性"(Translational Universals)的概念,即"译文而非原文中的典型的语言特征,这些特征与翻译过程涉及的特定语言对无关"[①]。她的学生 Kenny 也说:"普遍性是一种总体的倾向,与译者、语言、文体和时代无关"。[②] Olohan&Baker(2000),Kenny(2001),

---

① Baker, M. Corpus Linguistics and Translation Studies: Implications and Application. In M. Baker, G. Francis and E. Tognini-Bonelli (eds.) Text and Technology: In Honour of John Sinclair. Amsterdam/ Philadelphia: John Benjamins Publishing Company, 1993: 233-250.

② Kenny, D. Lexis and Creativity in Translation. A Corpus-based Study. Manchester: St. Jerome Publishing, 2001.

Laviosa(2002),Olohan(2004)[①]等人的语料库翻译研究都是围绕着这一概念展开的,即通过同一语言内翻译与非翻译(原生/原创)文本的比较,寻找翻译文本共同的特征。翻译学往往被认为是"理论输入性"学科,而"翻译共性"的提出无疑对翻译成其为"学"具有重要的意义。此外,基于 TEC 还可以对某一译者的多译本分析,对某一原作的多译者的译本分析,对男女译者的译本分析,更可以根据大量语料对译者个人偏爱的语言表达形式(如词类/标记比率、句子长度、词频、句型、搭配方式、叙事结构等)加以分析,从中发现更有说服力的翻译风格表征。该库还对语料进行了附码标注,并带有许多超语言信息的标注,如对译者情况(包括译者姓名、性别、民族、职业、翻译方向等)、翻译方式、翻译类型、源语、原书情况、出版社等均一一标注。这些都是考察文学翻译及翻译文体的重要信息,因为译者对所译文本类型的选择、对翻译策略的选择,以及在前言、后记、注释中的表述,都可能表现出译者的翻译动机、风格或取向。Baker 利用 TEC 所做的研究,其视角或方向是从内到外,即:文本内部——译者文体——外部的社会文化环境。

就研究方法而言,在《语料库应用教程》(2010)中,梁茂成等按照研究中对语料库依赖程度的不同,提出了三个类别的划分:语料库指导的方法(Corpus-informed Approach),基于语料库的方法(Corpus-based Approach)和语料库驱动的方法(Corpus-driven Approach)。其中第一种方法主要针对教学材料的编写,第二种和第三种方法是语言研究方法,体现了研究方法中的二分法,即假设验证法(Hypothesis-tes-

---

① Olohan, Maeve & Mona Baker. Reporting that in translated English: Evidence for subconscious processes of explicitation? [J]. Across Languages and Cultures1(2) 2000:141-158.

Kenny, D. Lexis and Creativity in Translation. A Corpus-based Study. Manchester: St. Jerome Publishing, 2001.

Laviosa, S. Corpus-Based Translation Studies: Theory, Findings, Applications. Amsterdam: Rodopi. 2002.

Olohan, M. Introducing Corpora in Translation Studies. London and New York: Routledge. 2004.

ting)和探索/描述法(Exploratory/Descriptive)。在翻译研究中主要涉及到的就是后两种方法,尤其是基于语料库的方法。

一般说来,基于语料库的研究方法是普通的实证方法在语料库语言学的延伸,主要有八个步骤:[①]

(1) 提出研究假设;

(2) 确定可靠的分类体系和操作;

(3) 选定或建立合适的语料库;

(4) 选定合适的语料库处理工具;

(5) 相关语言特征的标注和提取;

(6) 统计分析;

(7) 数据的解释;

(8) 得出结论。

根据 Francis & Hunston 的描述[②],Sinclair 所提倡的语料库研究方法与传统的语言学研究方法在五个方面存在不同:

(1) 反对通过直觉或内省获取语言研究数据。

(2) 传统的语法学家惯于依靠直觉选取自认为更能反映语言用法的例句,而这种做法常常容易使我们更加注重一些异常用法,忽略常规用法甚至典型用法。

(3) 从某种意义上说,语料库越大越好。

(4) 语料库中的数据需要有序组织,而语料库索引工具的重要作用在于通过排序等操作使得语言用法特征得以凸显。

(5) 语料库驱动的研究方法不依赖于任何已有的理论,而标注是已有理论的重要体现,因此语料库驱动的研究方法反对对语料库进行标注,尽管 Bank of English 也进行了词性标注。

---

① 梁茂成,李文中,许富金等. 语料库应用教程[M]. 北京:外语教学与研究出版社,2010 年.

② Framcis,G,&Hunston,S. Collins COBUILD Grammar Patterns:Verbs. London:Harper Collins,1996.1.

通过以上两种方法的要点,可以看到基于语料库的方法没有语料库驱动的方法那么纯粹和绝对,也正因如此它目前语料库翻译学中应用了更多的方法。该方法所试图解决的问题可以是根据语料库研究的理论提出的,继而通过语料库中的数据对其进行验证,往往通过两个或者更多语料库的对比,研究某种语言或语言变体。基于语料库的描写翻译研究在过去的 20 年中呈现出其强劲的生命力。

而根据不同类型的语料库可进行的研究内容也不尽相同。比如,在探讨一种语言是如何翻译成另一种语言的过程中,平行语料库为首选。其最大的优势在于能够自动呈现两种或两种以上语言的词汇、语句和语篇之间的关系,从而比较不同语言之间的异同,分析不同语言词汇之间的对应关系,探讨翻译转换规律。这类语料库对于基于统计或例证的语言对比研究、机器翻译系统(EBTM)、双语词典以及翻译学来说都必不可少。北京外国语大学王克非教授主持建立的英汉双语平行语料库是国内较有影响的英汉汉英平行语料库。

可比语料库是指所收录的语料具有可比性,其设计和结构安排能保证对语料进行不同层面的比较。Baker 指出:"由同一语言的两种不同文本组成的语料库:一种是这种语言的原创文本组成的语料库,另一种是用这种语言译自一种或多种语言的翻译文本组成的语料库,二者在领域、语言、时间跨度和长度等方面相当。"[①] 她认为在单语语料库、平行语料库和可比语料库中,可比语料库对翻译研究的意义最大,若将某语言的原创文本与译自其他语言的翻译文本进行比较,则能有效地识别翻译文本的普遍特征,亦即上文所提到的"翻译共性"。可比语料库还有助于探讨翻译文本的特征,译者的文体,源语对目的语的影响等。也有学者提出与平行语料库相结合,建立翻译评估语料库,可以帮助译者或批评家们更有效、更客观地去评价译文。

---

① Baker, M. Corpora in Translation Studies: An Overview and Some Suggestions for Future Research. [J]. Target 7, 2, 1995: 234.

翻译语料库顾名思义,专门收录一种或多种语言的翻译文本,但其创建往往参照收录该语言的已建成的原创文本语料库。如 TEC 就是以英国国家语料库(British National Corpus, BNC)为参照,实现翻译语言和原创语言的对比。目前,我国建成的翻译汉语语料库有西南大学胡显耀博士主持创建的当代汉语翻译小说语料库(Contemporary Chinese Translated Fiction Corpus, CCTFC)和浙江大学肖忠华教授负责研制的浙大汉语译文语料库(Zhejiang University Chinese Translations Corpus, ZUCTC)。通过翻译语料库可以进行"翻译共性"的研究,还可以通过和其他语料库的对比研究探索翻译语言特征和影响翻译活动的各种因素。

在应用翻译研究层面,语料库主要有三大贡献,即语料库辅助翻译、语料库辅助翻译教学与译者培训、翻译工具的研发。大量的研究已经证明了语料库和语料库语言学技术在开发机辅翻译工具、译者培训与翻译评估等方面的价值。

理论翻译研究则以确立总体翻译原则为目的,利用基于语料库的描写翻译研究的发现进行总体翻译理论探讨,即"翻译共性"假设及其相关的子假设。这种翻译语言的区别性特征可以通过比较翻译文本与目的语母语中的对应文本发现,这样可以为翻译过程提供参考借鉴,同时也可以理解翻译规范或所谓的第三语码(Frawley 1984)①。目前基于语料库的对于朱生豪莎剧译本的研究也印证了关于翻译共性研究的某些观点,如译本用词丰富程度及词汇密度低于汉语原创文本,倾向使用更多的高频词汇等。

借助翻译语料库对文体进行研究,借助语料库的大量翻译文本来考察译者个人偏好的表达形式和重复出现的语言行为方式也是语料库翻译学的一个重要议题。传统的翻译文体研究主要探讨原文的文体和

---

① Frawley, W. 1984. Prolegomenon to a theory of translation [A]. In W. Frawley (ed.). Translation : Literary, Linguistic and Philosophical Perspectives[C]. London: Associated University Press. 159—175.

原作者的风格在何种程度上得到了再现,研究方法以印象式的、经验式的点评为主,从文本中抽取典型例句作为依据,主观性较强,缺乏对长篇翻译文本进行整体的、全面的量化研究。Mona Baker(2000)率先提出利用语料库来调查文学翻译中译者的文体风格,为语料库翻译研究开辟了一个新的研究领域,同时也为译者文体研究提供了新的研究范式。她选择了 TEC 中英国翻译家的译作,从类符形符比(Type/Token Ratio)、平均句长、叙事结构三个方面描述了两位译者的文体。①

同时,我们还可以把语言形态、语言习惯与使用语言的译者、译者的思想、社会背景以及各种语境联系起来,了解译者的认知过程、翻译动机及其社会文化定位。通过进行词汇密度、词频、句子长度、搭配模式、特定词汇的使用以及使用频率的比较研究等,致力于多维度、多层面的翻译批评工作,比如:考察原作和原作者的语言风格和模式,考察译文和译者的语言风格和模式,考察某种原语对译文模式的影响,考察不同翻译家对同一原文本的类似处理和不同把握,在资料和数据充足的条件下,进行译者的认知过程和社会文化定位等问题的探索。和传统的主观判断相比,用语料库翻译研究方法研究译者文体,以大量的真实语料为基础,以科学的统计数据为依据,具有更强的说服力和广阔的发展前景。语料库的研究方法对探讨翻译文本的性质、译者的个人风格、源语对目的语句型的影响、源语对文本类型的影响都具有积极的意义。

本书中专辟章节通过传统研究方法论述朱生豪的翻译风格、语言特点,比较朱生豪和梁实秋等其他知名译者的莎剧译本,若与基于语料库的研究方法相结合无疑会得到更全面的视角,更新鲜的发现。要开展相关研究,首要问题就是译学语料库的建立,一般步骤为文本采集、文本整理、元信息标注和分词、词形还原和词性附码。针对莎剧翻译的

① Baker, M. Towards a Methodology for Investigating the Style of a Literary Translator. [J]. Target, 12, 2, 2000: 241—246.

研究,感兴趣的读者可参考胡开宝教授的《莎士比亚戏剧英汉平行语料库的创建与应用》①一文,其中对建库的步骤做出了详尽的说明。但美中不足是该库现在尚未对所有读者全面开放,对于朱生豪翻译的研究者们来说,也可根据个人的研究兴趣和目的尝试自建语料库,下面一节将举例具体说明。

第三节　个案分析:基于语料库的《温莎的风流娘儿们/妇人》三译本对比研究

自建语料库具有建库周期短、易于操作、针对性强的特点,不仅可以量化分析译者个体的翻译风格和译本特点,也可以用以探讨"翻译总特征",同时还适合于为通过传统译本研究得出的观点提供直观的数据参考。在本节中将以《温莎的风流娘儿们/妇人》为研究素材,基于自建语料库对该戏剧的朱生豪、梁实秋和方平的三个译本进行对比研究,从实证角度分析诸位译者的翻译风格和语言特征,并尝试探讨数据背后的诗学因素。库巴恩斯通(Barnstone,1993:6)曾指出诗学内涵的几个层面,我们的研究主要集中在第一个层面,即:艺术的形式问题,如诗体论、可译性、忠实性、翻译方法、对等、差异、措辞和句法。②

一、语料库与检索方案

本文所使用的语料库主要为自建《温莎的风流娘儿们/妇人》(以下简称《温》剧)三译本及英语原作语料库;同时以兰卡斯特现代汉语语料库(LCMC)作为参照库,与翻译语言进行关于语言使用特点的对比。

选择以《温》剧作为研究对象,为其建库主要基于三个原因:

---

① 胡开宝,邹颂兵,莎士比亚戏剧英汉平行语料库的创建与应用[J],外语学刊,2009. 5.

② Barnstone, Willis. The Poetics of Translation: History, Theory, Practice [M]. London: Printer Publisher, 1990:6.

首先,我国对于莎士比亚戏剧的研究看似汗牛充栋,但颇不均衡,主要集中在"四大悲剧"、"四大喜剧"等知名作品。其他剧作,如《温》剧是莎士比亚喜剧创作成熟期的作品,被称作"闹剧中的精品",极具特点,却研究寥寥。

其次,目前上海交通大学已初步建成莎士比亚戏剧英汉平行语料库,仍在扩容和深加工之中,尚未在网上开放。在《莎士比亚戏剧英汉平行语料库的创建与应用》(2009:66)一文中,胡开宝教授的研究基于该语料库所收录的七部莎士比亚戏剧,未包含《温》剧。① 在《语料库翻译学概论》中提到"该库收录莎士比亚戏剧原著 23 部及其梁实秋译本和朱生豪译本"②,未涉及方平译本。那么,本文基于《温》剧多译本语料库,并含方平译本,其研究结果可以和基于上海交通大学的莎剧语料库的研究作对照、补充。

第三,《温》剧语料库包含了梁实秋、朱生豪和方平三个译本。三位译者最为突出的一个不同之处在于前两者的译作为散文体译本,方平版为诗体译本。莎士比亚的戏剧文体复杂,由素体诗、韵诗、散文、民歌小曲等组成,自成体系。《温》剧,相较于《仲夏夜之梦》、《威尼斯商人》、《哈姆雷特》等,原作本身即以散文为主,因此梁、朱和方译本的翻译也均以散文为主,从而使三译本的对比分析在数据上更具有可比性。

基于以上三点考虑,本研究通过自制《温》剧的三译本语料库(含莎士比亚原文)进行比较研究,也为基于语料库的多译本分析模式再做尝试。

检索方案主要包括以下四个方面的数据:

(1) 词汇丰富度——类符/形符比(Type/Token ratio)和标准化类符/型符比(Standard Type/Token ratio):每一个在语料库中首次单独出现的词形称为类符(Type),而同一个词在语料库中出现的次数称为该词的频数,又称为该词的形符(Token)。(杨慧中,2002:341)③类符

---

① 胡开宝,邹颂兵. 莎士比亚戏剧英汉平行语料库的创建与应用[J]. 外语研究,2009(5):64—71.

② 胡开宝. 语料库翻译学概论[M]. 上海:上海交通大学出版社,2011:4.

③ 杨慧中. 语料库语言学导论[M]. 上海:上海外语教育出版社,2002:341.

和形符二者的比率在一定程度上反映了语料库词汇的丰富度。但是如果每个语料库的容量相差巨大,那么两个库的 TTR 就不具可比性,这时可借助 STTR,即每千字的类符/型符比进行比较。

(2) 译文难度——词汇密度(Lexical Density):词汇密度指实词在语料库中占的比例,其计算方法为:实词÷总词数×100％ 。实义词指具有稳定词汇意义的词语,包括名词、动词、形容词等词类;功能词指不具备稳定词义或意义模糊而主要起语法功能作用的词语,主要包括代词、介词、连词、冠词、助动词等词类。篇章中的实词越多,篇章的密度越大,其传递的信息也越多。可见,词汇密度可以反映篇章的信息量和难度。词汇密度偏高,说明该篇章的实词比例较大,因而信息量也较大,难度也相应增加。[①]

(3) 句法显化程度——形合度(Hypotactic Level):这一概念由胡显耀等学者提出[②]。他们认为,由于汉语缺乏形态变化,所以汉语形式化主要表现为虚词或语法标记词(Grammatical Markers)的使用。于是,虚词在翻译文本中的比例可以视为汉语译文形式化的主要指标。如果把虚词的使用频率在总词频中所占的比例称为"形合度",那么,比较"形合度"的大小就可以得出语料的句法显化程度。我国对于形式化问题的研究一般使用"形合"和"意合"两个术语。"形合"指句子内部的连接或句子间的连接采用句法手段(Syntactic Devices)或词汇手段(Lexical Devices)。"意合"指"句子内部的连接或句子间的连接采用语义手段(Semantic Connection)"[③]。Eugene A. Nida 说过,从语言学角度来看,英、汉语言之间最重要的区别莫过于形合(Hypotaxis)与意合(Parataxis)之分了。[④] 因此,可以通过比较不同译本的形合度来判

[①] 王家义. 译文分析的语料库途径[J]. 外语学刊,2011(1)：130.

[②] 胡显耀,曾佳. 对翻译小说语法标记显化的语料库研究 [J]. 外语研究,2009(5)：73.

[③] 方梦之. 译学词典 [M]. 上海：上海外语教育出版社,2004.

[④] Nida, Eugene A. Translating Meaning [M]. San Dimas, California：English Language Institute. 1982：16.

断译文趋于"形合"抑或"意合",从翻译策略角度,也可看出译者的翻译更倾向于异化还是归化。

（4）词表分析（Word List）。在对语料库文本进行统计分析中,词表功能和语篇统计功能把语料库中出现的所有"类符"统计列表。通常可以直观地提供三种信息：类符总数;每个类符的频数、每个类符的频率。通过词表杨慧中（2002）[①]提供的基本信息,我们也可以做进一步的观察,如不同译本高频词的使用情况和译者的遣词风格等。

二、语料库检索、统计结果分析

根据检索方案,运用 WordSmith Tools 3.0、AntConc3.2 等语料库检索软件对三个译本语料库和对比预料库进行检索分析和统计,获得下列数据：

（一）类符/形符比和标准类符/形符比（TTR 和 STTR）

通过语料库检索软件 WordSmith Tools 3.0 进行语料处理,我们可以得到以下关于三译本和英语原文的相关数据如图 6—3 所示：

WordList - [new wordlist (S)]					
File Settings Comparison Index Window Help					
N	1	2	3	4	5
Text File	Overall	Zhu.txt	Liang.txt	Fang.txt	English.txt
Bytes	565,614	132,877	122,208	175,064	135,465
Tokens	136,872	36,988	33,227	43,076	23,581
Types	5,790	1,429	1,496	1,618	3,285
Type/Token Ratio	4.23	3.86	4.50	3.76	13.93
Standardised Type/Token	22.55	18.77	19.94	19.22	38.43

图 6—3　类符、形符基本信息

---

① 杨慧中. 语料库语言学导论[M]. 上海：上海外语教育出版社,2004：168,341.

如上截屏所示,朱生豪、梁实秋和方平三个译本的形符数分别是36988,33227和43076。方平版本的形符数明显多于前两者,其中比梁版本更是多出近三分之一。

梁实秋于 1930 年受新文化运动的代表人物胡适的委托开始着手莎士比亚戏剧的翻译。胡适在写给梁实秋的信中曾提到"我主张先由一多志摩试译韵文体,另由你和通伯试译散文体。试验之后,我们才可以决定,或决定全用散文,或决定用两种文体"。[①] 后来其他四人临阵退出,终由梁先生一人完成了散文体的翻译。1935 年,朱生豪与世界书局签订了翻译《莎士比亚戏剧全集》的合同,1937 年交付了包括《温》剧在内的数部喜剧。[②]

在翻译文学史上,翻译的语言形态往往随着诗学地位和诗学态度发生变化。[③] 两位莎剧翻译大师所在的时代,汉语白话文随着新文化运动的深入从不成熟走向成熟,两译本使用的语言与方平使用的现代汉语相比,带有鲜明的新文化运动时期的语言特色。张中行先生曾指出,"单音词是古多今少,双音词是古少今多"。[④] 现代汉语的双音节和四音节多于单音节和三音节,使语言具有匀称美。[⑤] 这或许是方平译本的形符总数明显多于其他两译本的原因之一。此外,方译本的一个独特之处在于其中的舞台指示。方平将莎剧视为演出脚本而非案头读本,他对戏剧家曹禺在翻译莎剧时采取加注舞台指示的做法很是推崇,认为"舞台指示不受原文的约束,作了有助于理解的补充,可说是在译莎方法上的一个突破,在我国莎译史上翻开了新的一

---

① 梁实秋. 莎士比亚诞辰四百周年纪念集 [M]. 台北:台北国立编译馆,1966:562.

② 璎洛. 朱生豪夫妇与《莎士比亚全集》[J]. 炎黄纵横,2010 (11).

③ 杨柳. 翻译的诗学变脸 [J]. 中国翻译,2009(6):42.

④ 张中行. 文言和白话[M].哈尔滨:黑龙江人民出版社,1997.

⑤ 王青,秦洪武. 基于语料库的《尤利西斯》汉译词汇特征研究[J]. 外语学刊, 2011(1):124.

页".① 由于加入了更多的舞台指示,方译本的总形符数也相应有所增加。

三版本的类符/形符比(TTR)以梁版本最高,朱和方版本次之。一般认为,类符和形符的比率即词类和所有的词形之比在一定程度上反映了语料库词汇的丰富度。高比率意味着译者使用的词汇量较大,用词较富于变化;低比率则表示所用的词汇范围较窄。但是 TTR 很容易受到文本长度的影响,随着某一语料库形符数不断增加,其类符数的增幅将越来越小,类符形符比也将越来越小,从而两者的比率无法客观反映用词的变化性。三译本语料库和对照库 LCMC 库容相差巨大,各单译本子库实例数量上远小于 LCMC,约为 1∶30。此外,三个译本的容量也不近相同,如上所述,朱译本和梁译本形符数大致相当,方译本比前两者多出近三分之一。当单纯的 TTR 无法较为准确地反映各语料库的词汇丰富度时,可以借助 Scott(2004)提出的标准化类符形符比(STTR),STTR 一般是以每千字的类符/形符比进行比较②。就三译本的 STTR 而言,梁译本以 19.44 居首,方译本为 19.22,朱译本为 18.77。总体说来,三个译本用词丰富程度相当,梁实秋和方平所用词语变化较大,朱生豪选用的词语变化度稍低。

此外,根据徐欣(2010)提到 LCMC 子语料库(小说部分/戏剧部分)的 STTR 为 44.02,③本文中三个译本的标准类符/形符比明显低于代表汉语一般水平的 LCMC 数据,再次验证汉语译文的词汇丰富程度低于汉语原创作品。

(二) 词汇密度

根据 Baker 的观点,词汇密度是实词与总词数的比值并转换成百

---

① 林继军. 对作为非语言符号的舞台说明的分析[J]. 西安外国语学院学报,2003 (1).

② Scott, M. 2004. The WordSmith Tools [M]. Oxford: OUP.

③ 徐欣. 基于多译本语料库的译文对比研究——对《傲慢与偏见》三译本的对比分析 [J]. 外国语,2010(2): 55.

分比,是文本信息含量大小的一个衡量标准(1995)①。Biber 等认为实词(Lexical Word)包括名词、实义动词、形容词和副词四类(1999)②。我国学界也较为认可英语实义词指具有稳定词汇意义的词语,包括名词、动词、形容词和大多数副词四类;功能词指不具备稳定词义或意义模糊而主要起语法功能作用的词语,主要包括代词、介词、连词、冠词、助动词等词类(胡显耀,2007:216)。③ 但是对于汉语实词与虚词的分类标准汉语语言学家持有不同意见,争议最大的是副词和代词。在进行词汇密度统计时,有些学者采取了王力、吕叔湘与朱德熙先生的观点,将名词、动词、形容词三类词归为实词,而将副词、代词、介词、连词、助词和叹词等归为虚词。(胡显耀,2009:79)有些则采取与英语相似的标准,将名词、动词、形容词和副词归为实词。④ 本文的研究焦点不在于汉语实词与虚词的分类标准,而是词汇密度所体现出的译本的信息含量大小及译文难度。因此,依照两种标准分别作出了统计。三译本及英语版本包含的四种词类使用频次如图 6—4 所示:

依照两种标准得到的词汇密度(表 6—1)分别为:

表 6—1 三译本及英语版本词汇密度对照表

	朱译本	梁译本	方译本	英语版本
LD(副词记为实词)/%	41.98	43.98	44.21	52.36
LD(副词记为虚词)/%	35.73	37.72	41.16	47.07

可以看到根据不同标准得出的数据绝对值不同,但比较结果相当,

① Baker, M. Corpora in translation studies: an overview and some suggestions for future research [J]. Target. 1995, 7(2):223—243.

② Biber, D. , S. Johansson, G. Leech, S. Conrad, & E. Finegan. Longman Grammar of Spoken and Written English [M]. London: Pearson Education Limited. 1999.

③ 胡显耀. 基于语料库的汉语翻译小说词语特征研究[J]. 外语教学与研究,2007(3):216.

④ 胡显耀,曾佳. 对翻译小说语法标记显化的语料库研究 [J]. 外语研究,2009(5):73—79.

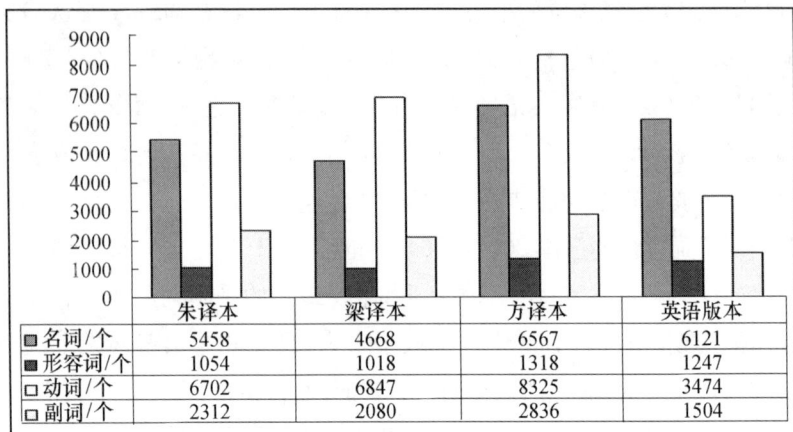

	朱译本	梁译本	方译本	英语版本
■ 名词/个	5458	4668	6567	6121
■ 形容词/个	1054	1018	1318	1247
□ 动词/个	6702	6847	8325	3474
□ 副词/个	2312	2080	2836	1504

图 6－4　三译本及英语版本四种词类使用频次对比图

即英语原文的词汇密度以较大幅度高于译本；三译本的词汇密度以方版本为最高，梁版本次之，朱版本最低。三个译本的词汇密度均明显低于英语原文，这与 Baker(1993)[①]和 Laviosa(1998)[②]等提出的翻译共性假设中的简化(Simplification)假设的观点是一致的——Baker 发现英语译语的词汇密度明显低于英语原语，并且推断出译者有意识或无意识的这种做法使译语更容易被读者读懂。胡显耀(2007)对汉语翻译小说的研究也发现翻译汉语存在词汇密度降低的趋势[③]。尽管一些语料库研究对于简化问题给出了矛盾的证据[④]，本文对于《温》剧原文及译本的研究结果是支持简化假设的。

---

① Baker，M. Corpus linguistics and translation studies：Implication and application [A] 1993. In M. Baker，E. Tognini-Bonelli & J. Sinclair（eds.）. Text and Technology：In Honour of John Sinclair [C]. Amsterdam：John Benjamins. 233－250.

② Laviosa，S.．Core patterns of lexical use in a comparable corpus of English narrative prose [J]. Meta，1998（43）：474－479.

③ 胡显耀. 基于语料库的汉语翻译小说词语特征研究[J]. 外语教学与研究，2007(3)：217.

④ 胡显耀，曾佳. 基于语料库的翻译共性研究新趋势[J]. 解放军外国语学院学报，2011(1)：58.

篇章中的实词比例越大，信息量越大，难度也相应增加。据此可以认为，三个译本中词汇密度最高的方译本难度最大，梁译本难度居中，朱译本最小，最易于理解。

值得注意的是词汇难度的高低，如同前文提到的其他指标一样属于客观数据，可以作为对译文主观评析的参考，但不应是绝对的标准。如果认为词汇密度越大，译文水平越高，则是一种误读。翻译是文字的艺术，对译文的分析不应止于数字，应对其背后的诗学因素进行解读。

就梁译本的难度较大早有记载，梁实秋译作的最早读者是他的妻子、女儿。她们读译作都感吃力，妻子程季淑建议改为流畅的中文，弄通俗些。梁先生则回应说："不成，莎士比亚就是这个样子，需要存真。"①朱生豪在其译著序言中表明的译莎宗旨也曾被广为引用，"第一在求于最大可能之范围内，保持原作之神韵。必不得已而求其次，亦必以明白晓畅之字句，忠实传达原文之意趣；而于逐字逐句对照式之硬译，则未敢赞同。"（苏福忠，2004；曹顺庆，郑宇，2011；代云芳，2012）②除"保持神韵"外，朱先生明确提到了要使用"明白晓畅之字句"。词汇密度的数据也从客观角度再次印证了二位大师的译作确如二人所求，梁译求"真"而难度大，朱译求"神韵"而文字"明白晓畅"，难度低。

Xiao & Yue 统计表明汉语译文小说语料库的词汇密度（58.69%）明显低于汉语母语小说语料库的词汇密度（63.19%），本文的三个戏剧译本的词汇密度也均低于上述两个数据。③

---

① 万直纯. 梁实秋与他的《莎士比亚全集》翻译，中华读书报，1999，4，21.
② 苏福忠. 说说朱生豪的翻译［J］. 读书，2004（5）：23—31.
　曹顺庆，郑宇. 翻译文学与文学的"他国化"［J］. 外国文学研究，2011（6）：111—116.
　代云芳. 朱生豪《温莎的风流娘儿们》译名勘误［J］. 江汉大学学报（人文科学版），2012（1）：93—98.
③ Xiao, R. & M. Yue. 2008. Using corpora in translation studies：The state of the art［A］. In P. Baker（ed.）. Contemporary Approaches to Corpus Linguistics［C］. London：Continuum. 237—262.

（三）形合度（句法显化程度）

汉语的篇章连接往往是借助于语义的内部联系，注重"意合"；相对而言，英语在连接词句篇章时则频繁使用关系词、连接词、介词等，是形式化或形合度（Hypotactic Level）较高的语言。在翻译中，句法上较倾向于异化翻译策略的译文往往表现为形合度较高，倾向归化则形合度较低。

按照检索方案，得到三译本的形合度如表6－2表示，另附各版本连词数量及比例：

表6－2　三版本及英语版本形合度对照表

	朱译本	梁译本	方译本	英语版本
形合度/%	28.92	30.29	26.39	35.37
连词数量/个	416	507	433	1010
连词比例/%	1.12	1.53	1.01	4.28

如上所示，三个中文译本的形合度均明显低于英语版本；三个译本相比较，梁译本形合度最高，朱译本次之，方译本最低，亦即就句法方面异化程度而言，梁译本更高，朱译本和方译本较低。对于梁实秋译莎重视异化而朱生豪重归化早有学者论述，[①]其中多以典型例句分析为主，研究细致具体但范围较窄，本文则从宏观角度为传统研究提供了数据参考。胡开宝基于包括七部莎剧（不含《温》剧）的平行语料库数据对比提出，"就连词的使用而言，梁译本和朱译本均体现了汉语的'意合'特点，但朱译本比梁译本更趋于归化"[②]；本文针对《温》剧的研究结果与其一致，并补充了方译本，方译本的连词使用比例更

---

① 胡开宝，邹颂兵．莎士比亚戏剧英汉平行语料库的创建与应用［J］．外语研究，2009（5）：64－71．

刘金凤．试论朱生豪译莎中的归化策略——以《温莎的风流娘儿们》为蓝本［J］．安徽文学，2011（3）：205－207．

② 胡开宝，邹颂兵．莎士比亚戏剧英汉平行语料库的创建与应用［J］．外语研究，2009（5）：64－71．

低于朱译本,形合度也是三译本中最低,即方译本是较趋于归化的翻译。

梁实秋先后受到拜伦、白璧德、约翰逊等人的影响,从满怀浪漫主义发展到推崇古典主义,具有鲜明古典倾向的梁实秋与浪漫的莎士比亚戏剧结缘,其译本充分体现了他在理性与浪漫之间的"中庸"哲学观,"他以异化策略为主,归化策略为辅,注意将'诗学取向'与'读者接受'相结合"。[①] 再考虑到"存真"是梁实秋的第一追求,就不难理解梁译本的异化程度较高。朱生豪则追求"以明白晓畅之字句,忠实传达原文之意趣。"而且朱先生译莎有爱国情怀在内,在日本耻笑偌大中国竟无莎氏译本之时,他承起重担,译本的普及当在其考虑之内,为了能使译本搬上中国舞台,他每译一段都自拟为读者,自拟为演员,以审辨语句是否顺口,音节是否和谐。要实现朗朗上口的译文,异化策略是最佳选择,朱译本的形式化程度自然较低。在把莎剧搬上舞台这一点,方平与朱生豪所见略同,也更倾向于异化策略,并且更进一步,在《翻译艺术和舞台艺术结缘》一文中指出,"欧美当代莎学的特点之一,就是将莎剧研究与舞台演出结合在一起,在不间断的舞台演出中确立莎士比亚戏剧大师的地位。在莎剧翻译中,将其看作案头读物和演出脚本,译文所反映出来的翻译效果有明显区别"[②]。对于"求真"理解,方平与梁实秋有本质的不同。在这一翻译思想下,方平与朱生豪一样追求译文的朗朗上口,此外更增加了较多的舞台提示,这也是方译本的形符数最多的原因之一。明显较多的形符数和相对较少的虚词使用解释了为何方译本的形合度为三译本中最低。

(四) 词表分析

利用 Antconc3.2 分别做出《温》剧三个译本和 LCMC 词表(表6-3),并进行对比。

---

① 严小江. 梁实秋中庸翻译观研究[M]. 上海:上海译文出版社,2008,1.
② 方平. 翻译艺术和舞台艺术结缘[J]. 四川外语学院学报,2005(1):1.

表 6-3　三译本及 LCMC 词表前十位列表

	朱译本	频率/个	%	梁译本	频率/个	%	方译本	频率/个	%	LCMC	频率/个	%
1	的	1368	4.86	的	1457	5.48	我	1468	4.18	的	51324	6.75
2	我	1182	4.20	我	1318	4.96	的	1446	4.12	了	13124	1.73
3	是	585	2.08	你	658	2.48	了	779	2.22	是	12599	1.66
4	他	493	1.75	是	559	2.10	是	591	1.68	在	10527	1.38
5	了	487	1.73	他	504	1.90	你	567	1.61	一	10115	1.33
6	你	472	1.68	了	379	1.43	他	544	1.55	不	7766	1.02
7	不	438	1.56	不	357	1.34	一	514	1.46	和	7370	0.97
8	您	355	1.26	要	296	1.11	不	403	1.15	他	5899	0.78
9	培琪	339	1.21	一	295	1.11	吧	360	1.03	我	5686	0.75
10	一	326	1.16	她	261	0.98	这	343	0.98	有	5642	0.74

如上表所示,除朱译本中第九位为"培琪"外,三个译本和 LCMC 词表前 10 位词语均为单字词,高频出现单字词是汉语词表的普遍现象。在三译本和 LCMC 中均进入前十位的词包括:"的、了、是、一、不、我、他",仅在 LCMC 中进入前十位的词为:"在、和、有",仅进入译本前十位的词为:"你、您、她、要、吧、培琪"。译本中人称代词的使用频率明显高于 LCMC,"我"在方译本中位列第一,在朱译本和梁译本中列第二;方译本中前六位词中已出现"我、你、他",其他两译本及英文版本的前五位词中均分别出现了两个人称代词;LCMC 中前五位没有一个人称代词,使用频率最高的人称代词为"他",位列第八,频率为 0.78,三个译本中"他"的最低频率为 1.75。

王克非曾指出现代汉语中第三人称代词三分是代词形式欧化的结果。[①] 在英语中,第三人称代词应用广泛,常常用来回指前面提到的事情和人物,以避免出现模糊和混乱。汉语则可通过省略主语、零指代、

---

① 王克非等. 双语对应语料库研制与应用[M]. 北京:外语教学与研究出版社,2004.

反身代词指代、重复名词等方式来实现。三个译本的语言似乎受到英语原著的影响,高频使用代词,其中又以重视异化策略的梁译本为最。

就各译本的前十位词语的特点而言,朱译本中出现了"培琪",方译本中出现了语气词"吧"。朱生豪和方平翻译莎剧的一个共同点为注重其表演性。同样为了表演时的朗朗上口,两位译者留下了不同的语言"痕迹"。朱译本词表的第十二位还出现了"福德"。通过具体查看原文,可以发现朱生豪倾向于译出人名而非使用代词,这样做可使观众更明了所指,同时,他也喜欢使用呼唤语来加强效果;方平则偏爱语气词。梁译本中一个特别的语言现象是"您"的使用。梁译本中的人称代词使用频率明显高于其他两个译本(我:4.96;你:2.48;他:1.90;她:0.98),但"您"是一个例外。"您"在朱译本中排名第八,使用频率为 1.26;在方译本中排名十七,频率为 0.72;在梁译本中排名二十七,频率仅为 0.45。对于这一特别现象,目前尚未发现确切的原因。

进一步分析三个译本和 LCMC 词表中高于 1%的词语所占比率(表 6—4):

表 6—4　三译本、英语版本及 LCMC 高频词对比表

	朱译本	梁译本	方译本	英语版本	LCMC
高于 1%的词语频次	6349	5823	6752	4608	
高频词比率(%)	22.58	21.92	19.23	19.11	13.87

如上表所示,高频词比率分别为:朱译本 22.58%、梁译本 21.92%、方译本 19.23%。三个译本中朱译本和梁译本高频词比率接近,朱译本稍高,可以理解为朱生豪用词具有较强的个人倾向,某些词重复的次数较多,其译本语言重复性相对较高。方译本高频词比率较低,但也应考虑到和英语版本及其他译本相比,方译本有增译舞台指示的情况,因此形符数高于其他版本,这也是其高频词比率较低的原因之一。总的说来,三译本的高频词比率均高于 LCMC,似乎印证了 Laviosa 关于译文使用较多高频词的观点①。每千字高频词使用比率将更准确地说明问题。

　　基于语料分析,我们发现朱译本词语变化程度较低,词汇密度较低,句法显化程度较低,高频词比率较高;梁译本词语变化程度较高,词汇密度较高,句法显化程度较高,高频词比率在三译本中居中;方译本词语变化程度在三译本中居中,词汇密度较高,句法显化程度较低,高频词比率较低。数据表明朱译本难度较小、更倾向于使用归化策略,符合朱生豪务使译文"明白晓畅"的翻译目标;梁译本难度高、重异化策略,形式化也高,与梁实秋"存真"的翻译理念一致;方译本的形符数远多于其他两译本,既是现代汉语发展的结果,也是由于方平把莎剧作为剧本而非读本进行翻译,增译了舞台标注。此外,三个译本的词汇丰富程度、词汇密度均低于汉语原创作品,高频词比率均高于兰卡斯特汉语语料库 LCMC。

　　"利用语料库进行研究,对一些难以捉摸的不引人注目的语言习惯进行描述、分析、比较和阐释,能比较令人信服地说明译者的烙印确实存在"②,并且可以避免译者风格研究的主观性和随意性。但语料库翻译学本质是"事实理性",文化理论则更关注人性等的审美判别和意义识别,本质上是"价值理性",两者如何平衡,还需做进一步的探讨。③因此,本文初步尝试对数据背后的诗学因素进行解读,但由于技术原因及笔者自身认识的局限,对某些问题,如梁译本中"您"、方译本中的"吧"等用法仅提出了现象,要作出切实详尽的阐释仍需进一步的研究探索。④

　　① Laviosa, Sara. How comparable can 'comparable corpora' be? [J]. Target,1997(9):289—319.

　　② 张美芳. 利用语料库调查译者的文体——贝克研究新法评介 [J]. 解放军外国语学院学报,2002(3):57.

　　③ 张柏然. 胡开宝. 语料库翻译学概论 [M]. 上海:上海交通大学出版社,2011:4.

　　④ 本章节部分内容源自课题组主要成员杨柳、朱安博:《基于语料库的〈温莎的风流娘儿们/好人〉三译本对比研究》,《外国语》,2013 年第 3 期。

对于朱生豪的莎剧翻译研究,本章节做出了基于语料库的多译本分析的尝试,但也仅是以一部喜剧为例。一方面,希望给读者带来一点启示:在翻译研究中,自建语料库具有操作灵活的特点,不失为一个好的工具。同时,若能与大型语料库,如上海交通大学的"莎士比亚戏剧英汉平行语料库"相结合,相互补充、对照,会有更为全面的研究成果。总的说来,语料库无疑进一步拓展了对于朱生豪的文学翻译的研究视角。

第七章　互为参照的莎译研究

从 1856 年莎士比亚的名字经由传教士介绍到中国,到 1904 年林纾等翻译的《吟边燕语》的出版;从田汉,孙大雨等在 20 世纪 20 年代—40 年代对莎翁部分名剧的翻译,到著名诗人、翻译家卞之琳 1984 年完成莎翁四大悲剧的翻译;从朱生豪、梁实秋散文体莎翁全集翻译的陆续出版,到 2001 年方平主编和主译的《新莎士比亚集》12 卷的出版,莎士比亚翻译在中国步履维艰地走过了近百年的时光。此外,许多著名单剧,如《哈姆雷特》、《罗密欧与朱丽叶》等都有十种以上的译本,译者包括曹禺、徐志摩等许多影响深远的文学家与翻译家。而在这近一百年的莎剧翻译中,名家云集,风格各异,其中不乏佳译,但最令人注目的则当属朱生豪与梁实秋。朱生豪的翻译从 1936 年—1944 年,历时十年之功。1947 年朱生豪翻译的《莎士比亚戏剧集》27 部(朱生豪生平共译出 31 部半)首次出版;1957 年虞尔昌修订补译本由台湾世界书局在台湾地区发行。梁实秋 1931 年开始着手翻译莎士比亚的戏剧,从 1936 年商务印书馆首次出版他译的莎士比亚戏剧 8 部,至 1967 年最终完成《莎士比亚全集》的翻译并出版,时近四十年。[①]

当梁实秋以严谨的学术态度和平实的口语体翻译的《莎士比亚戏剧全集》结集出版时,便有学者认为梁实秋译文"不宜上演",读起来索然无味,最大的优点"恐怕只在于帮助人研究莎士比亚"[②],但同时也是目前普遍认为最忠于原文的译本,具有高度的学术和研究价值。在莎

---

① 本章部分内容源自项目组成员李媛慧、任秀英《朱生豪与梁实秋的莎剧翻译对比研究》,《外语与外语教学》,2012 年第 6 期。

② 周兆祥:《中译莎士比亚研究》,香港:香港中文大学出版社,1981 年,387 页。

士比亚戏剧的众多译者中,朱生豪与梁实秋的莎剧翻译,具有迥然不同的风格面貌,朱生豪的译作酣畅淋漓,文气贯通,只读译文,意境已至;而梁实秋的译作,则更适宜"与原文参照并读……以解疑难"[①],余光中以此双语对照译本作为英语课教学的参考。从这个意义上来说,梁实秋的译作可以称为翻译的典范,而朱生豪的莎剧翻译,不仅仅只是翻译的典范,更是通过其广泛的流传与影响,已不再仅仅是文学翻译作品,而是作为翻译文学,成为了中国近代文学史的一部分。

朱、梁二人凭借卓越的英文水平,非凡的中文功底,常人难及之才华与坚忍不拔之毅力,使译文虽非尽善尽美,但依然各有千秋,堪为楷模。译无尽头,译者殊途。然而综观朱梁二位之译莎,却不难发现诸多异同。从这个意义上来说,将二者进行类比,有助于对中国近代莎剧翻译的群体面貌进行广角式描述,二者在翻译态度和思想宗旨方面的诸多类似或者共同的选择,反映了中国翻译文学发展史上一个黄金时期的精神风貌之一斑,体现了特定历史时期传统文化基因在近代中西思想冲突中对待西方美学的态度以及翻译作品对于新文化与新道德的构建价值。

第一节　朱生豪和梁实秋的文学观

翻译家朱生豪精通中国古典诗词,又酷爱英国诗歌,是一位被誉为"之江才子"的青年诗人。梁实秋是著名的散文家、文学批评家、学者型的翻译家,也是研究莎士比亚的权威。朱生豪和梁实秋不仅是翻译家,更是文学家。他们的文学观、文学创作对翻译有着深刻的影响。文学观是指对文学本质、文学主体、文学审美以及文学批评等问题的认识以及在创作实践中体现出的文学理念。而文学翻译涉及到译者对翻译目的、翻译策略选择以及翻译思想等问题的认识以及在翻译实践中所体现出的翻译理念。因此,研究朱生豪和梁实秋的莎剧翻译就必然要研

---

① 余光中:《秋之颂》,选自余光中编《金灿灿的秋收》,台北:九歌出版社,28 页。

究他们的文学观。

一、朱生豪秉承"文以载道"的文学传统

朱生豪虽自幼家境贫寒,但在传统家教耳濡目染的熏陶中,他深深眷恋着本民族的文化。特别是在之江大学求学期间,朱生豪的中英文修养得到很大的提高,对诗歌和戏剧的热爱也愈来愈深挚。在之江大学,朱生豪有幸得到一代词宗夏承焘的精心指点,他博览群书,遨游在知识的海洋里,徜徉于山水之间,凭吊古迹,发怀古之诗,抒风云之感,写下了不少优秀的诗作,被誉为"之江才子"。可见,儒家传统文化熏染对他的人生观、价值观形成具有极其重要的作用。在朱生豪现存的文学作品中,除了莎士比亚剧本的译著外,主要可以归纳为诗词、书信和"小言"三大部分,还有一些零星的其他作品。其中诗词的代表作是《八声甘州》和《别之江》。《八声甘州》中还用"看纵怀四海,放志寥空! 慨河山瓯缺,端正百年功"的句子来表达他们走上社会后决心用自己的热血来报效祖国的热情,要花"百年功"来"端正""瓯缺"了的"河山"。抗日战争爆发以后,朱生豪的诗作在风格和思想内容上都有了质的飞跃,成了激励人民群众和法西斯进行殊死搏斗的武器。长诗《别之江》也集中表现了他在即将离开学校,走上社会时的激情:

> 从今天起我埋葬了
>
> 青春的游戏,肩上
>
> 人生的担负,做一个
>
> 坚毅的英雄。①

朱生豪一直秉承着"文以载道,诗以言志"的文学传统,并将"代天受命,参赞化育"的职责贯穿到他的所有文化实践中。"小言"是朱生豪在上海孤岛时期为《中美日报》写的一批时政短论。文章都很短小,但思维敏锐,形式多样,笔锋犀利,揭露并抨击了法西斯及其走狗帮凶的

---

① 吴洁敏、朱宏达,朱生豪传[M].上海:上海外语教育出版社,1990 年,71 页。

滔天罪行和虚弱本质,鼓励全国和全世界人民团结战斗来夺取反法西斯斗争的胜利。文章具有很强的战斗力,又具有很高的艺术性,成为在当时特定历史条件下具有独创性和特殊价值的一种文学样式,是朱生豪深厚的爱国热情和高超的文学素养的有机结合。

朱生豪的文学观是以"诗言志"为本位的儒家传统文学观,文学可以推动作家去关心国家的命运和人民的疾苦,而不把文学看成流连光景、消遣闲情的东西。相比之下,梁实秋的文学观则是受到西方文化影响的以个体为本位的文学观,倡导"知识贵族主义",强调文学的独立性和艺术性。

二、梁实秋强调文学的"贵族性"

梁实秋早年考入清华大学,并开始创作和翻译生涯。毕业后赴美留学,回国之后曾任教于东南大学、暨南大学、北京大学等著名高校。在美国哈佛大学研究院学习时受新人文主义者白璧德影响较深。白璧德是一位比较保守的具有强烈贵族思想倾向的批评家,白璧德重贤明人物,视少数圣贤为引导多数向上的核心力量,推崇古希腊人文精神。在白璧德的影响下,梁实秋也强调文学的贵族性。梁实秋认为"一切的文明都是极少数天才的创造……天才也是基于人性的。天才之所以成为天才不过因为他的天赋特别的厚些,眼光特别的远些,理智特别的强些,感觉特别的敏锐些,一般民众所不能感觉,所不能透视,所不能思解,所不能领悟的,天才偏偏的能。"[1]在这种文学观的熏陶下,梁实秋的散文以理节情,化俗为雅,趣味醇正,蕴涵淡远,熔性情、经验、学识于一炉,集雅人、达士、学者散文为一体,卓然独立,出版有散文集《雅舍小品》、《雅舍散文》等20余种,成为闲适派散文大家。

与朱生豪一样,其实梁实秋也同情底层人民的疾苦,只是在当时文学成为阶级斗争工具的语境中,梁实秋试图以文学人性论来反对泛滥

---

① 梁实秋. 梁实秋文集:第一卷[M].厦门:鹭江出版社,2002 年,309 页。

的文学工具论。由于受古典主义的思想影响,梁实秋认为"诗的效用的终极,在于给我们以纯洁的平和的高尚的不悖于人性的快乐,而不是教训。"①这与传统的儒家"文以载道"的文学观相去甚远,他反对文学的功利主义,注重"恒常之道"的人性,他追求的是作品的永恒价值,并以作品能否传世来衡定优劣。梁实秋为此还与鲁迅展开了激烈的论战,并被鲁迅贴上了"丧家的资本家的乏走狗"的标签。

总的来看,朱生豪与梁实秋的文学观从内容到功用都大相径庭,朱生豪重视"大多数"的易于被民众接受的文学,从而达到道德教化功能。而梁实秋则高扬"知识贵族主义",反对"大多数"的通俗浅薄,从文学本体论出发强调文学自身的独立性,反对文学的功利性。不同的文学思想反映了二人不同的文化心理结构和文化价值观,映射出了五四新文化运动前后知识分子的不同文化价值取向。

三、文如其人,译如其文

俗话说:文如其人。翻译也不例外,可以说是译如其人。一个译者会在译著中留下其母语的文化熏陶,显示其语言的功底。古人云:"道纯则充于中者实,中充实则发为文者辉光,施于世者果致。"②这是论述文与道的关系,强调写作主体的道德修养以道为根本,文章是道德修养的体现,而不只是载道的工具。这种观点改变了文道合一、重道轻文的看法。从翻译的角度来解读的话,这里的"道"实为译者的修养和学识。翻译不仅仅只是一项简单的语言转换活动,其中必然会渗透着译者的文学观和价值观。从译莎动力和原因上来看,朱生豪译莎的前期主要是兴趣和才气使然,并且也向往成就这一伟大的文化工程,在被上海文化出版界称为"翻译年"的 1935 年,朱生豪接受了詹文浒翻译《莎士比亚戏剧全集》建议,同时亦有"经济上的因素"(这一点朱生豪自己也多

---

① 梁实秋. 梁实秋文集:第一卷[M]. 厦门:鹭江出版社,2002 年,356 页。

② 欧阳修. 答祖择之书 [M]. 《欧阳修全集》卷六八,第三册,北京:中华书局 2001 年,1009 页。

次谈到）①。而当朱生豪从弟弟朱文振那里听说，《莎士比亚全集》的日本译者坪内逍遥曾鄙夷地说中国是无文化的国家，连老莎的译本都没有的时候，就决心把翻译莎士比亚推崇为"民族英雄的事业"。并且使在现实生活中感到迷惘、困惑和苦闷的朱生豪发现，自己的工作可以为民族争光，和抵抗日本帝国主义的文化侵略联系起来，他在给宋清如的信中袒露了自己译莎的心迹，"你崇拜不崇拜民族英雄？舍弟（是指朱文振）说我将成为一个民族英雄，如果把 Shakespeare（莎士比亚）译成功以后。因为某国人曾经说中国是无文化的国家，连老莎的译本都没有。我这两天大起劲……"。② 正如孟宪强先生所指出的："朱生豪翻译莎士比亚取得巨大成功最根本的原因，那就是他的爱国主义思想；正是这种崇高的情感成了朱生豪与莎士比亚的契合点，成了朱生豪在那样艰苦的条件下献身译莎工作的原动力。"③朴素的爱国思想是促使朱生豪完成这一"文化使命"的动因，也与朱生豪一直秉承着"文以载道，诗以言志"的文学传统有着不可分割的关系。

相比之下，由于梁实秋的文学思想受到西方古典主义的影响较大，因此其翻译观自然也会体现出他自身的贵族气质和新人文主义学说思想的痕迹。莎士比亚之所以符合梁实秋的选择标准原因就在于"莎士比亚作品就是文本中的贵族阶层，莎士比亚的永久性与普遍性是来自他的对于人性的忠实的描写，而人性论正是梁实秋文艺思想的核心。梁实秋在莎士比亚的作品中找到了人生百态共有的诗心与文心，他通过翻译曲折、隐蔽地表达自己对文学、文化、社会与人生的见解，传承文学的'真'、'善'、'美'"。④ 另外，梁实秋受西方戏剧美学的奠基人亚里

① 吴洁敏、朱宏达. 朱生豪传[M]. 上海：上海外语教育出版社，1990 年，297 页。

② 朱尚刚. 诗侣莎魂：我的父母朱生豪、宋清如[M]. 上海：华东师范大学出版社，1999 年，149 页。

③ 孟宪强. 朱生豪与莎士比亚[J]. 中华莎学，1992(4)：3。

④ 严晓江. 梁实秋中庸翻译观研究[M]. 上海：上海译文出版社，2008 年，48 页。

士多德诗学的影响,加之西方古典戏剧受"模仿说"影响偏重于再现,梁实秋在译莎时以尽量再现莎剧的艺术性为目的。"梁实秋译莎的外在因素是特定历史背景下他理性选择的结果,虽然有悖于主流诗学话语,却在一定程度上拓宽了当时中国翻译文学的阐释空间。梁实秋译莎的内在因素是阐释其人性论的文艺思想。⋯⋯因此选择译莎不仅是他价值取向的表白,也是其审美理想的张扬"①。梁实秋从浪漫主义向典雅的古典主义转变,而古典文学是一种"贵族文学"。在翻译中,精英的思想使得其潜意识中认为译文的接受者也必是精英式的。

傅雷曾说"非诗人决不能译诗,非与原诗人气质相近者,根本不能译那个诗人的作品。"②朱生豪与梁实秋一样,以其对中国古典文学的修养和对莎士比亚的热爱,铸就了他们现身于莎剧翻译的伟大事业,并以特有的才气与莎翁找到了心灵的契合点。

第二节 朱生豪与梁实秋翻译思想的对比研究

朱生豪和梁实秋是中国莎剧翻译界的泰斗、国内莎界的权威,对莎剧在中国的传入作出了巨大贡献。但由于两人的文学观、学识以及生活阅历等不同,对翻译策略就有了不同的选择,导致了各自译本迥然不同的风格。更为重要的是,朱生豪与梁实秋身处在同一个历史时期,都深受中国传统历史文化的影响;而在这种相似的文学传统背景下,二者在翻译思想、翻译策略等方面的选择却迥然不同,这固然与翻译条件和赞助人等外在因素很有关系,但是未必不是源于其出生阶级、诗学观念的差异。作为最富盛名的两个莎剧全集译本,朱生豪与梁实秋的翻译值得进行深入的对比研究,而首当其冲的就是其大相径庭的翻译思想。将朱生豪和梁实秋的翻译思想与实践进行对比研究,可以加深对翻译

---

① 严晓江. 梁实秋中庸翻译观研究[M]. 上海:上海译文出版社,2008 年,24 页。
② 傅雷. 傅雷谈翻译[M]. 北京:当代世界出版社,2006 年,29 页。

这一文化活动的理解，也有助于研究莎剧这样的经典文学在不同时代对翻译研究的启示。

一、相同之处

朱生豪与梁实秋无论人生还是际遇各个方面都有太多的不同，但就翻译和译莎而言，二人却有不少见识不谋而合。首先是版本的选择。对译者来说，原文文本的选择非常重要，因为这涉及到译者的翻译观问题。在莎剧版本上，两位翻译家都选定了由 W·J·克雷格（W. J. Craig）主编的《牛津版莎士比亚全集》（Oxford University Press，1892 年版），[①]这个版本在当时由于未经删节、最具莎剧原貌，且行销广泛，较为大众所接受，所以朱、梁二人选用了牛津版的莎士比亚作品。

其次是认真的翻译态度。梁实秋对待莎剧的考证工作极为重视，说"从事翻译的人若不是自己先彻底明白他所翻译的东西就冒昧地翻译起来，那是不负责的行为"。[②] 朱生豪在翻译之前，花了整整一年时间，收集莎剧的各种版本，诸家注释等以及莎学的资料，比较和研究这些资料的优劣得失，对莎剧在世界文学中的地位、莎翁生平、思想成就、艺术特点、版本考证、戏剧分类，都有过细致的研究。另外朱生豪译莎之前还"尝首尾研诵全集至十余遍，于原作精神，自觉颇有会心"。[③] 二者对于译莎的严肃认真的态度可谓一致。

第三是忠实的译文表达。梁实秋特强调译文要忠实，要让人看得懂。朱生豪 在《译者自序》中也说"求于最大可能之范围内，保持原作

---

① 同时代还与其他版本如：The New Shakespeare（Sir Arthur Quiller-Couch & J. D. Wilson 编，Cambridge University Press 出版）和 The New Cambridge Shakespeare（Phili PBrockblank 编，Methuen & Co. 出版）等。

② 梁实秋. 翻译之难[A]//鲁迅梁实秋论战实录[C]. 黎照. 北京：华龄出版社，1997：617.

③ 朱生豪. 译者自序[A]. 吴洁敏、朱宏达.《朱生豪传》（附录二）[M]. 上海：上海外语教育出版社，1990. 263－264 页。

神韵，必不得已而求其次，亦必以明白晓畅之字句，忠实传达原文之意趣"。① 第三是明白易懂的译文，两人都反对硬译。朱生豪反对"逐字逐句对照式之硬译"。"每译一段竟，必先自拟为读者，查阅译文中有无暧昧不明之处。"梁实秋说"我们不妨把句法变换一下，以使读者能懂为第一要义，因为"硬着头皮"不是一件愉快的事，并且"硬译"也不见得能保存"原来的精悍的语气"②。梁实秋一贯坚决反对"硬译"和"曲译"，提倡在"信"的基础上的"顺"译，并提倡全译，即"译原作的全文，不随意删略"。朱生豪说："凡遇原文中与中国语法不合之处，往往再四咀嚼，不惜全部更易原文之结构，务使作者之命意豁然呈露，不为晦涩之字句所掩蔽"。③ 英文和中文是两种不同的语言，在词汇和语法结构上有很大的差异。译者往往要摆脱原句结构的束缚，用符合译语习惯的句式，译文必须符合中文的语法，句子必须合乎中文的语言习惯，也即是具有可读性。

虽然二人选用的版本一样，但是与同时代的梁实秋开始从事莎剧翻译时的条件和社会背景却有着很大的差别。朱生豪翻译沙剧时非常艰难，不仅生活的艰辛和战乱的离苦，更是译莎的资料缺乏。"既无参考之书籍，又鲜质疑之师友"，④除了莎翁原著，朱生豪手头仅有《牛津词典》和《英汉四用词典》可资查考，工作的难度和耗费的精力难以想像。相比之下，梁实秋不论从物质条件还是经验和学识上都有着朱生豪无法相比的优势。因此，他在从事翻译《莎士比亚全集》这项巨大的工程时，具有的翻译信念必然会和朱生豪有所不同。

---

① 朱生豪. 译者自序[A]. 吴洁敏、朱宏达.《朱生豪传》(附录二) [M]. 上海：上海外语教育出版社，1990. 264 页。

② 梁实秋. 翻译之难[A]. 黎照，鲁迅梁实秋论战实录[C]. 北京：华龄出版社，1997：619.

③ 朱生豪. 译者自序[A]. 吴洁敏、朱宏达.《朱生豪传》(附录二) [M]. 上海：上海外语教育出版社，1990. 264 页。

④ 朱生豪：《＜莎士比亚戏剧集＞第二辑提要》，见《朱生豪传》(附录二)，264 页。

二、不同之处

在翻译标准的问题上,朱生豪和梁实秋的翻译思想形成了鲜明的对比。梁实秋提出了"忠实、流利、传神"的翻译标准,[①]而朱生豪则"余译此书之宗旨,第一在求于最大可能之范围内,保持原作之神韵,必不得已而求其次,亦必以明白晓畅之字句,忠实传达原文之意趣",[②]也就是认为忠实的本质在于"神韵"和"晓畅"。排序的不同体现了两位译者对于翻译忠实观念的巨大差异,而朱生豪从大局着眼,首重"神韵"的忠实观念,其实是一种"诗性忠实观"。因此,虽然二人都不太赞同鲁迅提出的"硬译",但是反对理由却完全不同。朱生豪认为这样的硬译将使文学作品失去文学性,失去诗性,因此不符合其诗性忠实观念;而梁实秋则认为"硬译"所产生的"欧化文"让人费解,其本质是因为译者对于原文并没有吃透。在欧化文的问题上,梁实秋的译文虽然读起来不符合汉语语法,显得拗口,但是表意却非常清晰;而朱生豪不仅反对鲁迅式的硬译,也同样不喜欢梁实秋将文学经典翻译得毫无文采,折中的结果,他的译本中竟将欧化文当作修辞来用,创造性地将不符合过去汉语习惯的双"的"等句型,变成了剧中人的抒情句式,经过五十多年的流传,如今竟成了文艺小青年伤春悲秋的标志性文风。

(一) 朱译追求"神韵"

在那些战乱的特殊岁月里,朱生豪虽然为我们译出了精妙绝伦的莎士比亚剧作,却未来得及为我们留下很多翻译理论,今天能够直接了解他的翻译思想的文字只有这篇宝贵的《莎士比亚戏剧全集·译者自序》。他说:

---

① 梁实秋:《书评七则》,《白猫王子及其他》,台北:九歌出版社,1982 年,第 208 页,转引自白立平:《诗学、意识形态及赞助人与翻译——梁实秋翻译研究》,2004 年香港中文大学博士论文,27 页。

② 朱生豪.译者自序[A].吴洁敏、朱宏达.《朱生豪传》(附录二) [M].上海:上海外语教育出版社,1990. 263 页。

> 余译此书之总之，第一在求于最大可能之范围内，保持原作之神韵，必不得已而求其次，亦必以明白晓畅之字句，忠实传达原文之意趣；而于逐字逐句对照式之硬译，则未敢赞同。凡遇原文中与中国语法不合之处，往往再四咀嚼，不惜全部更易原文之结构，务使作者之命意豁然呈露，不为晦涩之字句所掩蔽。①

在这篇译者自序中，朱生豪对于翻译思想的主要贡献就在于他的"神韵说"。根据功能主义的翻译观，翻译被看作是一种目的性行为，重在强调翻译所要达到的功能。朱生豪翻译莎剧的目的是为了使莎士比亚这个"大诗人之作品，得以普及中国读者之间"。基于对原作忠实的原则，他在翻译时不追求字面的简单对等，而是从思想内容、感情色彩以及风格韵味上忠实于莎翁原作。

优秀的文学翻译家能够运用译文语言最自然的表达手段来表达原文的意思和风格，内容和形式，不拘泥于原文的词序、句子结构、句型等语言细节，而是把握原文的整体结构、着重点、修辞手段、气氛和感情效果等特点；不能仅限于原作独立的"意义"翻译，而是进行全面的理解分析，让译入语的读者感受文学作品的语音组合所传达出的特殊的情味和韵致，重在表达出原作的"韵外之致"和"味外之旨"。朱生豪的翻译原则就是"志在神韵"——译文忠实于原作的意义和韵味，不仅保留原作的精神和魅力，而且译文诵读起来流畅，具有和谐悦耳的声音效果，很适合舞台表演。朱生豪国文修养尤其是古典文学造诣极深，在其译作中将莎剧成功移植过来，用典雅而又具有中国特色的语句明白晓畅地表达了莎士比亚作品的神韵。

朱生豪在《译者自序》中强调"余译此书之宗旨，第一在求于最大可能之范围内，保持原作之神韵"②，因此朱生豪的翻译思想常常被后人

---

① 朱生豪.译者自序[A].吴洁敏、朱宏达.《朱生豪传》(附录二) [M].上海：上海外语教育出版社,1990. 264 页。

② 朱生豪,《译者自序》,《翻译研究论文集(1894—1948)》,外语教研出版社,1984 年,358—359 页。

冠以"神韵说"的余音。用"神韵说"这种中国古典诗学观来概括朱生豪的翻译思想的确很有意思。清代王士禛的"神韵"说强调了三个方面的内容：其一是"生气"，也就是作品中生动鲜活的才华与气息，是诗歌品评最为重要的标准之一；其二是禅意，诗歌具有类似于禅的经验与境界，是冲突中的叠加、矛盾中的统一；其三是"言外之味"，也就是不拘泥于外表形态的内在诗意。这种风骨强调"像似不像"、"神近形远"，强调生命的流动与喷涌，不断挣脱规则的束缚，具有极大的灵活性。这种精神状态，如果一定要纳入西方文学评论所谓浪漫主义或者古典主义的框架的话，大概有点儿类似歌德从莎士比亚中获得的浪漫主义启示。

（二）梁译旨在"存真"

学者型译者梁实秋对翻译始终抱有"存真"的态度，以再现莎士比亚原貌，更大的程度上是通过译莎而进行学术研究，所以梁实秋特别注意保留原著的意义。梁实秋认为"牛津本是个完整的本子，没有任何删节，我翻译时也没有顾及任何忌讳，我努力试行恰如其分的把原文忠实地翻译出来，以存其真。"①

梁实秋曾写过一篇《翻译的信念》，实际上是他从事文学翻译，包括翻译莎士比亚所遵循的原则。其文共 10 条：

（1）一个负责的翻译家应该具备三个条件：①对于原作肯尽力研究，以求透彻之了解。②对于文字之运用努力练习，以期达到纯熟之境界。③对于翻译之进行慎重细心，以求无负于作者与读者。

（2）译第一流的作品，经过时间淘汰的作品，在文学史有地位的作品。

（3）从原文翻译，不从其他文字转译。

（4）译原作的全文，不随意删略。

（5）不使用生硬的语法；亦不任意意译。

（6）注意版本问题，遇版本有异文时，应做校勘工夫。

---

① 柯飞：《梁实秋谈翻译莎士比亚》，《外语教学与研究》，1988 年第 1 期，50 页。

（7）在文字上有困难处，如典故之类，应加注释。

（8）凡有疑难不解之处，应胪列待考。

（9）引用各家注解时，应注明出处。

（10）译文前应加序文，详述作者生平及有关资料。①

从中我们不难看出梁实秋的翻译原则与朱生豪的原则之相同处。第一是认真的翻译态度。梁实秋说"对于原作肯尽力研究，以求透彻之了解。"而朱生豪译莎之前"尝首尾研诵全集至十余遍。于原作精神，自觉颇有会心。"二者对于译莎的严肃认真的态度可谓一致。其次是忠实的译文表达。梁实秋特强调译文要忠实，要让人看得懂。朱生豪也说"第一在求于最大可能之范围内，保持原作神韵，必不得已而求其次，亦必以明白晓畅之字句，忠实传达原文之意趣。"第三是明白易懂的译文，两人都反对硬译。朱生豪反对"逐字逐句对照式之硬译"。"每译一段竟，必先自拟为读者，查阅译文中有无暧昧不明之处。"梁说"我们不妨把句法变换一下，以使读者能懂为第一要义，因为"硬着头皮"不是一件愉快的事，并且"硬译"也不见得能保存"原来的精悍的语气"。②

与朱生豪译文中表现出来的浪漫气息不同。梁实秋的翻译思想，本质上源于其文艺思想，认为文学应当描写永恒的人性，并受到理性的节制，进入哈佛大学师从白璧德之后，更是"从极端的浪漫主义……转到了多少近于古典主义的立场。"③文艺思想的古典主义，使梁实秋的翻译思想带着极强的自律性与排他性。从这种古典主义翻译观出发，梁实秋认为历史、文化、阶级等差异都是"表面性问题"，认为原作的文字本上包含着永恒的理性，因此而提出了近乎苛刻的翻译忠实观。从形式上来看，梁实秋的翻译在原文分行出分行，在原文不分行的部分不分行，不考虑信息密集而溢出的情形，因此每行长短不一；同时在原文

---

① 吴奚真：《悼念实秋先生》，见陈子善《回忆梁实秋》，长春：吉林文史出版社，1992 年，49 页。

② 梁实秋：《论鲁迅先生的"硬译"》载 1929 年 9 月 10 日《新月》第二卷第六、七号合刊。

③ 梁实秋：《影响我的几本书》，《雅舍散文》，台北：皇冠出版社，124 页。

押韵出押韵，不押韵处绝不多加一韵，相较朱生豪、曹未凤、卞之琳，甚至孙大雨的韵脚翻译更加亦步亦趋，唯有五音部抑扬格因为语种的差异而无法移植而引为憾事。从内容来看，梁实秋广泛搜集莎士比亚戏剧研究资料，写了不少相关评论，尽力揣摩原作之意，译本中有着大量的注解，尤其是对于可能有歧义之处通过注释罗列了学术界对词句意义的诸多种理解，洋洋洒洒如一本莎士比亚戏剧研究的学术专著。

　　梁实秋"翻译的信念"，实际上就是"翻译的守则"主要有以下内容："译原作的全文，不随意删略"；"不任意翻译"；"在文字上有困难处，如典故之类，应加注释"。① 而在《莎士比亚全集》的"例言"中，梁实秋在翻译中遇到原文晦涩难解之处加以注释说明；另外对于原文的很多双关语以及各种典故等无法译时也加注说明。在《莎士比亚与性》中，梁对朱的翻译有这样一说："莎氏剧中淫秽之词，绝大部分是假藉文字游戏，尤其是所谓双关语。朱生豪先生译《莎士比亚全集》把这些部分几完全删去。他所删的部分，连同其他较为费解的所在，据我约略估计，每剧在二百行以上，我觉得很可惜。我认为莎氏原作猥亵处，仍宜保留，以存其真。"② 梁实秋与朱生豪翻译比较明显的差别就在于对于淫秽之词、晦涩难解、文字上有困难处，比如某些典故、双关语等，他们采取了了不同的处理方式。朱生豪是力求忠实于原文之意但不采用原文的表达，而梁实秋则按原文照译并加注说明。因此，"加注"是梁译本的一大显著特色。梁实秋译笔忠实，优美畅达，因而其译本也颇受欢迎。梁译本由于上述优点，还具有另外一种作用，即：它能引导具有英文基础的读者去钻研莎士比亚原著，帮助他们去准确了解莎剧原文，这对莎学研究很好的启发作用。梁实秋是著名的文学批评家和散文家。作为一位莎学家，梁实秋有条件来搜集了大量图书资料，以便于逐字逐句精研莎翁原文。他译莎的宗旨在于"引起读者对原文的兴趣"，因此，他需要

---

① 陈子善.回忆梁实秋[M].长春:吉林文史出版社,1992年,57页。

② 梁实秋.莎士比亚与性[A].刘天华等《梁实秋读书札记》[C].北京:中国广播电视出版社,2001年,12页。

"存真",目的就是"旨在引起读者对原文的兴趣",力将文化的再现达到最大值。

虽然所处的社会历史环境相同,但与朱生豪不同的是,梁实秋译莎是与胡适的赞助有关。在胡适的倡导组织之下,梁实秋加入了五四新文化运动这场启蒙运动活动之中,以促进不同语言文化之间的相互交流为目的开始了译莎的征途。此外,译者个人的因素也是不容忽视的,深受中西方文化双重洗礼的梁实秋,儒家文化的熏陶及现代自由主义精神的结合使他的翻译观中呈现一种"中庸"的色彩,从而他的译文"在总体上具有含蓄、简洁、典雅的艺术特征"。①

如前所述,朱生豪翻译莎剧的目的是为了使莎士比亚这个"大诗人之作品,得以普及中国读者之间"。② 由此可见,朱生豪翻译莎剧时,以"忠实、通顺"作为翻译的审美标准,以便适合当时中国大众的欣赏需求。而学者型译者梁实秋对翻译始终抱有"存真"的态度,以再现莎士比亚原貌,更大的程度上是通过译莎而进行学术研究,所以梁实秋特别注意保留原著的意义,达到了他自订的"不删节、了解正确、不草率"的目标。梁实秋一贯坚决反对"硬译"和"曲译",提倡在"信"的基础上的"顺"译,并提倡全译,即"译原作的全文,不随意删略"。因此,我们不难看出译者不同的翻译思想和追求所产生的不同的传达原文的艺术效果。朱生豪在《译者自序》中说:"凡遇原文中与中国语法不合之处,往往再四咀嚼,不惜全部更易原文之结构,务使作者之命意豁然呈露,不为晦涩之字句所掩蔽"。③

三、翻译的实践

朱生豪在书信中悄悄"自诩":"比起梁实秋来,我的译文是要漂亮

---

① 严晓江. 梁实秋中庸翻译观研究[M].上海:上海译文出版社,2008,53 页。

② 朱生豪:《<莎士比亚戏剧集>第二辑提要》,见《朱生豪传》(附录二),上海:上海外文教育出版社,264—265 页。

③ 朱生豪:《<莎士比亚戏剧集>第二辑提要》,见《朱生豪传》(附录二),上海:上海外文教育出版社,264 页。

得多的……莎士比亚能译到这样,尤其难得,那样俏皮,那样幽默,我相信你一定没有见过……".① 客观地说,与梁实秋的译文相比,朱生豪的译文更加贴近汉语的语法习惯,符合戏剧对话的口语特征,读起来更加通俗流畅。朱生豪曾经在书信中按照当时流行的"外国语法"杜撰了一段话:"不要自命不凡地自称为狠心的人以使读你信的人感到滑稽而哑然失笑,如我读到你信时所感到并且哑然失笑那样吧。作为狠心的人,那尊号是女人们所永远觳不到的,你是十分不觳格,绝对地而且必然地。(以上全是外国句法,注意。)"②其中就涉及到了梁实秋译文中常见的一些语法性硬译现象:①修辞词大量并列连用构成长句;②比较关系的英文语序;③状语后置。

"硬译"论争是当时的主要话题之一。梁实秋 1929 年发表了《论鲁迅先生的"硬译"》批评鲁迅的翻译"极端难懂",而鲁迅则于 1930 年 3 月发表了《"硬译"与"文学阶级性"》进行反驳,提到硬译有可能"逐渐添加了新句法",渐渐"同化……成为己有"。与梁实秋相比,朱生豪显然更加趋向于文字同化,而非常反感翻译中的简单欧化,并且在多篇写给宋清如的书信中批判了各种欧式句型。例如在《书信》中写道:

> 为了拘泥文字的缘故,他们会把" for the simple reason that..."翻作"为了单纯的理由就是"……简直叫人气死,"只是为了……的理由"岂不又明白又正确。最可笑的就是"地"的胡用,譬如 queenly 作副词时,便会译作(应当说"被"译作)"女王地",女王怎么"地"法呢?③

上面这一段论述中批评了前置定语、被动和状语构词等的滥用,但这并不意味着朱生豪的译文中没有这样的用法,但是其欧化的方式通过音乐化和诗意化,渐渐披上了本土的外衣。例如与同时代的译者相比,朱生豪译文中虚词特别多,除了用以构成节奏回旋的虚词之外,

---

① 朱生豪故居成手稿陈列。

② 宋清如:《寄在信封里的灵魂——朱生豪书信集》,北京:东方出版社,1995 年,166页。

③ 宋清如:《寄在信封里的灵魂——朱生豪书信集》,北京:东方出版社,1995 年,265页。

"的"、"了"等结构性的虚词也大量铺陈，还有双"的"前置词的使用，这些都与真正通俗的口语有着差距。

鲁迅大量使用双"的"句型，直接受到了日语语法中连体修饰的影响，日语中"の"的连用十分普遍；汉语中并不习惯于这种句法，大部分双"的"句都可以直接删除一个"的"而构成目前看来更为流畅的句子，而不会造成文学性的损失。因此这种双"的"结构，不是语言必须的，而是语言发展过程中的过渡。鲁迅最早开始使用这种双"的"句型，随着其作品的传播和巨大影响，也因为这种句型适宜容纳较长的前置定语，丰富语言内涵，所以在20世纪30年代非常流行，用来描述某种极其抽象和深刻的思想，一度以至于恶俗。朱生豪在1934年的《日记》中嘲讽了某电影海报的宣传语"'没落的旧浪漫主义对于新兴的俗恶的现实主义的嘲笑'，这句话抽不抽象？"[①]

与鲁迅的用法截然不同的是，朱生豪译文中的双"的"是不可删减的，不像当时的文风习惯用以构成故弄玄虚的抽象句式，而是具有特殊的修辞意义，有助于构成韵律节奏、特定人物身份语言、抒情长句等，是朱生豪从日常语言中提炼诗意的具体体现。这些欧化句式在统一音乐风格的掩饰下，润物细无声地潜移默化，渐渐获得中文读者的认可，甚至构成了脍炙人口的经典译文。例如莎士比亚戏剧中国人最为熟悉的台词"生存还是毁灭，这是一个值得考虑的问题；默默忍受命运的暴虐的毒箭，或是挺身反抗人世的无涯的苦难，通过斗争把它们扫清，这两种行为，哪一种更高贵？"就是这种修辞的典型运用。所以当代人使用双"的"句式写小说和诗歌的时候，人们往往不会觉得句式拗口欧化或者故弄玄虚不容易理解，而只是感觉此人过于文艺抒情罢了。由此亦可见，鲁迅的欧化硬译在文学语言的发展过程中起到了重要的开拓性作用，但是其本土价值的实现需要后来的翻译家与文学家对于庞杂粗

---

① 宋清如：《寄在信封里的灵魂——朱生豪书信集》，北京：东方出版社，1995年，78页。

糙的语言素材不断优选与柔化。

总的来说,朱译较为典雅,文言使用多,梁译更为口语化一些。虽然从演出效果来说,口语化更合乎莎剧的特色,因为舞台上的台词语言要求能充分地表现人物的性格、身份和思想感情,要通俗自然、简练明确,口语化更适合舞台表演。但朱译富有激情,韵律味更浓郁,其中许多段落译得相当精彩,为后人称赞。

梁实秋本着忠实原作即"存其真"的原则,译出的作品多以散文形式。以《罗密欧与朱丽叶》中的片段的翻译为例:

JULIET：Wilt thou be gone? it is not yet near day：It was the nightingale,and not the lark,That pierced the fearful hollow of thine ear；Nightly she sings on yon pomegranate-tree：Believe me,love,it was the nightingale.

ROMEO：It was the lark,the herald of the morn,No nightingale：look,love,what envious streaks Do lace the severing clouds in yonder east：Night's candles are burnt out,and jocund day Stands tiptoe on the misty mountain tops. I must be gone and live,or stay and die.

梁实秋译：

朱丽叶：你一定要走么? 尚未快到天亮的时候,你听到的刺耳的声音是夜莺,不是云雀：她每夜都在那棵石榴树上叫：相信我的话罢,爱人,那是夜莺。

罗密欧：是云雀来报晓,不是夜莺：看,爱人,怀着恶意的晨光已经把那东方的碎云镶了花边；夜间的星火已经熄灭,欢乐的白昼已经轻轻的踏上云雾迷蒙的山巅：我一定要是去逃生,否则留着等死。①

朱生豪译：

朱丽叶：你现在就要走了吗? 天亮还有一会呢。那刺进你惊恐的

---

① 莎士比亚:《罗密欧与朱丽叶》,梁实秋译,北京:中国广播电视出版社,2004年,26页。

耳膜中的,不是云雀,是夜莺的声音;它每天晚上在那边石榴树上歌唱。相信我,爱人,那是夜莺的歌声。

　　罗密欧:那是报晓的云雀,不是夜莺。瞧,爱人,不作美的晨曦已经在东天的云朵上镶起了金钱,夜晚的星光已经烧烬,愉快的白昼蹑足踏上了迷雾的山巅。我必须到别处去打寻生路,或者留在这儿束手等死。①

从两段译文中我们可以看出,梁实秋采用散文体进行翻译,基本上保留了原作的内容,而且他的翻译以原著句子为单位,连标点符号的停顿大体与原著保持一致,体现了其在翻译中提出的"存其真"的原则。相比之下,朱生豪虽然也是散文体,但是没有拘泥于原文的句子结构,而是按照汉语的表达习惯进行了重新的组合。比如"No nightingale:"梁实秋译为"不是夜莺:",朱生豪译为"不是夜莺。""Nightly she sings on yon pomegranate-tree:"梁实秋译为"她每夜都在那棵石榴树上叫:"朱生豪译为"它每天晚上在那边石榴树上歌唱。"标点符号不同,句子结构则异。

梁实秋是学者型的译家,对待原文中富有文化色彩的典故等都采用了加注的方式,对研究者来说是十分方便的。下面即是一例:

　　　　Hamlet:Look here upon this picture,and on this,

　　　　The counterfeit presentment of two brothers

　　　　See what a grace was seated on this brow:

　　　　Hyperion's curls , the front of Jove himself,

　　　　An eye like Mars, to threaten and command,

　　　　A station like the herald Mercury

　　　　New lighted on a [heaven] kissing hill,

　　　　a combination and a form indeed,

　　　　Where every god did seem to set his sea,

　　　　To give the world assurance of a man.

---

① 莎士比亚:《莎士比亚全集》第四卷,朱生豪译,北京:人民文学出版社,1978 年,652 页。

This is your husband.（The Tragedy of Hamlet，Act
III，Scene IV）

这一幕是哈姆雷特在自己的母亲面前控诉她对自己丈夫的不忠，描述了自己父亲的英伟形象。这一段梁实秋是这样译的：

> 哈姆雷特：来看，看看这张画像，再看看这张，这是两个兄弟的肖像。你看看这一位眉宇之间何等的光辉；有海皮里昂的鬈发；头额简直是甫父的；眼睛像是马尔士的，露出震慑的威严；那姿势，就像是使神梅鸠里刚刚降落在吻着天的山顶上；这真是各种风姿的总和，美貌男子的模型，所有的天神似乎都在他身上盖了印为这一个人做担保一般；这人便曾经是你的丈夫。①

文中 Hyperion 是指希腊神话中的太阳神海皮里昂，Jove、Mars 和 Mercury 则分别指罗马神话里的主神朱庇特、战神马尔士和神使梅鸠里。可是，由于文化的差异，中国读者和观众对此并不熟悉。如果就此按名字直译，读者和观众肯定会不知所云。因此，为了避免这种尴尬，梁实秋采用了加注的方式。这样读者的理解问题就可以解决了，因为读者通过注解和名字的直译，可以达到功能的对等，可是观众怎么办呢？难道观众在观看戏剧演出时还要一手拿着剧本，眼睛还要不时前翻后翻寻找注释吗？那样的话，观众又怎能"全神贯注地参加到戏剧中来"呢？所以，朱生豪的解决办法是在进行灵活对等的翻译，实现功能的等值。试看朱生豪的翻译：

> 哈姆雷特：瞧这一幅图画，再瞧这一幅；这是两个兄弟的肖像。你看这一个的相貌是多么高雅优美：太阳神的鬈发，天神的前额，战神一样威风凛凛的眼睛，像降落在穹苍的山巅的神使一样矫健的姿态；这一个完善卓越的仪表，真像每一个天神都曾在那上面打下印记，向世间证明这是一个男子的典型。这是你从前的丈夫。②

为了方便读者和观众的理解，朱生豪采用意译的方式直接把 Hy-

---

① 莎士比亚：《四大悲剧》，梁实秋译，北京：中国广播电视出版社，2002 年，185 页。

② 莎士比亚：《莎士比亚全集》第五卷，朱生豪译，北京：人民文学出版社，1978 年，352 页。

perion 译为"太阳神",把 Mars 译为"战神"等,这样汉语文化背景下的读者就直接以母语文化来"对等"英语中文化的意象。

之江才子朱生豪和学者梁实秋的译本都是散文体译本,即便以同样的形式译莎,由于不同的翻译追求,译出的莎剧也有着明显的差异。朱译追求"神韵"的传达,译文通晓流畅,富有激情,抒情味浓厚。梁译旨在"存真",从内容到形式都与原著保持一致,尽管有些地方付出了语言不太流畅的代价。总之,朱译与梁译各有千秋,都不失为经典的译本。

第三节　朱生豪和梁实秋翻译策略的不同选择

归化(Domestication)和异化(Foreignization)是对两种翻译策略的称谓。在翻译研究领域首先将这两个词语作为术语使用的是美国翻译学者韦努蒂(Lawrence Venuti)。按照 Schuttleworth 和 Cowie 编写的 *Dictionary of Translation Studies* 中给出的定义,归化是指译者采用透明、流畅的风格以尽可能减少译语读者对外语文本的生疏感的翻译策略;异化则指刻意打破目的语的规范而保留原文的某些异域语言特色的翻译策略。[①] 翻译的归化／异化(Domesticating Translation and Foreignizing Translation)虽由韦努蒂所提出的,而这一术语又直接来源于德国语言学家、翻译理论家 Schleiermacher(施莱尔马赫)1813 年宣读的一篇论文。施莱尔马赫在《论翻译的方法》中提出的两种翻译途径,即一种是尽可能让作者安居不动,而引导读者去接近作者;另一种是尽可能让读者安居不动,而引导作者去接近读者:

> "The translator can either leave the writer in peace as much as possible and bring the reader to him, or he can leave the reader in peace as much as possible and bring the writer to him. 'Bring the reader to the original text' would correspond to requiring him to process the transla-

---

① Shuttleworth&Cowie, *Dictionary of Translation Studies*[Z]. Manchester: St, Jerome Publishing, 1997, p. 59.

tion in context of the original；'〔The translator〕 thus tries to transport 〔the reader〕 to its location, which, in all reality, is foreign to him.'"①

根据上述两种翻译情况,施莱尔马赫提出了以作者为中心的译法和以读者为中心的译法,这一做法突破了传统的直译和意译的界限,对后来的学者产生了很大的影响,韦努蒂的异化／归化观无疑受到施莱尔马赫理论的启发。不过,施莱尔马赫的理论是基于德国的阐释学之上,而韦努蒂却加以创新,将施莱尔马赫的论点放在后殖民的语境下来考察,从而得出了异化的翻译主张。

一、归化异化的意义②

(一)归化翻译指的是一种以目的语为归宿的翻译,即采用目的语文化所认可的表达方式和语言规范,使译文流畅、通顺,以更适合目的语读者。奈达是归化翻译的倡导者,他重视翻译的交际功能。他提倡"动态对等"(Dynamic Equivalence)(他后来又用"功能对等"),如语义对等(Semantic Equivalence),语言对等(Linguistic Equivalence)和文体对等(Stylistic Equivalence)等,他认为翻译时不求文字表面的死板对应,而要在两种语言间(译文读者对译文信息的反应)达成功能上的对等。比如 Your guess is as good as mine,若要求文字对应,应该译成"你的猜测和我的一样好",但这根本不是原本意思;若求功能对等,可以译成"我和你一样不知道"。译文要达到"动态对等",不仅译文的表达形式要纳入目的语的规范,而且在文化方面也要纳入目的语文化规范。按照奈达的归化翻译,中国成语"智者千虑,必有一失"可以译为"Homer sometimes nods",而英语成语"cast pearls before swine"可以

① Wolfram Wilss, *The Science of Translation*：*Problems and Methods*. London & New York：Routledge. 2001,p. 23.

② 本节部分参照了朱安博:《归化与异化:中国文学翻译研究的百年流变》,科学出版社,2009 年,46 页。

译为"对牛弹琴"。具体地说,归化的翻译原则就是在词汇、语法、语义等语言学的不同层次上,不拘泥于原文的形式,只求保存原作的内容,用译文中最切近而又最自然的对等语将这个内容表达出来,以求等效。

韦努蒂对归化翻译的定义是:"遵守目标语言文化当前的主流价值观,有意对原文采用保守的同化手段,使其迎合本土的典律(Canon)出版潮流和政治需求"。[①] 韦努蒂的归化定义不是传统意义上的翻译观,他认为归化式流畅的翻译掩盖了文化之间的差异,将主流文化的当代价值强加给原作,使译作读起来不像译作,实际上是一种帝国主义文化侵略行为。

刘英凯对归化的概念是这样解读的:所谓"归化",按《辞海》的解释,"即入籍的旧称"。翻译的"归化"则喻指翻译过程中,把客"籍"的出发语言极力纳入归宿语言之"籍":英译汉就不遗余力地汉化;汉译英则千方百计地英化。[②]

翻译学家 Robinson 从后殖民理论的角度探讨了归化和异化问题。他对归化的定义是:归化翻译采用将原作同化于目标文化和语言价值观的方式,对原作进行归化。传统上人们多将这一概念称为"意译";亦称"同化式翻译"(Assimilative Translation)。[③]

(二)异化翻译是以源语文化为归宿的翻译,即努力做到尽可能地保持原作的风味,使源语文化的异国情调得以存续,为了使目的语读者能够领略到"原汁原味"而不惜采用不符合目的语的语言规范。

韦努蒂是美国解构主义翻译思想积极创导者,他也通过对西方翻译史的研究,批判了以往翻译中占主导地位的以目的语文化为归宿的倾向,并提出了以解构主义思想来反对译文通顺的翻译策略。解构主

---

① Lawrence Venuti, *Strategies of translation*[A]. Routledge Encyclopedia of Translation Studies[C]. Baker, M&·Mlmkj&·London and New York: Routledge, 2001. p. 240.

② 刘英凯:《归化—翻译的歧路》,见杨自俭等《翻译新论》,武汉:湖北教育出版社,2003年,270页。

③ Douglas Robinson, *Translation and Empire: Postcolonial Theories ExPlained*[M],Manchester:St Jerome,1997. p. 116.

义的翻译思想,不是要"求同",而是要"存异"。韦努蒂的观点主要在他的专著《译者的隐身》(*Translator's Invisibility*：*A History of Translation*,1995)和他主编的一本解构主义翻译论文集《对翻译的再思考》(*Rethinking Translation*：*Discourse*,*Subjectivity*,*Ideology*,1992)及其《不光彩的翻译》(*The Scandals of Translation*；*Towards an Ethics of Difference*,1998)之中。韦努蒂认为翻译的目的不是在翻译中消除语言和文化的差异,而是要表达这种差异。韦努蒂对异化的定义概括起来就是:"偏离本土主流价值观,保留原文的语言和文化差异"。[①]

Shuttleworth& Cowie 根据韦努蒂的见解,将异化定义为:"在一定程度上为保留原文的异域性(Foreignness)而故意打破目标语言常规的翻译"。[②]

在前人学者如 A. W. von Schlegel, Friedrich Schleiermacher 和 Walter Benjamin 以及 Antoine Berman 和 Lawrence Venuti 等人的观点之上,后殖民翻译学者 Robinson 对异化翻译做了最有力的解释:一个"好"的译本总是要保留原来"外语"文本中的"原汁原味"。从历史上讲,这种观点与直译相关联,只是没有直译派那么极端,因为它并不拘泥于在翻译中恪守原文句法中个别词语的意义,却坚持要保留原文本中的"原汁原味"。[③] 有人认为归化与异化与我国传统的"直译"和"意译"的概念大同小异。归化和异化可看作是直译和意译的概念延伸,它们之间有联系但并不完全等同于直译和意译。"归化和异化包含了深刻的文化,文学乃至政治的内涵。如果说直译和意译只是语言层次的讨论,那么归化和异化则是将语言层次的讨论延伸至文化,诗学和政治

---

① Lawrence Venuti,*Strategies of translation*[A]. Routledge Encyclopedia of Translation Studies. 2001, p. 240.

② Shuttleworth&Cowie, *Dictionary of Translation Studies*,Manchester：St, Jerome Publishing,1997,p. 59.

③ Douglas Robinson,Translation and Empire：Postcolonial Theories Explained, Manchester：St Jerome,1997, p. 117.

层面"。①

简而言之,"归化"(Domestication)与"异化"(Foreignization)是在翻译界如何处理文化差异的问题上所产生的两种对立意见。就翻译中涉及的文化转换而言,一般可分为以目的语文化为归宿(Target Language Culture Oriented or TL Culture-oriented)和以源语文化为归宿(Source Language Culture Oriented or SL culture-oriented)这两种原则和方法。归化认为译文应以目的语或译文读者为归宿,异化则主张应以源语或原文作者为归宿。这里所谓的"归宿"都不仅仅只是语言层面的,而更是跨文化意义上的。

二、归化与异化在译作中的体现

以下的译文比较分别选自朱生豪和方平的译作。朱译出版于 20 世纪三四十年代,方译出版于 70 年代。从整体上看,两位译者都很好地把握住了人物的个性特征,把人物的对白翻译得妙趣横生,生动形象,使人如历其境,如见其人。但是由于译者各自遵循的翻译原则不同,差异还是有的。例如《威尼斯商人》中的一个片段:

夏洛克上场后,公爵对他说的话:

". . . and pluck commisersation of his state.

From brassy bosoms and rough hearts of flint,

From stubborn Turks and Tartars, never train'd

To offices of tender courtesy. . ."

朱译为:"即使铁石一样的心肠,从来不知道人类同情的野蛮人,也不能不对他的境遇发生怜悯。"②

方译为:"不管你铁石心肠——哪怕是那横蛮的土耳其人,鞑靼人,他们从没有受过文明的熏陶,而对着他那一副光景,也不由得要给榨出

---

① 王东风:《归化与异化:矛与盾的交锋》,《中国翻译》,2002 年 5 期,25 页。

② 莎士比亚:《莎士比亚全集》第二卷,朱生豪译,北京:人民文学出版社,1978 年,69页。

了些许怜悯。"①

从表面上看,方译与原文完全吻合,毫厘不差,符合纽马克主张的语义翻译原则——尽可能再现作者的原意。然而,原文却有种族歧视之嫌,照直翻译等于间接宣扬了歧视某些种族的思想。这种表面上的忠实,使译文失去了美感。而朱则采用了"动态对等"的翻译原则,对原文进行了大胆地归化,译为"野蛮人",其效果就好多了。

夏洛克坚持按照契约来执行判决,并对巴塞尼奥表现出极不耐烦的情绪,说:

"These be the Christian husbands! I have a daughter;

Would any of the stock of Barabbas

Had been her husband rather than a Christian!"

朱译:"这些就是相信基督教的丈夫! 我有一个女儿,我宁愿她嫁给强盗的子孙,不愿她嫁给基督教徒!"②

Barabbas 是古时一个强盗的名字(典故出自《圣经》新约第二十七章)。基督教文化中成长起来的英国人对此句中所蕴涵的文化缺省一目了然,而对于其他文化氛围中长大的读者而言,则可能对此一无所知,影响他们对原文的理解。方用了加注的办法对"巴拉巴"进行解释,但是这种译法是不适合戏剧翻译的,因为戏剧的观众不可能一边拿着剧本找注解一边看演出。而朱回避了这个中国读者不熟悉的名字,取而代之的是这个名字的实际意义和表意功能,将这个典故归化为"强盗的子孙",既达到了功能的等值,又避免了戏剧翻译无法加注解的尴尬,更能引起观众和读者的共鸣。

总的来说,朱生豪翻译的特色在于他着重文笔的流畅,充分体现了"神韵说"翻译思想。朱译莎剧留给我们的艺术价值是既保留了莎剧原著的风貌,又体现汉民族语言特色。读者在朱译莎剧中,感受到莎士

---

① 莎士比亚:《新莎士比亚全集》,方平主编,石家庄:河北教育出版社,2000 年。

② 莎士比亚:《莎士比亚全集》第二卷,朱生豪译,北京:人民文学出版社,1978 年,77页。

比亚的灵性又领略了汉语的韵味。梁实秋的"存真"翻译思想将莎剧原貌最大程度地呈现了出来,同时他还对莎剧做了系统的评介。因此,他的翻译在很大程度上更具有研究性价值。

但由于译者对归化/异化翻译策略的不同选择,导致了各自译本迥然不同的风格。以在翻译策略的处理上,整体来说朱译偏向于归化的意译,以便于译入语读者理解为旨要,虽然与其他译作风格迥异,但各有千秋。

如前所述,朱生豪译莎的宗旨,主要就是在求"于最大可能之范围内,保持原作之神韵";即使是遇到原作有难以表达的地方,也必以"明白晓畅之字句,忠实传达原文之意趣"。朱历来反对逐字逐句对照式的硬译。朱生豪翻译原则在《译者自序》中解释得很明确,即句子要"明白晓畅",符合"中国语法",为达此目的,甚至"不惜全部更易原文之结构"。因此,朱生豪在翻译中意译的意图是很明显的。朱生豪国文修养尤其是古典文学造诣极深,在其译作中将莎剧成功地移植过来,用典雅而又具有中国特色的语句明白晓畅地表达了莎士比亚作品的神韵。

NURSE:Where's Romeo?

FRIAR:There on the ground,with his own tears made drunk.

乳媪:罗密欧呢?

劳伦斯:在那边地上哭得死去活来的就是他。(朱译)

乳媪:罗密欧在哪里?

劳伦斯:在那边地上躺着呢,被他自己的眼泪给醉翻了。(梁译)

首先在形式上朱译删掉了原文中的逗号,将两句合成了一句,而梁译则保留了原文句式;其次在内容上主要是对"with his own tears made drunk"一句的处理方式不同。梁直译为"被他自己的眼泪醉翻",朱意译处理成"哭得死去活来"。"drunk"意为"喝醉"和"陶醉"之意。梁译"被眼泪醉翻"忽略了英汉两种语言遣词造句方法的不同,完全依照原文借英语的结构来表达汉语意思,逐字直译,让人读来不乏有生硬之感,"翻译腔"过于严重了;而朱译"哭得死去活来"则符合中国人的语言表达习惯,同时也成功传达了原文之意,简洁明了。

朱译和梁译虽然整体上分别主要选择归化或异化,但两者对与其相对的翻译策略都没有一味地绝对排斥,朱译中偶有异化的妙译,梁译中也不乏归化的影子。

ROMEO　What hast thou found?

MERCUTIO　No hare, sir; unless a hare, sir, in a lenten pie,that is something stale and hoar ere it be spent.

罗密欧:有了什么?

茂丘西奥:不是什么野兔子;要说是兔子的话,也不过是斋节里做的兔肉饼,没有吃完就发了霉。(朱译)①

罗:你发现了什么?

墨:倒不是野鸡,先生;除非是斋期馅饼里的那种野鸡,

在未吃完之前就有一点陈腐发霉了。(梁译)②

这个例文整体来看在句式的处理上较明显的体现了朱译的归化特点和梁译的异化特点。朱译主要着眼于内容的连贯而对原文略有删减,两个呼语"sir"都没有在译文中体现出来;梁译的标点、句子结构都直译了原文。但仔细比较,我们发现:首先梁译中也考虑到行文流畅而删译了一个呼语"sir";其次是对"hare"一词的处理,各自采用了与自己总的翻译策略相左的方式,朱译异化为"野兔子"而梁译归化为"野鸡"。"hare"原指"野兔",此处为双关,有"妓女"之意,是爱说下流话开玩笑的茂丘西奥玩的一个文字游戏,结合我国的本土文化特色,相对于朱直译的"野兔子"来说,梁译在这里将其巧妙的归化为"野鸡"显然与原文

① 莎士比亚:《莎士比亚全集》第四卷,朱生豪译,北京:人民文学出版社,1978年,626页。

② 莎士比亚:《罗密欧与朱丽叶》,梁实秋译,北京:中国广播电视出版社2004年,26页。

的双关有异曲同工之妙,更好地传达了莎氏原作的神韵。①

　　与朱、梁二位先生的莎剧全译本相比,方平先生主编的《新莎士比亚全集》②翻译时间距今最近,其最明显的特色就是用诗体翻译取代了前面两种译本的散文体翻译,这也从一方面突出了这部莎士比亚全集的"新"之所在。另外,这部新全集以剧本为出发点,兼顾舞台演出的需要,同时也有发挥汉语优势之处。请看下面《威尼斯商人》第三幕第五场中的两个意象的翻译:

　　Thus when I shun Scylla , your father , I fall into Charybdis , your mother.

　　朱生豪译:逃过了凶恶的礁石,逃不过危险的漩涡。

　　梁实秋译:好像是我躲开了西拉,你的父亲,又触上了卡利伯底斯,你的母亲(译者加注:西拉,卡利伯底斯是意大利与西西里之间的两个岩石,内藏怪物,每日三次喷吸海水,致舟于覆。)

　　方平译:就好像我躲开了东山老虎——你的爹,又碰上了西山的狼——你的娘;

　　"Scylla"和"Charybdis"这两个意象分别源于意大利墨西拿海峡上的西拉岩礁和卡利伯底斯大漩涡,意指腹背受敌。在这三种译文中,我们看到了三种不同的翻译方法。朱译本译出了原有意象的语义信息,但是未将礁石和漩涡的特定名称译出,因而原有意象的文化审美信息多少有些失落。梁译本在译文中直译原有意象,并采用文后加注的手法,读者在阅读注解之后也能理解其意,意象的双重信息通过这种加注的方式得到了传承。而方译本考虑到舞台演出的需要,用汉语中的"东山老虎"和"西山的狼"来取代原有意象,发挥了汉语的优势,传递了原有意象的语义信息,同时将文化审美信息稍作变形,想必这样的变形翻译对于台下的观众来说更容易接受,因为在戏剧演出中,如果直接说出

---

①　参见张芳:《翻译的中庸之道——从<罗密欧与朱丽叶>的两个中译本看归化与异化策略的运用》,《湖南第一师范学报》2008年第1期,139页。

②　方平,《新莎士比亚全集》十二卷本,石家庄:河北教育出版社,2000年。

"西拉"和"卡利伯底斯"这两个意象,那么没有了剧本中的注解,大多数观众或许就会不知所云。① 方译本与朱译本在翻译策略上都是归化,但朱生豪语言文雅优美,可读性较强;相比之下,方平语言通俗易懂,"东山的老虎"、"西山的狼"与"你的爹"、"你的娘"等汉语文化意味更浓。

在中国,传统的译论显示了尊崇流畅和归化的倾向,强调目的语在翻译活动中的地位以及译文给读者带来的熟悉感、亲切感和可接受性。"看看我国近代翻译西书的活动,就不难发现:比起注重保留原文的语言文化特色的'异化派'来,注重适应目标语的语言文化规范的'归化派'一直占有明显的优势。以英语翻译界为例,近一百年以来,最令人津津乐道的一些翻译大家,从晚清时期的严复、林纾,到三四十年代的朱生豪、吕叔湘、张谷若,到建国后的杨必等人,个个都是"归化派"的代表;这些代表人物之中,除严复、林纾之外,其他人的译作至今还在广为流传,并深受译评界的赞赏。"② 中国的文学翻译实践已经表明,归化是根本,是基础。在翻译实践中,译者必须了解目的语的行文规范,使用异化策略要考虑特定时代、特定读者群的接受限度。改革开放之后,人们希望更多地了解异国文化,包括异族的表达方式,希望读到富有异国风味的译文,渴望有一种置身于异域的感觉。译者们意识到这一点,便倾向于采用异化策略,力求最大限度地保留"原汁原味"。而这种由归化向异化策略的转变,正是翻译文化地位变化的表现。因此,可以说,任何译文都是归化和异化翻译策略相互结合的产物,朱译的归化特点和梁译的异化各有特色。

朱生豪与梁实秋翻译思想的差异,直接源于其诗学观念的差异,也就是对于诗与译诗的本质和价值问题,有着截然不同的回答。朱生豪酷爱古诗词,所做的诗词中格律严整者颇多,因此其译文具有鲜明的音

---

① 参见仇蓓玲:《跨越时空的解读——论论莎士比亚戏剧文本中意象的汉译》,见张冲:《同时代的莎士比亚:语境互文多种视域》,上海:复旦大学出版社,2005年,199—200页。

② 孙致礼:《翻译:理论与实践探索》,南京:译林出版社,1999年,26页。

乐性。但是热爱诗歌，强调格律，并没有使译文因辞害义，归根结底源于朱生豪在结构层面的"诗性忠实"，强调文学作品反映人的精神生活，而这种精神结构与美学之外的身份、命运等伦理和意识形态观念是紧密联系的。朱生豪在翻译莎剧的工作开始不久，就在书信中写道："舍弟说我将成为一个民族英雄，如果把 Shakespeare 译成功以后。因为某国人曾经说中国是无文化的国家，连老莎的译本都没有。"①这一段话非常值得推敲，日本人的讥讽大约是认为中文无莎剧全集译本便无人懂得莎士比亚，但是朱生豪显然没有这个想法，他坚持认为中文莎剧全集的翻译出版堪称"民族英雄"，可能包含了两个方面的内容：①中译本有助于丰富民族文学与文化，是对本民族的精神贡献；②中译本有助于在世界文学之林中表达出中文对于莎剧的独特解读方式，是民族精神在世界文学平台上发声的契机。由此可见，朱生豪这位之江大学（浙江大学前身）国文系出身的文学翻译家，其翻译的出发点始终是扎根于中国民族文学的繁荣。与之截然相反的是，"在梁实秋看来，翻译不可以喧宾夺主，只是为忠实地介绍原作而服务的。"②换句话说，两位译者的服务对象与翻译的根本出发点，一个是内向的，而另一个则是外向的。在这种情形之下，梁实秋的译作并不强调译作的流畅与可读性，指出当"忠实"与"流利"发生矛盾时，应当"在不失原文本意的范围之内力求译文之流利可诵"。③

有趣的是，梁实秋只谈到了"流利可诵"的问题，却没有提及莎士比亚戏剧作为戏剧，不仅仅要求可读、可诵，而且还需要可说、可演的问题。换句话说，与曹禺等人的译作相比，梁实秋的莎剧翻译只有戏剧之名，而无戏剧之实，这是否可以认为语体的改变是梁译对于莎士比亚戏

---

① 宋清如：《寄在信封里的灵魂——朱生豪书信集》，北京：东方出版社，1995 年，246页。

② 白立平：《诗学、意识形态及赞助人与翻译——梁实秋翻译研究》，2004 年香港中文大学博士论文，26 页。

③ 梁实秋：《翻译莎剧全集后记》，《书目季刊》1967 年第二卷第一期，75 页。

剧翻译最大的不忠实呢？梁实秋本人并不讳言译本不可演的问题，并在评论兰姆关于莎剧不适合舞台演出的著名论断时指出"虽然我们的理由并不与他相同……（但是）戏剧的内质与价值不因其是否可演或者可读而生歧义。"①但是问题在于，莎士比亚创作戏剧的本心就是可演的，而莎剧的最早版本就是演员手中的脚本。或者有人会说，固然莎剧早期在英国是演出剧本，但是随着时代和语言发展早已不适合不经删动地全本搬上舞台，而渐渐以读本形式流行于英语国家。那么，在这种情况之下，梁实秋的译作到底应该"忠实"哪一个莎士比亚呢？是忠实于莎士比亚戏剧及其所处的历史时代，还是忠实于后人重新解读过的莎士比亚戏剧？由此可见，梁实秋一直感叹的"翻译之难"的重要原因之一或许在于，他始终追逐的就是一个不断变化中的原作，而这种开放性恰是莎士比亚戏剧作为文学经典最为本质的属性之一。

　　莎士比亚作品的翻译和翻译研究贯穿了中国近现代百年来的翻译研究历程并成为其中不可缺少的一部分。朱译莎剧留给我们的艺术价值是既保留了莎剧原著的风貌，又体现汉民族语言特色。读者在朱译莎剧中，感受到莎士比亚的灵性又领略了汉诗的韵味，感受到译者驾驭英汉两种语言的高超艺术。

　　优秀的文学翻译家能够运用译文语言最自然的表达手段来表达原文的意思和风格，内容和形式，不拘泥于原文的词序、句子结构、句型等语言细节，而是把握原文的整体结构、着重点、修辞手段、气氛和感情效果等特点；不能仅限于原作独立的"意义"翻译，而是进行全面的理解分析，让译入语的读者感受文学作品的语音组合所传达出的特殊的情味和韵致，重在表达出原作的"韵外之致"和"味外之旨"。从如上所述，从梁实秋与朱生豪译莎的异同中我们可以充分体会到无尽的莎士比亚与无尽的莎剧翻译。无尽一词，意味着译莎之艰难，译莎之魅力。而朱生豪、梁实秋以及方平等各位译家堪为译莎之楷模，他们的译本是译莎

---

① 梁实秋：《戏剧艺术辩证》，《浪漫的与古典的》，台北：文星书店，35 页。

界的奇葩与财富,他们的态度是今后译莎者的动力和榜样。

翻译标准不一,评论流派各异,依然不能否认朱生豪翻译的莎士比亚全集作为印数最多,覆盖面最广的莎士比亚戏剧译本,对于莎士比亚戏剧中国化以及中国的文学文化建设产生了深刻的影响。朱生豪的译作受到了中国古诗传统与新文化运动中新旧矛盾的波及,对卞之琳、英若诚翻译家的莎士比亚戏剧翻译都产生了一定的影响,更通过其在大众中的广泛传播,对于建国以来的文学精神建构起到了重要的作用。

第八章　翻译文学视野下的朱译莎剧研究

第一节　朱生豪莎剧翻译的文化视角研究

莎士比亚是欧洲文艺复兴时期英国伟大的戏剧家和诗人,也是世界文学史上最杰出的作家之一。被本·琼生所誉为"不属于一个时代而属于所有的世纪"的莎士比亚的作品具有永恒的价值,马克思和恩格斯曾高度评价他是"最伟大的戏剧天才",把他的作品誉为"世界艺术高峰之一"。历来文学研究家们都把莎士比亚当作试金石,作为检验其理论的依据。欣赏莎士比亚著作的最理想的方式,无疑应该是阅读其原著。可是目前能够直接用英语阅读而且能够欣赏莎士比亚原著的读者确实很少,可以说绝大部分读者欣赏莎士比亚都是通过译作进行的。在漫长的文化交流中莎士比亚作品被译成了世界各种文字,莎士比亚的戏剧在世界各地舞台演出,众多作家、学者、艺术家、评论家、翻译家、出版家以及各界的广大读者,都对莎士比亚有着特别的热爱。

一、朱生豪莎剧翻译研究的文化转向

在中国现代文学史上,通过中外作家直接交往或阅读外文原版书籍而直接受到外国文学作品的影响的作家还是少数,绝大多数作家都是读外国作品的译本而深受影响。"从某种意义上说,莎士比亚戏剧的翻译和介绍标志着一个国家和民族接受外来文化并受到影响的程度"。[①] 从莎士比亚的名字传入中国之后,许多译者开始了翻译的工

---

① 　李伟民,《对莎士比亚的开掘、守望与精神期待》,《西华大学学报》(哲学社会科学版),2004 年第 5 期,27 页。

作,其中重要的莎译家有朱生豪、梁实秋、曹未风、孙大雨、虞尔昌、卞之琳、方平等人。特别是朱生豪译莎"为中华民族争一口气",替近百年来中国翻译界完成了一件最艰巨的工程,实现了鲁迅"于中国有益,在中国留存"的殷切期望。

在中国,莎士比亚作品的翻译、研究和上演已有上百年的历史。现在中国的莎学研究已经建立了一支数百人的队伍,每年出版和发表的文章、专著也是蔚为大观。研究角度丰富多采,研究方法多种多样,充分显示了我国富有创见的莎学学者思想的活跃和视野的开阔。特别是20世纪以来,各种文学流派都把莎士比亚当成作其理论的试金石,对莎剧的丰富解读使得莎学研究的意蕴得到了无限的扩展和延伸,所出现的专著和文章,可谓浩如烟海。无怪乎英国莎学界人士曾有"莎士比亚的春天今日是在中国"之赞。尽管已经取得了巨大的成就,但是"我们的莎学还未建立自己的体系,在'以我为主'方面也做得不完善,还不能自然而自觉地立足于中华民族文化主体原则上来探究莎学"。①

王忠祥教授的"以我为主"就是要在莎学研究上不能仅仅为了研究而研究,要结合本土文化,真正做到"洋为中用"。无独有偶,吴笛教授也认为,为了从构成各民族文化土壤的经典中汲取精神养分,提升外国文学经典研究的学术地位,研究外国文学经典,应在原有基础上注重拓展和转向。为此,吴笛教授提出了三个转向:

首先,外国文学经典研究应从原有的文本研究转向文本生成渊源考证与生成要素的研究。

其次,外国文学经典研究应从文学翻译研究转向翻译文学研究。这一转向,使"外国文学"不再是"外国的文学",而是我国民族文化的一个有机组成部分,将外国文学从文学翻译研究的词语对应中解救出来,从而审视与反思外国文学经典生成与传播中的精神基因、生命体验与

---

① 王忠祥《外国文学研究》与莎士比亚情结《外国文学研究》2004 年第 5 期,13 页。

文化传承。我们关注外国文学经典在中国的传播,目的是探究"外国的文学"怎样成为我国民族文学构成的重要部分以及对文化中国形象重塑方面所发挥的重要作用。

最后,外国文学经典研究应从"外向型"研究转向关注中外文化交流和民族文化身份建构与民族形象重塑。研究外国文学经典在中国的传播,目的不是单纯地引进外国文化,而是服务于中国文化建设。[①]

总的来说,吴笛教授的三个转向是把外国文学经典研究与中华民族的现代化进程、中华民族文化的振兴与发展相结合,从我国的外国文学研究的整体发展及其对我国民族文化的贡献这一视野来考察经典的译介与传播。目的是从研究外国文学经典在中国的译介和其他艺术形式的传播为出发点,树立我国文学经典译介和研究的学术思想的民族立场,通过外国文学经典的中国传播,以及面向世界的学术环境和行之有效的中外文化交流,将外国文学经典的传播看成是中华民族思想解放和发展历程的折射,进而重塑文化中国的宏大形象。[②] 这三个转向把对于莎剧翻译的研究从传统只关注语言文学层面扩大到语言文学和文化的层面,因而具有更重要的意义和研究价值。

简单地说,吴笛教授的三个转向可以概括为:

(1) 从文本本身研究转向文本生成与演变的研究,即审美转向认知。

(2) 从文学翻译转向翻译文学研究。

(3) 从外向型研究转向关注中外文化交流与民族文化身份建构与民族形象重构研究。

这三点之间不是简单的罗列,而是有着相辅相成的关系。相同点都是的转变,不同点也是很明显的。第一个转向是研究的前提,即要认识到研究视角的转变,比如方平先生把莎士比亚的中译分为三个阶段:

---

① 吴笛:《中国社会科学报》,2011—11—12,第 237 期。
② 吴笛:《中国社会科学报》,2011—11—12,第 237 期。

文言阶段、白话阶段和诗体阶段，就是一个很好的例证，可以研究在中国发展的不同阶段为何会有不同的文本生成与演变；第二点是研究中心的转变，要重点关注翻译文学，要从翻译文学的性质以及归属等方面来论证与民族文学、世界文学之间的关系；第三个转向是目的，前两者的研究都是为了实现中外文化交流与民族文化身份建构与民族形象重构。

二、朱生豪莎剧翻译的文化语境

在翻译中，译者不可避免会受到所在的文化语境影响。特别是莎士比亚戏剧的复杂性和丰富性，为了适应译入语的文化语境，需要译者把情节、背景和作品的意义作本土化的处理，把莎士比亚融入到某个区域的世界观和表演习俗中去。中国文化深受儒家伦理道德的影响，这种文化意识逐渐潜移默化为中国人的无意识心理，成为中国人的思维定式和价值取向。中国传统伦理道德是中国古代思想家对中华民族道德实践经验的总结，是中华民族在长期社会实践中逐渐凝聚起来的民族精神。例如，根据杨周翰教授的统计，在莎剧《李尔王》中，Nature 一词曾出现 40 多处，翻译家朱生豪根据不同的上下文分别译成天地、本性、人性、生命、精神、身体、身心、仁慈、慈悲、人伦、天道人伦等，但最多的还是译成了"孝"。[①] 译者在翻译过程中，很容易使用带有中国伦理亲情关系"踪迹"的词语去解读和替代原语文化信息。因为在中国，儿女对父母尽义务被称为"孝"，但在西方基督社会里，主张一种泛爱精神，父母疼爱自己的子女，认为是很自然的（Nature），反过来子女尽责于父母也是自然（Nature），他们认为每个人作为原罪者都面临着同样的最后审判，地位是平等的。而中国的儒家思想讲究"孝、悌、忠、信"，等级观念极强。其中"孝"是儒家人伦的中心，也是中国传统伦理道德的中心，"孝"的特殊文化内涵不仅成为统摄家庭关系的原则，甚至扩展到君臣关系。以这种孝子和君臣思想支配的孝顺伦理观念是中国长

---

① 杨周翰：《镜子与七巧板》[M]，北京：中国社会科学出版社，1990 年，91 页。

期文化给人们留下的印迹,所以译者在许多地方都将表示自然关系和普遍之爱的 Nature 译成了"孝"。[①]

在不同文化的碰撞和交流中,译者往往会受到他所在的文化环境下形成的伦理价值观的影响,常常以目的语(Target Language)[②]文化的语境去解读和替代源语(Source Language)文化信息,使得出发语文化在向目的语文化迁移的过程中表现出目的语伦理文化的印迹。

《罗密欧与朱丽叶》第三幕第二场中有这样一个情节:罗密欧与朱丽叶曾山盟海誓,可这对苦命鸳鸯只能做一夜夫妻,罗密欧就要被放逐。奶妈拿来一盘绳子(软梯),叫朱丽叶晚上挂在楼窗前,好让罗密欧在被放逐之前,爬进朱丽叶的闺房,与她幽会欢合一夜。朱丽叶望着绳索感叹:

> He made you a highway to my bed,
>
> But I, a maid, die maiden- widowed.

译文一:他要借你做牵引相思的桥梁,

可是我却要做一个独守空闺的怨女死去。(朱生豪译)

译文二:他本要借你做捷径,登上我的床;

可怜我这处女,守活寡,到死是这样。(方平译)

这个译例进一步说明了目的语文化伦理道德规范对文学翻译的制约作用与目的语文化接受状态有关。中国有 1000 多年儒家正统思想的统治,有与中国传统伦理合流的道德规约。在 20 世纪 30 年代中国处于闭关落后的时代,文化开放程度还不高,由于受传统的伦理价值观的影响,朱生豪为了便于那个时代的读者接受,把形象的"床"改为抽象的"相思",把灵与肉的交融变为单纯的精神之爱,文字典雅了,粗俗消

---

　　① 　见曹英华:《论文学翻译中的文化介入》,《牡丹江大学学报》2008 年第 2 期,74—75 页。

　　② 　源语(Source Language)、目的语(Target Language)与原语(Original Language):作者写作时用的语言叫做原语(Original Language)。基于这个原语作品可以产生一个作品。如果将这样产生的作品作为蓝本,进行翻译,那么这个蓝本的语言就是新译作品的源语(Source Language),而新译作品的语言就是目的语(Target Language)。

逝了。① 对于 30 年代的中国读者来说，朱生豪的翻译是适应读者审美接受范围的。20 世纪后期，随着西方文化思想的进入，中国传统的伦理价值观也受到一定程度的冲击。相比之下，方平的译文中这两行稍微带有隐含性描写的译法属于中国读者审美接受范围之内，因此方平的重译适应了时代的需要，既能够被译文读者接受，又很好地传达了原作的"神味"，因为"床"是性的象征，莎士比亚原文也表达了朱丽叶对灵与肉融为一体的渴望。方译让中文读者和研究者品尝到了莎剧的原汁原味，窥见到了那个时代的真实的社会生活和真实的莎士比亚，从而能够更加全面地理解莎剧，更加准确地把握莎剧的时代精神和思想内涵。

因此，朱生豪和方平的译文已经不能简单地从语句上来分析"对"与"否"的问题了，只能从文化语境出发，以翻译文学为视角去审视。从学理的角度来说，翻译文学是一个与译介学相关的概念。因此在理解翻译文学之前要先理解译介学的基本概念。

第二节　译介学与翻译研究

一、译介学的概念②

译介学(Medio-Translatology 或 Translation Studies)源于法国比较文学学者梵·第根(Paul vanTiegh−em)在 1931 年出版的《比较文学论》一书中提出的第七章"媒介"的内容，也是属于早期比较文学中的媒介学(Mesology)范畴。它关心译本与原文相比，是否"完整"，是否"准确"，以及译者的"传记"、"文学生活"、"社会地位"等问题，译介学源自比较文学研究中影响研究的三大范畴：誉舆学、源流学、媒介学。比较文学中的译介学研究是比较文学研究中语言、文字与文学性相结合的部分，主要指文学翻译、翻译文学以及文化层面上的翻译研究，也是

---

① 见李汝成：《走近莎士比亚》，《外国文学》2002 年第 6 期，86 页。

② 本节部分内容源自朱安博、朱凌云：《译介学的名与实》，《北京第二外国语学院学报》，2008 年第 8 期。

把翻译作为一种跨语际交流实践所进行的跨文化研究。由于原语和译语处于不同的文化背景，是各自社会的文化载体，译介学从文化角度入手对翻译研究进行审视，随着文化研究的兴起，译介学也因此越来越受到比较文学研究学者的重视。

在中国，自比较文学复兴以来，就有学者从比较文学角度来研究译介学问题。对于译介学的界定，谢天振教授在其专著《译介学》一书的绪论中就清楚说明："译介学最初是从比较文学中媒介学的角度出发、目前则越来越多是从比较文化的角度出发对翻译（尤其是文学翻译）和翻译文学进行研究。严格而言，译介学的研究不是一种语言研究，而是一种文学研究或者文化研究，它关心的不是语言层面上出发语和目的语之间如何转换的问题，它关心的是原文在这种外语和本族语转换过程中信息的失落、变形、增添、扩伸等问题，它关心的是翻译（主要是文学翻译）作为人类一种跨文化交流的实践活动所具有的独特价值和意义"。① 谢天振教授的译介学定义也把其研究的内容与重点定位于"对翻译（尤其是文学翻译）和翻译文学进行研究"，这个界定可以说是对那种专注于语言转换层面的传统翻译研究的颠覆，是比较文学视野下具有开拓意义的翻译研究。

关于译介学研究的内容问题，谢天振教授早在 1999 年他的专著《译介学》中就有所概括。他主要探讨了三个方面的问题：一是文学翻译的再创造性质，揭示它与文学创作的相通之处。二是翻译文学在国别（民族）文学中的地位。三是关于翻译文学史的方面。② 这是较早提出译介学研究范围的问题。

在传统的莎剧翻译研究中，很多学者是从翻译"技巧"的层面探讨朱生豪等译者在莎剧翻译中语句的得失。我们知道，在莎剧译者翻译的文字中找到一些批评的例子是比较容易的。但是，真正从宏观上、从

---

① 　谢天振，译介学[M].　上海：上海外语教育出版社，1999 年，1 页。
② 　谢天振.译介学[M].　上海：上海外语教育出版社，1999：334.

文化学、译介学的角度提出批评则相对较难。从翻译文学、译介学的角度来考察朱生豪翻译什么（作品的选择）、如何翻译（翻译的方式）、为何翻译（翻译的动机），进一步探讨朱生豪在翻译中的文化理想，价值追求和政治关怀，描画朱生豪精神变迁的轨迹，从而论证目的语主流社会文化规范会在特定时期作用于译者的翻译行为。从译介学的角度来看，将朱译莎剧的翻译文学文本纳入特定时代的文化时空进行考察，阐释文学翻译的文化目的、翻译形态、达到某种文化目的的翻译上的处理以及翻译的效果等，来探讨翻译文学与民族文学在特定时代的关系将有时代的意义。朱生豪的翻译成为他自己对莎剧的一种解读，他不懈地致力于不同文化交流的生命历程，有助于我们在他所展示的宽阔的文化视野中更深刻地领悟到翻译的真谛。

二、译介学与翻译研究

译介学与传统翻译研究的范围领域和方法都有所不同，关于这方面的论述较多，主要集中在强调译介学是文学翻译或翻译文学的研究，也是和比较文学学科的研究目的一致的，即是从"跨语言、跨文学和跨文化的文学研究。"一般而言，翻译研究一般分三个方面：翻译理论、翻译技巧和翻译历史的研究。在我国，翻译史的研究在早先是不大受到重视的，翻译研究更多的是翻译技巧研究。不过近些年来，翻译界开始意识到翻译史的重要性。与翻译研究不同的是，目前，国内译介学研究大都从翻译文学与中国文学的关系、比较文学与翻译研究的关系、翻译研究文化转向的意义和文学翻译"史"（如资料梳理的价值）的研究等几个方面着手，是从文学和文化的层面，从跨语言、跨国别、跨文化的角度来审视和研究翻译这一实践活动。"译介学的研究标志着我国的翻译研究开始走出了以'怎样译、如何译'为标志的翻译技能、技巧的研究，而逐渐融入当代世界翻译研究以'文化转向'为主导的，从文化层面上对翻译，尤其是文学翻译所进行的一种跨文化研究。"①

---

① 张晔. 译介学对传统翻译研究领域的拓展[J]. 外语学刊, 2003(3).

　　而事实上，一般的翻译研究也不仅仅局限于语言文字的转换，而具有了更为广阔的学术视野。德国学者、翻译理论家凯瑟林娜·赖斯(Katharina Reiss)在其著作《翻译批评——潜力与制约》(Translation Criticism——The Potential & Limitations)中，就探讨了翻译批评中语言之外的一些因素(Extra-linguistic Determinants)，如题材(The Subject Matter)，时代(The Time Factor)，地点(The Place Factor)，目标语(The Audience Factor)，源语言(The Speaker Factor)以及情感(Affective Implications)等因素。① 作者运用翔实的例证，对文本进行了系统的分析，比较全面地论述了翻译研究中应注意的一些问题，对译者在翻译过程中所受到的种种制约以及译者在译文中融入个人诠释等一些重要问题进行了阐述。从比较文学的角度来看，这就不是一般的翻译研究论著，其研究内容与对象就是对翻译文学一些相关的因素，如译者、译本、翻译选择等文学与文化关系研究，而这恰恰也就是目前译介学的研究范畴。

　　译介学的文化层面重在对原作之多种译本的比照研究，讨论其得失长短。比如，周兆祥对汉译《哈姆雷特》的诸种文本比较研究，不仅盘点了这些译本艺术上的得失，也带出了 20 世纪中国接受西方戏剧的具体语境。而后者已介入接受研究领域，也就是说从文本研究进入到了文化语境研究。翻译文本本身成为接受语境中的一个新的创作契机，自备一种艺术价值，自成一种艺术风格。②

三、文学翻译与翻译文学的区别

　　对于文学翻译与翻译文学来说，首先要清楚几个相关的概念。翻译文学不同于文学翻译。文学翻译，顾名思义，首先是"文学"作品的翻

---

　　①　Katharina Reiss. Translation Criticism——The Potential & Limitations，Shanghai Foreign Language Education Press[M]. 2004. p66—86.

　　②　张宁:《比较文学"译介学"的性质及其对象》，《学术月刊》，2007 年 8 期，114—115页。

译,属于翻译的一种,与科技翻译、商业翻译等并行,属翻译的门类或方法论。翻译文学,从词语构成来说,属于偏重结构,即"翻译"修饰"文学",后者是重心。尽管与翻译的关系极为密切,然而它属于文学范畴,与外国文学、国别文学并行。"翻译文学"是一个引起纷争的概念。由于涉及到翻译文本本质属性的大问题,对于翻译文学在国别文学间及文学多元体系中的定位更是理论界关注的热点。

总之,文学翻译与翻译文学是两个关系密切但并不相同的概念。"相同点是二者都与文学及翻译有关,都涉及原作者与译者;不同点是二者的定义与性质各异:文学翻译定性于原作的性质,即外国(或古代、少数民族)文学作品的翻译,与之相对照的是科学(自然科学与社会科学)作品的翻译。翻译文学则是文学的一种存在形式,定性于译品的质量、水平与影响。……文学翻译强调的是再现、再创原作的文学品质、文学性及美学价值,从而使外国文学作品成为我国的翻译文学作品,其意义与价值有时并不下于创作,甚至可以与原作媲美而同时并存"。①

翻译文学能够渐渐引起学界的关注,离不开谢天振等一些学者对翻译文学地位的大力张扬。早在 1989 年,谢天振就发表了《为"弃儿"找归宿——翻译在文学史中的地位》(《上海文论》,1989 第 6 期)一文,指出"文学翻译中不可避免的创造性叛逆,决定了翻译文学不可能等同于外国文学",并提出"恢复翻译文学在中国现代文学史上的地位"的主张。后来他又发表了《翻译文学史:挑战与前景》和《翻译文学——争取承认的文学》(《中国翻译》,1992 年第 1 期)两文,再次指出"翻译文学在国别(民族)文学中的重要地位,并且把它作为一个相对独立的文学事实予以叙述,这是值得肯定的"。② 同时指出:"在 20 世纪这个人们公认的翻译的世纪行将结束的时机,也许该是到了我们对

---

① 佘协斌,《澄清文学翻译和翻译文学中的几个概念》,《外语与外语教学》2001 年第 2 期 53 页。

② 谢天振,《译介学》[M]. 上海:上海外语教育出版社,1999 年,227 页。

文学翻译和翻译文学作出正确的评价并从理论上给予承认的时候了。"①尽管在谢天振之前也有几篇关于翻译文学的文章发表，但或许由于发表这些文章的刊物与翻译的关系不大，或许由于所谈内容的侧重问题或其他客观原因，这些文章在译界影响不大。毫无疑问，正是谢天振的几篇文章，才渐渐引发了译界和比较文学界乃至文学界对翻译文学研究和探讨的热情。

在我国，从最初提出和采用"翻译文学"这个术语，到在相关的文学史中列入"翻译文学"的专章，再到近年来从学术层面上展开对翻译文学的研究，以及最终推出一部关于翻译文学的专著——《翻译文学导论》，其间走过了整整一个世纪的漫长的道路。②

中国现代文学研究界对近代以来如此大量存在的翻译文学现象，有越来越多的学者开始给予重视和研究了。20 世纪 90 年代以来，学界关于翻译文学的研究著作和论文也日益增多。比较有代表性的如郭延礼著的《中国近代翻译文学概论》(湖北教育出版社，1998 年)分上下两编，下编分 10 个部分，以翻译家的活动为脉络，分述梁启超、严复、林纾直至胡适、陈独秀、刘半农的文学翻译活动。以翻译家为脉络展开的叙述，不仅较为详细地描述了翻译家们的翻译活动，而且还相当具体地介绍了翻译家们的译作，凸显了翻译家和翻译作品在翻译文学史上的主体地位。

目前在中国学术界，对翻译文学的定位有两种截然不同的观点。一种观点认为翻译文学属于外国文学；另一种观点认为，翻译文学属于译语民族文。前者的理据是，①译作本身所表现的思想内容、美学品质、价值取向、情感依归等等均未被全然民族化，②将翻译文学纳入民族文学的观点无法妥善安顿原作者和翻译家的位置，是对翻译文学的

---

① 谢天振，《翻译文学—— 争取承认的文学》[J].《中国翻译》，1992 年第 1 期，3 页。

② 谢天振，《关于翻译文学和翻译研究的几点思考》，《中国比较文学》，2008 年第 1 期，26 页。

民族性特征的片面放大。① 后者的依据是，①翻译文学不可避免地归附于一种语言，这种语言不是原作语言而是译作语言。②文学翻译的创造性叛逆的性质决定了翻译文学不是外国文学，即翻译文学价值持有者和承担者是翻译者，因为一部源语作品在译入不同的目的语以及经由不同的翻译者译入同一种目的语的时候，译作与原作之间以及不同译本之间往往存在着相当大的价值距离，原作的价值在经过翻译者的劳动之后得到部分的消解并在此新的基础上得到扩大。②

尽管目前学术界对翻译文学的定位有着不同的看法，甚至还有反对的观点，但是对于翻译文学研究的重要性以及对文学翻译研究的视角扩展却是不容忽视的事实存在。翻译文学和民族文学相互交织、互为影响的关系也越来越引起学术界的重视。

第三节　从朱译莎剧的文学翻译
转向翻译文学研究

一、翻译文学的归属

谢天振教授是国内较早从理论上论证翻译文学归属问题的学者。他的译介学理论论证了从文学翻译到翻译文学的转变，使翻译家和翻译作品的地位大大提升，将翻译家写进了国别文学史。王向远教授的《翻译文学导论》（北京师范大学出版社，2004 年）向读者全面展示了向远教授有关翻译文学的思考。这是我国迄今为止第一部全面论述翻译文学的概念、特征、功用、方法等方面的理论专著，对于推动国内翻译文学研究的深入发展，其贡献是不言而喻的。在讨论"文学翻译"与

---

① 见刘耘华，《文化视域中的翻译文学研究》，《外国语》，1997 年第 2 期。

② 葛中俊，《翻译文学：目的语文学的次范畴》，《中国比较文学》，1997 年第 3 期；谢天振：《2001 年翻译文学一瞥》，《中国作家评论》2002 年第 2 期。田传茂《翻译文学二题》《国外文学》2005 年第 4 期，88 页。

"翻译文学"的区别时,王向远教授认为文学翻译"是一种行为过程,也是一种中介或媒介的概念,而不是一个本体的概念;'翻译文学'则是'文学翻译'这一过程直接结果。"这样提就把两者区分得很清楚了。既然翻译文学是文学翻译这一过程的直接结果,那么所有已经翻译成译外语的作品也就都"直接"成为了翻译文学的一个组成部分。[①]

自从翻译文学概念提出以来,学界争论不断。认为翻译文学属于源语文学和属于译语文学都具有合理性。表面上来看好像是一个二元对立的问题,而实际上却是以源语为中心还是译入语为中心的角度不同而已。看问题的着眼点和侧重点不同,导致了观点的不同。在这种局面下,张南峰的观点具有积极性的突破意义,他把我们的认识引入了第二个层面,摆脱二元对立。

在翻译文学归属的问题上,张南峰的观点打破了二元对立的局面。他从多元系统论的观点出发认为:把翻译文学纳入本国文学史的呼吁,是完全合理的,但按照作者的国籍来判定作品的国籍,未能摆脱二元对立的传统观念,而承认翻译文学国籍的模糊性、双重性甚至游移性,才是出路所在。"国别文学史不单应该或者可以研究外国文学对本国文学的影响,而且也应该或者可以研究本国文学对外国文学的影响。假如我们认为,不研究前者,国别文学史就不完整,那么我们同样可以认为,完整的国别文学史还必须研究后者。"[②]

当然,不是所有的文学翻译都能成为翻译文学。村上春树的译者林少华的一段话道出了文学翻译成为翻译文学的关键:

> 文学翻译决不仅仅是技术处理,还有个艺术再现的问题。也就是说,在技术操作上置换一砖一瓦的同时,还要在艺术上使其保持整体搬迁的效果。格调是建筑物的灵魂。审美感动是艺术的真谛。即使房间用料再考究,工艺再精湛,而若客人没有村上所追求的"宾至如归之感",不能够"心怀释然",不能够在房间同作者"分享什么",那么这样

---

①　王向远. 翻译文学导论. 北京:北京师范大学出版社,2004:6.

②　张南峰. 从多元系统论的观点看翻译文学的"国籍"、外国语,2005(5).

的房间即使远游到中国又有什么意思呢！无非游乐园里供人们一笑置之的仿洋建筑而已。这样的翻译只能说是在翻译文字，而不是翻译文学。文学翻译，说到底是破译他人的灵魂与情思，是传递他人的心律和呼吸，重构原文的氛围和韵致，亦即传达"房间"的格调、氛围与感觉。①

把翻译文学作为文学和文化研究的对象进行分析和评述，从而打开了从比较文学和比较文化角度研究翻译的一个窗口，开拓了国内翻译研究的新领域，也为探究中外文化交流提供了一个全新的视角。"通过研究翻译，学者们为比较文学打开了一个新的研究层面，传统比较文学的研究课题得到了比以前更为深刻、更为具体、更加显现的阐释"。②对于研究朱生豪的翻译文本来说，不仅只是从传统的字面翻译角度来探讨，还可以拓展研究领域与思路，从中西文化交流的视角出发来研究朱译莎剧，这无疑是开辟了朱生豪研究的新领域。

二、莎剧研究中翻译文学的缺失

一个世纪以来，中国的莎学研究取得了令人瞩目的成就。展开了从语言学到文学、从殖民主义到后现代主义等多角度全方位的研究，显示出中国莎学研究的整体实力与水平。"莎士比亚戏剧作品的翻译在中国 1949 年以前的介绍、传播与接受经过了百转千回的艰辛历程和转型：从陌生到热爱，从片段到整体，从零散到统一，从小说到戏剧，从文言文到白话文，从书面体到舞台词。"③另外，在中国莎士比亚学中，翻译莎士比亚作品取得了辉煌的成就。"莎士比亚作品的翻译、莎士比亚作品的评论、研究与莎士比亚戏剧的演出在中国莎士比亚传播史上形成了三足鼎立的局面，其中对莎士比亚作品的翻译构成了评论、研究与演出的基础。检视中国莎士比亚作品的翻译，可以说，多年来一批著

---

① 林少华，《林少华解读村上小说》，中华读书报，2001 年 9 月 28 日。

② 谢天振，《论比较文学的翻译转向》，《北京大学学报》（哲学社会科学版），2008 年第 3 期，44—48 页。

③ 王心洁，王琼，《中国莎学译道之流变》，《学术研究》，2006 年第 6 期，143 页。

名翻译家均致力于原创性的莎作翻译,从20世纪40年代起到21世纪初,陆续推出了一部部优美、典雅、既适合案头阅读又适合舞台演出、或散文或诗剧的莎士比亚全集。同时,对各种莎译本的批评也时常见诸报刊。但是却鲜有人对他们的翻译经验,翻译研究中的各种批评观点进行系统的梳理和学理的探讨。显然,这与翻译莎作的巨大成就相比是极不相称的"。① 特别是对于朱生豪来说,目前也只是有少数的单篇文章,作者也往往只是根据几个例句来分析朱生豪翻译的优劣得失,很少全面系统的进行研究和梳理。

从翻译研究角度来看,"多年来莎士比亚翻译研究并没有引起莎学界的足够重视,甚至也没有引起翻译界的重视,没有或很少有人进行全面总结研究,已经出版的莎学著作和莎士比亚辞典对这方面也少有述及。"②虽然莎学研究成果是巨大的,但是鲜有从翻译文学的角度来研究莎剧在翻译方面怎样成为我国民族文学构成的重要部分以及对文化中国形象重塑方面所发挥的重要作用。

近年来,一些学者在研究我国传统译论和翻译家翻译思想等方面做出了卓越的成就。郭著章等编著的《翻译名家研究》集中研究了当代中国数位翻译家。"书名中的'翻译名家'者,乃在翻译业绩方面有特殊贡献的著名人物也,他们是鲁迅、周作人、胡适、郭沫若、林语堂、徐志摩、茅盾、梁实秋、钱歌川、张谷若、巴金、傅雷、萧乾、戈宝权、王佐良和许渊冲。……对每位名家发表的散见各处的翻译见解进行了发掘淘炼、爬罗剔抉乃至发幽显微的工作,使之条理化、系统化,找出了其特点、渊源、发展和影响,指出其在我国翻译理论研究和翻译事业中的地位、作用或意义"。③ 可遗憾的是,《翻译名家研究》中竟然使得毕生译莎"为中华民族争一口气"的朱生豪缺席。

王秉钦《20世纪中国翻译思想史》(南开大学出版社,2004年)以

---

① 李伟民,《中国莎士比亚翻译研究五十年》,《中国翻译》,2004年第5期,46页。

② 李伟民,《中国莎士比亚批评史》[M].北京:中国戏剧出版社,2006年,273页。

③ 郭著章,《翻译名家研究》,序言.武汉:湖北教育出版社,1999年,3页。

"十大学说思想"("文质说"、"信达雅说"、"信顺说"、"翻译创作论"、"翻译美学论"、"翻译艺术论"、"艺术创造性翻译论"("意境论")、"神似说"、"化境说"、"整体(全局)论")为中心命题,追溯其共同的历史渊源,继承、发扬、开拓传统译论思想;也缺少朱生豪的神韵说思想介绍,没有能够进入"十大学说思想"。

这么多权威的翻译史、翻译家研究,在对朱生豪时候,竟然"不约而同"地集体失语,这不能不令人深感遗憾与深思。"我国学术界对翻译文学的关注和重视,如果从梁启超、胡适算起,差不多正好是100年的历史。然而在这100年的时间里,前半个世纪,我们的学者大多只是注意到翻译文学的存在,认识到翻译文学的功用,却鲜有人从理论上、从学术层面上,对翻译文学作为一个相对独立存在的文学类型的性质、归属等问题进行深入的研究。因此,长期以来,我国学界对翻译文学的认识是比较模糊的"。①

三、莎剧研究中翻译文学的意义

在中国现代文学史上,许多作家都是翻译家,翻译文学构成了许多作家从事创作的一个必要的组成部分。除朱生豪外,鲁迅、胡适、郭沫若、茅盾、冯雪峰、郑振铎等,都留下了大量的文学译著,这些译著也显示出翻译文学与作家创作之间的紧密联系。莎士比亚等对中国作家的影响不言而喻,"中国现代作家与翻译文学之间存在紧密的联系是不言自明的客观事实,许多作家不仅同时也是翻译的行家里手,而且他们的文学创作从思想基源到艺术手段到语言技巧,无不折射出翻译文学对他们的影响和启发"。② 劳伦斯·韦努蒂指出翻译有助于本土文学话语的建构,并参与了本土语言与文化的发展,翻译能够修订最有影响力的文化群体的典律,而且可以促使另一文化群体创制译本并作出反应。

---

① 谢天振,《关于翻译文学和翻译研究的几点思考》,《中国比较文学》,2008年第1期,23页。

② 张德明,《翻译文学与中国现代文学现代性》,《人文杂志》2004年,第2期,115页。

翻译以巨大的力量构建对异域文化的表述,为文化的抗争、革新及变动提供了各种可能性。① 因此,在研究现代作家与翻译文学的关系中,要把现代作家与翻译文学之间在语言发展变化、创作技巧、题材、情节结构等一系列深层内涵充分提示出来。在中国文学发展史上,外国戏剧的翻译对中国文学特别是戏剧的发展起到了催生作用。翻译外国戏剧对中国剧作家的选材、思想意识及创作技巧等产生了深远影响。

在前面的论述中,吴笛教授认为外国文学经典研究应从文学翻译研究转向翻译文学研究。这一转向,使"外国文学"不再是"外国的文学",而是我国民族文化的一个有机组成部分,将外国文学从文学翻译研究的词语对应中解救出来,从而审视与反思外国文学经典生成与传播中的精神基因、生命体验与文化传承。我们关注外国文学经典在中国的传播,目的是探究"外国的文学"怎样成为我国民族文学构成的重要部分以及对文化中国形象重塑方面所发挥的重要作用。因此,既要宏观地描述外国文学经典在原生地的生成和在中国传播的"路线图",又要研究和分析具体的文本个案;在分析文本个案时,既要分析某一特定的经典在其原生地被经典化的生成原因,更要分析它在传播过程中,在次生地的重生和再经典化的过程和原因以及它所产生的变异和影响。②

无独有偶,其他学者也从不同的角度论及了翻译文学的重要性。"我们必须承认,翻译文学对中国现代文学的发展是有着巨大的推动作用的,它促成了中国现代文学现代性的生成,对现代作家的文学创作产生了巨大的影响,也与中国现代文学一起,承担了现代时期启蒙、救亡、文化建构等文学使命,因而其历史价值不容低估"。③ 今天我们所面临的问题与莎士比亚时代的问题仍然有很多相似之处:生死爱欲、战争与和平、人与宗教、人与自然、人与社会等和谐问题都是应当引起我们注

---

① 劳伦斯·韦努蒂,翻译与文化身份的塑造[M],北京:中央编译出版社,2001 年。

② 吴笛,《外国文学经典研究的转向与拓展》,《中国社会科学报》,2011 年,11 月 11 日。

③ 张德明,《翻译文学与中国现代文学现代性》,《人文杂志》,2004 年,第 2 期。

意的。"通过对莎士比亚作品的批评以及对这种批评的梳理，或许我们会在现代意义上更为深刻地理解人类面临的各种问题"。^① 因此，阅读朱生豪翻译的莎士比亚、研究朱译本的莎士比亚，目的是从文化、文学传播和中西文化交流的视野全面吸收莎翁的思想、艺术精髓，对中国文学有促进和借鉴作用，让中国文学渐渐融合世界文学的潮流。

---

① 李伟民，《中国莎士比亚批评史》[M] . 北京：中国戏剧出版社，2006 年，506 页。

结　语

在中国,莎士比亚大概是外国作家中被翻译最多的一位了,历经了一个多世纪的翻译历程,出现了全集译本多套和数个选集译本,而且大多数剧本都有不止一个单行译本。从复译和诗学的角度来说,原文本的历史性和译本的历史性一起构成了文学翻译的"历史性"。原文本是以社会文化为语境的产物,而译本同样体现了译者及其生活的时代特征。"文学经典的翻译并不是一个自我封闭的静态系统,而是一个不断自我调整和适应的开放系统。不同时代或同时代的不同译者,由于翻译诗学的差异,对同一文本阐释的角度也不尽相同……作为经典中心的莎士比亚作品有其复译的必要性,唯有通过不同的译者构成的不同解释性文本,才能肩负起莎士比亚作品在新的时空中得以展现、完善与延续的重任。"[①]同时期的译者对汉语诗学可能有不同的主观选择,体现在翻译上则有不同的翻译策略。

相比其他几位莎剧译者,朱生豪翻译的散文体莎剧,以其译笔流畅、通俗易懂为读者所称道,具有很强的可读性;而梁实秋以"存真"为特征,译本为莎学研究者提供了参照,具有较高的可研究性;方平主译的《新莎士比亚全集》(2000年)以全新的追求尝试以诗体译莎,体现了创新性价值。

一个翻译文本之所以在目的语系统中能够得以接受,与当时的社会文化系统有着密切关系。翻译活动受到这一系统的意识形态及诗学

[①]　兰莉《翻译诗学与文学经典的复译——以莎士比亚戏剧翻译为例》长春理工大学学报2010年12期60页。

上的准则制约和影响。如前文所述,朱生豪在莎剧翻译中不拘泥词句,而是以"神韵"翻译思想把莎士比亚戏剧文学的精髓通过精妙的语言和感悟,加以适当的改造以适合中国读者的阅读心理。更重要的是朱生豪的莎剧翻译,包含着爱国主义情怀,他以生命译莎,对人生意义价值有较为深入的理解。朱生豪以其特有的翻译诗学风格,以莎剧翻译为载体,是与莎士比亚穿越时空的灵魂相遇。

在传统的翻译研究中,研究者通常只注重翻译过程中的字词句转换等语言现象,并不关心它的文学地位。在朱生豪等译者翻译的文字中找到一些批评的例子是比较容易的。但是,"真正从宏观上、从哲学、语言学、文化学、译介学的角度提出批评,指出整部莎剧或莎作全集翻译特点、风格则相对较难

……这种翻译批评虽然难以引起翻译者的注意,但是却应该引起中西文化交流研究者、比较文学研究者的注意,因为莎士比亚翻译批评研究为他们提供了分析材料,使比较文学研究者可以从译介学的角度研究不同莎作译本在创造性叛逆方面究竟走了多远?译者的翻译实践在多大程度上实现了他的翻译主张?他们的翻译异同在哪里?对莎氏翻译家比较系统、全面的翻译思想的探讨基本上是空白。"①因此,从文化的角度来研究朱生豪的文学翻译,不仅可以弥补只关注朱生豪在翻译中字词句的转换技巧等语言现象的不足,更能够从语言、文学和文化的层面多角度进行系统地研究朱生豪的翻译思想。

"回顾近现代的文学翻译和文学创作的历史,我们不难发现,从语言运用的方面而言,对白话语言在文学表达上的可行性是先在翻译文学上取得成功后,再由现代作家落实在文学创作上的。"②朱生豪翻译莎剧的时候正好赶上新文化运动后白话文从不成熟走向成熟的阶段。这一时期,朱生豪的白话文得到充分发展。在之江大学时期,他被誉为

---

① 李伟民,《中国莎士比亚翻译研究五十年》,《中国翻译》,2004年第5期,52页。
② 张德明,《翻译文学与中国现代文学现代性》,《人文杂志》2004年,2期。

"之江诗人",不仅写过大量的旧体诗词,更是写过许多白话诗。另外,他用白话文来翻译莎剧,不仅只是顺应了当时文化发展的潮流,更是为了使得莎士比亚戏剧有更广泛的读者。在这之前,中国莎剧翻译还处于初始阶段,不仅译出的剧本数量很少,而且删改严重,大多还是文言翻译的故事梗概,在某种意义上来说是"扭曲"了莎剧的艺术价值。因此,"朱生豪的莎剧翻译标志着我国莎士比亚戏剧翻译的一度转向,即从文言文到白话文、从零星翻译到系统翻译、从随意增删到忠实原文的转向。"①朱生豪以白话诗学的标准进行莎剧翻译,并试图与传统诗学调和。在这种翻译诗学观背景下,朱生豪采取了操纵的改写策略,顺从了汉语白话的诗学规范,并以个人深厚的古典文学功底对原作进行适度的改写,以求"最大可能之范围内,保持原作之神韵。"

新文化运动之后,许多剧作家如田汉等,都大力着手翻译莎士比亚的作品。朱生豪以其深厚的古典文学功底使读者欣赏到莎翁的精髓。"朱生豪的莎翁译作的一大特点和对国际莎学的贡献是他将莎士比亚式的英语翻译成现代的白话文,这在传播和接受意义上使得中国观众要比英语国家的观众更加容易理解。他的 31 部莎剧译作奠定了 1978 年在北京出版的《莎士比亚全剧》的基础,推动了莎学在中国的飞跃性发展。"②朱生豪译莎是在 20 世纪 40 年代,这正是左翼戏剧家以戏曲作为文化载体,从而走向民众,以达到宣传革命的目的,朱生豪译莎的动力和爱国情怀不能说不受此影响。这一时期的戏剧翻译主要有作为文学作品阅读和作为舞台剧本上演两种目的,而作为文学阅读为目的的戏剧翻译反映了该时期社会、政治、文化的需要。朱生豪的译莎就是在这种文化语境的一种体现。在这种翻译诗学观背景下,朱生豪不在个别字句的得失上纠缠,而是着眼于剧情和阅读的需要。他用白话散文体来翻译,既是顺应了文化发展的潮流,也使得莎士比亚戏剧拥有更

---

① 邓笛,《从朱生豪到方平中国莎士比亚戏剧翻译的二度转向》《鲁迅研究月刊》2008年第 9 期,50 页。

② 王心洁,王琼,《中国莎学译道之流变》,《学术研究》,2006 年第 6 期,143 页。

广泛的读者。

　　文学历史的发展已证实翻译文学直接参与了现代文学史的构建和民族文化的发展。"一方面,中国文学所受到的外来影响是无可否认的,但另一方面,这种影响也并非消极被动的,而是更带有中国作家(或翻译家)的主观接受——阐释的意识,通过翻译家的中介和作家本人的创造性转化,这种影响已经被'归划'为中国文化的一部分,它在与中国古典文学的精华相结合过程中,产生了一种既带有西方影响同时更带有本土特色的新的文学语言。"①在此过程中,意识形态、文化语境和本土文学的地位等影响着翻译文学的主题选择和翻译策略,从而在一定程度上操纵着翻译文学的发展方向,而翻译文学的发展方向又深刻影响着民族文学的改写和发展。"文学作品在被翻译成另外一种语言时,为了能使译文的读者产生与原文读者同样的艺术感受,译者就不得不参照译语环境,找到能够调动译文读者产生审美阅读的语言手段。文学翻译不但使原作在另一种语言、文化和社会中得以新生,同时也在其中植入了新的表达方式、思想和视野。"②因此,在文学发展的过程中,翻译文学和民族文学相互交织、互为影响。

　　在莎剧的文学翻译研究中,不能仅仅只关注朱生豪等译者在翻译中字词句的转换技巧,而应该强调在研究莎剧是如何在中国成为经典,并进一步演变与传播的。从文化的角度来看,将朱译莎剧的翻译文学文本纳入特定时代的文化时空进行考察,阐释文学翻译的文化目的,以及为达到某种文化目的在翻译上的策略处理以及翻译的效果等,进而来探讨翻译文学与民族文学在特定时代的意义。在此基础上,关注朱译莎剧在我国传播演变过程中所起到的中外文化交流、民族文化身份建构和民族形象重塑等方面的重要作用,从而使世界文化的发展形成一幅色彩斑斓的多元文化景观。

---

　　① 王宁:《现代性、翻译文学与中国现代文学经典重构》,《文艺研究》2002 年第 6 期,39页。

　　② 曹顺庆,《翻译文学与文学的"他国化"》,《外国文学研究》,2011 年第 6 期,112 页。

参 考 文 献

Baker, Mona. 1995. Corpora in Translation Studies: An Overview and Some Suggestions for Future Research [J]. Target, 7(2).

Baker, Mona. 2000. Towards a Methodology for Investigating the Style of a Literary Translator [J]. Target, 12(2).

Baker, Mona. 1993. Corpus Linguistics and Translation Studies: Implications and Application. In M. Baker, G. Francis and E. Tognini—Bonelli (eds.) Text and Technology: In Honour of John Sinclair. Amsterdam/ Philadelphia: John Benjamins Publishing Company.

Barnstone, Willis. 1990. *The poetics of translation: history, theory, practice* [M]. London: Printer Publisher.

Biber, D. , S. Johansson, G. Leech, S. Conrad, & E. Finegan. 1999. Longman Grammar of Spoken and Written English [M]. London: Pearson Education Limited.

Causes, Chesterman A. 1988. Translations, Effects [J]. Target,10(2).

Frawley, William. 1984. Prolegomenon to a theory of translation [A]. In W. Frawley: Literary, Linguistic and Philosophical Perspectives [C]. London: Associated University Press.

Granger, Sylviane, et al (eds.). 2003. Corpus—based Approaches to Contrastive Linguistics and Translation Studies. Amsterdam: New York, NY.

Kenny, Dorothy. 2001. *Lexis and creativity in translation: a corpus —based study* [M]. Manchester: St. Jerome Publishing.

Lamb, Charles. 1978. On the Tragedies of Shakespeare. *Charles Lamb on Shakespeare* [M]. ed. Joan Coldweell. New York: Harper & Row.

Laviosa, Sara. 1996. The English Comparable Corpus (ECC): A Resource and a Methodolog for the Empirical Study of Translation. Ph. D. Dissertation. University of Manchester.

Laviosa, Sara. 2002. *Corpus —based translation studies: theory, findings, applications* [M]. Amsterdam: Rodopi.

Laviosa, Sara. 1998. Core Patterns of Lexical Use in a Comparable Corpus of English Narrative Prose [J]. Meta，43.

Laviosa，Sara. 1997. How Comparable Can 'Comparable Corpora' Be? [J]. Target，9.

Nida，Eugene A. 1982. *Translating Meaning* [M]. San Dimas，California：English Language Institute.

Olohan，Maeve. 2004. *Introducing Corpora in Translation Studies* [M]. London &. New York：Routledge.

Olohan，Maeve. &. Baker，Mona. 2000. Reporting that in Translated English：Evidence for Subconscious Processes of Explicitation? [J]. *Across Languages and Cultures*，1(2).

Prince，Gerald. 1987. *A Dictionary of Narratology* [M]. Lincoln：University of Nebraska Press.

Reiss，Katharina. 2004. *Translation Criticism：the Potential &. Limitations* [M]. Shanghai：Shanghai Foreign Language Education Press.

Robinson，Douglas. 1997. *Translation and Empire：Postcolonial Theories Explained* [M]. Manchester：St Jerome Publishing.

Scott，M. 2004. *The Wordsmith Tools* [M]. Oxford：OUP.

Shakespeare，William. 1960. *The Complete Works of William Shakespeare* [M]. New York：Oxford University Press.

Shuttleworth，Mark. &. Cowie，Moira. 1997. *Dictionary of Translation Studies* [Z]. Manchester：St. Jerome Publishing.

Venuti，Lawrence. 2001. Strategies of Translation[A]. Routledge Encyclopedia of Translation Studies[C]. Baker，M&.Mlmkj&.London and New York：Routledge.

Wilss，Wolfram. 2001. *The Science of Translation：Problems and Methods* [M]. London &. New York：Routledge.

艾克曼. 2009. 歌德谈话录[M]. 杨武能译,北京:燕山出版社.

安德鲁·勒夫赫尔. 2004. 翻译、历史与文化论集[C]. 上海:上海外语教育出版社.

保罗·德曼. 2005. "结论:瓦尔特·本雅明的'译者的任务'". 翻译与后现代性[C]. 陈永国主编,北京:中国人民大学出版社.

卞之琳. 1984. 人与诗:忆旧说新[M]. 北京:生活·读书·新知三联书店.

曹顺庆、郑宇. 2011. 翻译文学与文学的"他国化"[J]. 外国文学研究(6).

曹英华. 2008. 论文学翻译中的文化介入[J]. 牡丹江大学学报(2).

陈本益. 2006. 何其芳现代格律诗论的三个要点评析[J]. 福建论坛·人文社会科学版(12).

陈福康. 1992. 中国译学理论史稿[M]. 上海:上海外语教育出版社.

陈子善. 1992. 回忆梁实秋[M]. 长春:吉林文史出版社.

代云芳. 2012. 朱生豪《温莎的风流娘儿们》译名勘误[J]. 江汉大学学报·人文科学版(1).

邓笛. 2008. 从朱生豪到方平中国莎士比亚戏剧翻译的二度转向[J]. 鲁迅研究月刊(9).

范泉. 2001. 关于译莎及其他[J]. 文教资料(5).

方华文. 2005. 20世纪中国翻译史[M]. 西安:西北大学出版社.

方梦之. 2004. 译学词典[M]. 上海:上海外语教育出版社.

方平. 2005. 翻译艺术和舞台艺术结缘[J]. 四川外语学院学报(1).

方平. 2000. 新莎士比亚全集(十二卷本)[M]. 石家庄:河北教育出版社.

冯颖钦. 1991. 朱生豪译学遗产三题[J]. 外国语(5).

傅雷. 2006. 傅雷谈翻译[M]. 北京:当代世界出版社.

葛中俊. 1997. 翻译文学:目的语文学的次范畴[J]. 中国比较文学(3).

歌德等. 1998. 莎剧解读[C]. 张可、元化译. 上海:上海教育出版社.

郭绍虞. 1980. 宋诗话辑佚(上)[M]. 北京:中华书局.

郭著章. 1999. 翻译名家研究[C]. 武汉:湖北教育出版社.

哈罗德·布鲁姆. 2005. 西方正典[M]. 江宁康译,译林出版社.

胡开宝. 2011. 语料库翻译学概论[M]. 上海:上海交通大学出版社.

胡开宝,邹颂兵. 2009. 莎士比亚戏剧英汉平行语料库的创建与应用[J]. 外语研究(5).

胡显耀. 2007. 基于语料库的汉语翻译小说词语特征研究[J]. 外语教学与研究(3).

胡显耀,曾佳. 2011. 基于语料库的翻译共性研究新趋势[J]. 解放军外国语学院学报(1).

胡显耀,曾佳. 2009. 对翻译小说语法标记显化的语料库研究[J]. 外语研究(5).

黄玫. 2005. 韵律与意义:20世纪俄罗斯诗学理论研究[M]. 北京:人民出版社.

蒋炳贤. 1990. 诗人的作品只有诗人才能翻译[J]. 中国翻译(5).

蒋寅. 2012. 拟与避:古典诗歌文本的互文性问题[J]. 文史哲(1).

柯飞. 1988. 梁实秋谈翻译莎士比亚[J]. 外语教学与研究(1).

劳伦斯·韦努蒂. 2001. 翻译与文化身份的塑造[M]. 北京:中央编译出版社.

李基亚,冯伟年. 2004. 论戏剧翻译的原则和途径[J]. 西北大学学报·哲学社会科学版(4).

李景端. 2003. 文学翻译与翻译批评[J]. 中国图书评论(11).

李伟民. 2009. 论朱生豪的诗词创作与翻译莎士比亚戏剧之关系[J]. 华南农业大学学报·社会科学版(1).

李伟民. 2008. 爱国主义与文化传播的使命意识——杰出翻译家朱生豪翻译莎士比亚戏剧探微[J]. 湖南师范大学社会科学学报(2).

李伟民. 2006. 中国莎士比亚批评史[M]. 北京:中国戏剧出版社.

李伟民. 2004. 中国莎士比亚翻译研究五十年[J]. 中国翻译(5).

李伟民. 2004. 对莎士比亚的开掘、守望与精神期待[J]. 西华大学学报·哲学社会科学版

(5).

李汝成. 2002. 走近莎士比亚[J]. 外国文学(6).

梁茂成,李文中,许家金,等. 2010. 语料库应用教程[M]. 北京:外语教学与研究出版社.

梁实秋. 2004. 梁实秋文集[M]. 厦门:鹭江出版社.

梁实秋. 2002. 梁实秋文集(第一卷)[M]. 厦门:鹭江出版社.

梁实秋. 1966. 莎士比亚诞辰四百周年纪念集[M]. 台北:台北国立编译馆.

梁实秋. 2001. 莎士比亚与性[A],刘天、维辛《梁实秋读书札记》[M]. 北京:中国广播电视出版社.

刘耘华. 1997. 文化视域中的翻译文学研究[J]. 外国语(2).

刘金凤. 2011. 试论朱生豪译莎中的归化策略——以《温莎的风流娘儿们》为蓝本[J]. 安徽文学(3).

刘宓庆. 2010. 翻译美学导论(第二版)[M]. 北京:中国对外翻译出版有限公司.

刘宓庆. 2005. 中西翻译思想比较研究[M]. 北京:中国对外翻译出版公司.

刘宓庆,章艳. 2011. 翻译美学理论[M]. 北京:外语教学与研究出版社.

刘玉敏,潘明霞. 2001. 莎剧中双关语的修辞效果[J]. 安徽大学学报·哲学社会科学版(4).

林煌天. 2005. 中国翻译词典[M]. 武汉:湖北教育出版社.

林继军. 2003. 对作为非语言符号的舞台说明的分析[J]. 西安外国语学院学报(1).

罗新璋. 1984. 翻译论集[C]. 北京:商务印书馆.

孟宪强. 1992. 朱生豪与莎士比亚[J]. 中华莎学(4).

米歇尔·马庚. 2005. 莎士比亚悲剧导读[M]. 北京:北京大学出版社.

彭保良. 1998. 莎士比亚诗剧中的散文体之我见[J]. 解放军外语学院学报(4).

钱钟书. 1979. 管锥编[M]. 北京:中华书局.

秦海鹰. 2004. 互文性理论的缘起与流变[J]. 外国文学评论(3).

仇蓓玲. 2005. 跨越时空的解读——论莎士比亚戏剧文本中意象的汉译[A]., 张冲,同时代的莎士比亚:语境互文多种视域[C]. 上海:复旦大学出版社.

佘协斌. 2001. 澄清文学翻译和翻译文学中的几个概念[J]. 外语与外语教学(2).

莎士比亚. 1978. 莎士比亚全集(1—6卷)[M]. 朱生豪译,北京:人民文学出版社.

莎士比亚. 2004. 莎士比亚全集[M]. 梁实秋译,北京:中国广播电视出版社.

莎士比亚. 2000. 莎士比亚全集[M]. 方平译,石家庄:河北教育出版社.

莎士比亚. 1988. 莎士比亚悲剧四种[M]. 卞之琳译,北京:人民文学出版社.

宋清如. 1995. 寄在信封里的灵魂——朱生豪书信集[C]. 北京:东方出版社.

苏福忠. 2006. 译事余墨[M]. 北京:三联.

苏福忠. 2004. 说说朱生豪德翻译[J]. 读书(5).

孙致礼. 1999. 翻译:理论与实践探索[M]. 南京:译林出版社.

田传茂. 2005. 翻译文学二题[J]. 国外文学(4).

王秉钦. 2004. 20世纪中国翻译思想史[M]. 天津:南开大学出版社.

王东风. 2002. 归化与异化:矛与盾的交锋[J]. 中国翻译(5).

王国维. 1998. 人间词话[M]. 上海:上海古籍出版社.

王家义. 2011. 译文分析的语料库途径[J]. 外语学刊(1).

王克非,等. 2004. 双语对应语料库研制与应用[M]. 北京:外语教学与研究出版社.

王青,秦洪武. 2011. 基于语料库的《尤利西斯》汉译词汇特征研究[J]. 外语学刊(1).

王向远. 2004. 翻译文学导论[M]. 北京:北京师范大学出版社.

王心洁,王琼. 2006. 中国莎学译道之流变[J]. 学术研究(6).

王占斌. 2008. "言不尽意"与翻译本体的失落和译者的主体意识[J]. 广东外语外贸大学学
报(2).

王忠祥. 2004. 《外国文学研究》与莎士比亚情结[J]. 外国文学研究(5).

王佐良. 1984. 白体诗里的想象世界——论莎士比亚的戏剧语言[J]. 莎士比亚研究(2).

闻一多. 2010. 闻一多精选集[M]. 广东:世界图书出版公司.

吴笛. 2008. 浙江翻译文学史[M]. 浙江:杭州出版社.

吴笛. 2009. 浙籍作家翻译艺术研究[M]. 浙江:浙江大学出版社.

吴笛. 2011. 外国文学经典研究的转向与拓展. 中国社会科学报,第237期.

吴洁敏,朱宏达. 1990. 朱生豪传[M]. 上海:上海外语教育出版社.

吴欣. 2008. 厚积薄发 博而返约——浅说朱生豪先生的翻译[J]. 黑龙江史志(16).

奚永吉. 2007. 莎士比亚翻译比较美学[M]. 上海:上海外语教育出版社.

夏承焘. 2009. 读词常识[M]. 北京:中华书局.

夏月霞. 2010. 论朱生豪莎剧中的诗歌翻译[J]. 安徽广播电视大学学报(2).

肖维青. 2005. 自建语料库与翻译批评[J]. 外语研究(4).

谢天振. 2008. 关于翻译文学和翻译研究的几点思考[J]. 中国比较文学(1).

谢天振. 2008. 论比较文学的翻译转向[J]. 北京大学学报·哲学社会科学版(3).

谢天振. 2002. 2001年翻译文学一瞥[J]. 中国作家评论(2).

谢天振. 1999. 译介学[M]. 上海:上海外语教育出版社.

谢天振. 1992. 翻译文学——争取承认的文学[J]. 中国翻译(1).

辛斌. 2000. 语篇互文性的语用分析[J]. 外语研究(3).

徐欣. 2010. 基于多译本语料库的译文对比研究—对《傲慢与偏见》三译本的对比分析[J].
外国语(2).

许钧. 2006. 翻译思考录[M]. 湖北:湖北教育出版社.

雅各布逊.2004.符号学文学论文集[C].赵毅衡主编.天津:百花文艺出版.

严晓江.2008.梁实秋中庸翻译观研究[M].上海:上海译文出版社.

杨慧中.2002.语料库语言学导论[M].上海:上海外语教育出版社.

杨柳.2009.翻译的诗学变脸[J].中国翻译(6).

杨全红.2004.走进翻译大家[M].长春:吉林人民出版社.

杨周翰.1990.镜子与七巧板[M].北京:中国社会科学出版社.

璎洛.2010.朱生豪夫妇与《莎士比亚全集》[J].炎黄纵横(11).

扎娜·明茨,伊·切尔诺夫.2005.俄国形式主义文论选[C].王薇生译.郑州:郑州大学出版

张柏然,胡开宝.2011.语料库翻译学概论[M].上海:上海交通大学出版社.

张德明.2004.翻译文学与中国现代文学现代性[J].人文杂志(2).

张芳.2008.翻译的中庸之道——从《罗密欧与朱丽叶》的两个中译本看归化与异化策略的运
　　用[J].湖南第一师范学报(1).

张美芳.2002.利用语料库调查译者的文体——贝克研究新法评介[J].解放军外国语学院
　　学报(3).

张南峰.2005.从多元系统论的观点看翻译文学的"国籍"[J].外国语(5).

张宁.2007.比较文学"译介学"的性质及其对象[J].学术月刊(8).

张思洁.2007.中国传统译论范畴及其体系略论[J].外语与外语教学(5).

张晔.2003.译介学对传统翻译研究领域的拓展[J].外语学刊(3).

张莹.2012.一部中国语料库翻译学的教科书——评胡开宝《语料库翻译学概论》[J].中国
　　翻译(1).

张中行.1997.文言和白话[M].哈尔滨:黑龙江人民出版社.

郑海凌.2005.译理浅说[M].郑州:文心出版社.

周兆祥.1981.中译莎士比亚研究[M].香港:香港中文大学出版社.

朱安博.2009.归化与异化:中国文学翻译研究的百年流变[M].北京:科学出版社.

朱光潜.2005.诗论[M].北京:北京出版社.

朱宏达.1993.朱生豪的诗学研究和译莎实践[J].杭州大学学报·社科版(3).

朱宏达.1986.翻译家朱生豪的诗[J].杭州大学学报(4).

朱骏公.1998.朱译莎剧得失谈[J].中国翻译(5).

朱立元.1993.现代西方美学史[C].上海:上海文艺出版社.

朱尚刚.1999.诗侣莎魂——我的父母朱生豪、宋清如[M].上海:华东师范大学出版社.

朱生豪.2000.朱生豪'小言'集[C].范泉编辑,人民文学出版社出版.

朱生豪,宋清如.2003.秋风和萧萧叶的歌[M].北京:人民文学出版社.

朱瑜.2008.中国传统译论的哲学思辨[J].中国翻译(1).

后　记

　　一个偶然的机会使我进入到朱生豪的文学翻译研究领域。那是2007年,我刚博士毕业到浙江理工大学工作。我国著名的莎学研究专家李伟民教授向我提起说在嘉兴朱生豪故居将举办朱生豪故居开放仪式暨莎学研讨会,于是我与李伟民教授一同前往参会。在这次会上遇到了许多莎学专家、前辈学者,得以有机会向他们请教。研讨会上听到了著名的莎士比亚戏剧翻译家、诗人朱生豪的事迹,在故居看到朱生豪当年翻译莎士比亚的多件珍贵物品,特别是听到朱生豪之子朱尚刚先生以及许多学者讲起朱生豪在及其困难的情况下以生命译莎的精神,这些都给我留下了深刻的印象,也萌生了对朱生豪的翻译思想和文学翻译成就进行深入研究的想法,并向莎学研究专家李伟民教授等咨询关于朱生豪的翻译研究可行性等问题,得到许多莎学界前辈和著名学者的指点。可以说,如果没有这些前辈学者的引导,也就没有我们今天的研究成果。

　　感谢朱生豪之子朱尚刚先生。从我第一次与朱先生接触至今,他给我提供了最大的帮助。在项目研究过程中,他不断地鼓励我们,更是尽其所能提供宝贵的研究书籍和资料。本书的第一章第一节关于朱生豪的文学成就部分就是由朱尚刚先生提供的资料写成,从而使得我们的研究成果更加丰富。我从研究该项目初始至今,先后多次去过朱生豪故居调研,朱尚刚先生每一次都是亲自予以接待并和我进行探讨研究中遇到的难题。2012年10月,我受朱尚刚先生的盛情相邀,到嘉兴参加了"纪念朱生豪诞辰一百周年学术研讨会",并获赠《朱生豪译莎士比亚戏剧手稿》,为下一步的研究提供了珍贵的第一手资料。

感谢《朱生豪传》作者、浙江大学教授朱宏达、吴洁敏夫妇。他们不仅是我敬佩的前辈学者,更是我进行朱生豪研究的引路人。本研究成果不仅从《朱生豪传》中得到了很多有研究价值的资料,而且每一次聆听朱宏达、吴洁敏教授的教诲都使我获益颇多。他们尽管已年近古稀,却依然笔耕不辍,的确是我等后辈学人的楷模。

感谢浙江大学博士生导师,浙江省外国文学与比较文学学会会长吴笛教授。在项目的研究过程中,我曾多次向吴笛教授请教,每次吴教授都给予悉心指导。

感谢刘云雁博士加盟项目组。刘云雁博士在浙江大学读博期间深得吴笛教授的言传身教,对于朱生豪研究有独特的研究视角并取得了丰硕的研究成果。在项目进行期间,刘云雁博士善于挖掘新的研究方向,特别是关于莎剧误译问题的研究,已经申请到了教育部项目"中国莎剧翻译群体性误译研究"。刘云雁博士在这个新的领域进行深入的研究以及将来其他学者都会从不同角度对朱生豪的文学翻译进行研究,必将会丰富、完善朱生豪的文学翻译研究,从而使之成为一个更为深入的系统研究工程。

作为项目的培育计划,实现了项目从低级别向高级别发展的学术规律。最早是从杭州市哲学社会科学规划课题和教育部人文社科项目开始进行系统的研究,在此基础上,有了一定的研究成果后进一步申报国家社科基金项目《朱生豪的文学翻译研究》并最终获得立项。

尽管国家社科项目是在 2010 年得到立项,但是项目组早在 2007年作为前期的研究活动就开始了。项目组成员赴浙江嘉兴朱生豪故居参加了朱生豪故居开放仪式暨莎学研讨会,并与来自国内的近 40 位翻译界学者、莎士比亚学术研究学者一起交流、探讨朱生豪的莎剧翻译研究。在项目负责人带领下,项目组全体成员积极努力,阶段性研究成果颇丰。先后有十余篇学术文章分别发表在《外国语》、《外语学刊》、《外语与外语教学》、《外国语文》、《外国语言文学》等外语类核心刊物上,为项目的完成提供了较好的学术支撑,本书也是在汲取上述研究成果的基础上进一步完善。这里也向研究团队全体成员和上述学术刊物表示感谢。更可喜的是,在项目研究过程中有三位年轻老师还获得了相关研究领域的两项教育部人文社科项目和一项省级科研立项,彰显了项目组成员个人能力的提升和团队合作的力量。

本书章节写作安排:序言、引言、第一、二章和第七章部分内容:朱安博、任秀英;第三章和第七章部分内容:刘云雁;第四章:赵学德;第五章:曹蓉蓉、虞颖;第六章:杨柳;第八章和结语:朱安博。全书由朱安博统稿。

感谢浙江理工大学及外国语学院的领导和同事们。在项目的申报和研究过程中一直给予支持,赵学德、杨柳、曹蓉蓉和虞颖等年轻老师加入研究团队,更加丰富了研究成果。

感谢首都经济贸易大学的领导和同事们。我初来北京,人生地不熟,学校和系领导以及老师们予以无私的帮助和关照,从生活、工作和研究经费各个方面都提供了最大限度的支持和帮助,特别感谢外语系出版资金和首都经济贸易大学科研水平提高经费资助。

在项目完成的最后阶段,我因工作调动,举家从烟雨蒙蒙的江南名城杭州移居北京。"stay hungry , stay foolish",乔布斯给斯坦福大学毕业生演讲中的这句话给了我很多的思考,也更理解了"读无用之书,做有用之事,遣有涯之生"。

最后,还要感谢国防工业出版社的编辑郑艳杰女士和赵玲女士,本书能够顺利出版与她们的热情与耐心是分不开的。

由于项目研究时间较长,加上我们课题组大多是年轻老师,学术研究经验不足,书中错谬之处,衷心期待各位专家、读者的批评指正。

朱安博

2013 年冬于北京